岩波現代文庫／学術 407

中国戦線従軍記

歴史家の体験した戦場

藤原 彰

JN230314

岩波書店

目　次

はじめに …… 1
序節　士官学校へ入るまで …… 5
I　華北警備の小・中隊長
陸士を出て中国へ …… 18
景和鎮の駐屯地 …… 26
討伐戦と民衆 …… 34
チフスで死にかかる …… 42
劉窩分屯隊長 …… 45
冀東へ移駐 …… 51
聯隊旗手の日々 …… 60
中隊長となる …… 66

中隊の軍紀風紀……72
関東軍へ移る……76
一号作戦参加命令……82

II 大陸打通作戦

黄河を渡る……88
郾城の戦闘……94
長台関の悲劇……99
湘桂作戦はじまる……104
中隊の単独行動……109
茶陵西側高地の夜襲……113
陣地の攻防……118
黎明攻撃と負傷……124
野戦病院にて……128

関舗西側高地の攻撃……131
茶陵の滞陣……135
次期作戦の準備……138

Ⅲ　遂贛作戦
遂贛作戦の開始……144
遂川挺進隊……148
飛行場から県城へ……152
贛州から新城へ……157

Ⅳ　中国戦線から本土決戦師団へ
歩兵学校への転勤命令……164
決戦師団の大隊長……172
敗戦を迎える……181

終節　歴史家をめざす……189

【付録】

ある現代史家の回想

一　史学科の学生として …… 205
二　現代史に取組む …… 216
三　『昭和史』のころ …… 225
四　軍事史を専門に …… 228
五　一橋大学へ …… 234
六　現代史を組織する …… 240
七　『天皇制と軍隊』について …… 245

解　説 …… 吉田　裕 …… 255

1941 年 10 月，陸軍少尉任官のさいの筆者

はじめに

昨二〇〇一年五月に、私は『餓死《うえじに》した英霊たち』という題の本を出した。この本では、第二次世界大戦における日本軍人の戦没者二三〇万人の過半数が戦死ではなく戦病死であること、それもその大部分が補給途絶による戦争栄養失調症が原因の、ひろい意味での餓死であることを、各戦線にわたって検証した。そして大量餓死をもたらしたのは、補給を軽視し作戦を優先するという日本軍の特性と、食糧はなくとも気力で戦えという精神主義にあったことを論じたのが、この本の主旨であった。

この本は思いのほかに反響が大きく、短期間に数版を重ね、たくさんの読者カードが寄せられた。カードの大部分は七五歳以上の戦場体験者からのもので、「そのとおりだった、よくぞ書いてくれた」と書かれていた。そして著者自身の戦争体験記もぜひ書けという要望を付け加えているのも少なからずあった。

一方私は歴史研究者であり、戦争と軍隊を専門として過去五〇年間にわたって多数の著書や論文を発表してきた。そのことに関連して研究者の仲間たちから、著者自身の戦争体験もまとめるべきだという注文を聞かされることもたびたびだった。そこで今度の本への読者からの要望を機会に、私自身の戦争体験をまとめたのが本書である。

陸軍士官学校を卒業して中国戦線に赴任してから四年間の行動について、私は簡単なメモを残していた。戦術の答案用紙の裏面に書いていたメモは、私の所属聯隊《れんたい》の戦史編纂の史料として提供したさいに、所在不明になってしまった。この戦史は、一九七五年に『支那駐屯歩兵第三聯隊戦誌』として刊行されており、そのなかの関係個所に私のメモが生かされているようだが、原本は失われてしまったので、この戦誌をつうじての利用しかできなくなっている。

この回想記をまとめるにあたっての唯一の史料は、このメモをもとにした『戦誌』の関係部分の記述であり、その他は私の記憶に頼るしかなかった。ただ私は軍事史研究をつづけていたから、私が当時置かれていた状況を比較的に理解できるので、記憶の再生はある程度までに可能だった。しかし日記をつけていたわけでなく、それに代わるメモを失ってしまったことはたいへん残念である。

そうしたことで、ごく大ざっぱな個人の四年間の戦争の体験記になった。そして読者の理解のために、士官学校へ入るまでの生い立ちと、戦後に歴史家をめざすようになる経緯について、簡単に付け加えることにした。それが本書である。

私の体験は、大きな戦争の全体像からみれば、ごく一部の狭い局面でしかない。しかしそれでも、日本軍隊の特質である戦闘本位で後方補給が無視されたこと、兵士の人権が軽視され多数のむだな死者を出したことなどが、私の体験した現実として浮かびあがってくるだろう。また日本軍が、中国民衆にたいして苛酷な加害者であったこと、戦争が日本の侵略にほかならなかったことも示されていると思う。隊長として多くの部下を喪いながら、私が生還したという負い目に堪えて、あえてこの回想記を刊行するのは、歴史家として以上のような事実の史料を残したいという思いからである。

戦争の歴史は、全体についての検討はもちろん必要不可欠だが、部分部分の体験記も多いほどよいはずである。この本がその一部として役立てば幸せである。

二〇〇二年五月

藤原　彰

- 本文中の人名は、とくにさしさわりのある場合を除いて、すべて実名である。
- 中国の地名に付したルビは、当時の日本軍の読み方によった。

序節　士官学校へ入るまで

私が生まれたのは一九二二年、日本の近代史のなかでは平和と軍縮の年として知られている年であった。この年二月六日にはワシントンで海軍軍縮条約が調印され、三月二五日には衆議院が各派共同提出の陸軍軍備縮小建議案を可決した。陸軍もこの情勢を受けて八月一一日には七万人の削減を含む第一次軍縮案(通称、山梨軍縮)を発表した。反戦と平和が時代の風潮となり、軍部の評判がもっとも悪かった時期である。

私の父は陸軍の経理部将校であった。このころは一等主計(大尉相当官)で、青山の第一師団司令部に勤めていた。自宅は東京府北豊島郡西巣鴨町で植木屋の離れを借りていた。両親は前の年に結婚して、ここが新居で、長男の私もこの家で生まれた。翌年の関東大震災もこの家で遭遇したと聞いている。

父の出身は奈良県生駒郡法隆寺村で、生家は法隆寺山内で雑用係をつとめる貧しい家で、大勢の兄弟の末っ子だった。兄の一人が河内の浄土真宗の寺へ養子に行って、そこの住職になっていた。その兄が、日露戦争に召集されて出征するにあたって、お寺の跡取りのことを考えて、末弟である私の父をまた養子にした。その養父藤原順道(私からいえば養祖父であり、伯父でもある)は旅順の二百三高地で戦死した。父は藤原姓になっていたが、まだ小学生だったので法隆寺の実家で暮らしていた。その実家はとても中学校へ進むような豊かさではなかったが、養父が金鵄《きんし》勲章をもらったので、その年金を学資にして、奈良県唯一の公立の中学校である郡山中学校へ進んだ。しかし父は中学校卒業にあたって、お寺を継ぐ気にはならなかったので、学費の必要のない上級学校として、陸軍経理学校と上海の東亜同文書院を受験して両方に合格した。同文書院のほうは、各県から一人の奨学生の枠があり、仲のよい同級生が補欠だったのでそれに譲って、経理学校に進学したのだと言っていた。

父は陸軍経理学校の第一〇期主計候補生であった。日本陸軍の経理部将校の補充は、当初は他兵科から転科したり、一般の大学出身者を採用したりする制度であったが、日露戦争後からは一般兵科の士官候補生と同じように中学出身者を主計候補生として採用し、経理学校で教育するようになっていた。父はこの制度の候補生として中学校から経理学校に入り、経理部将校になったのだが、軍人としては常識に富み、柔軟な思考の持ち主であったように思う。

父は経理学校の卒業成績が優秀で、天皇からの賞品として「恩賜《おんし》の時計」をもらっていた。しかし兵科将校の出世コースである陸軍大学校に相当する経理学校高等科学生には、隊務が多忙で受験の機会を逸したということだった。母はつねづねそのことを嘆いていた。父と母とは、そのころ珍しい恋愛結婚だったようである。父は候補生の途中で胸を悪くして、経理学校を一年休学し、その間に帰郷して、法隆寺の隣りの龍田《たつた》で小学校の代用教員をしていた。そのときの教え子が、龍田神社の神主の長女であった母だったという。子どもから見ても、父と母とは仲がよかった。一九二八年の済南《さいなん》事件のさい、父は第一師団から臨時に第六師団に配属されて出征したのだが、母がひどく心配していたのを子ども心に覚えている。私はそのときは、ようやく物心がついた五歳一〇ヵ月であった。生まれは西巣鴨だが、その後は広島に移り、また東京に戻って、そのころは中野に住んでいた。

私は長男として生まれ、下に妹が三人の四人兄妹であった。子どもが多いうえに軍縮後の緊縮時代で父の進級が遅いため家計は苦しかったようで、私も贅沢を我慢することを覚えさせられた。小学校は創立したばかりの中野本郷尋常小学校で、同校の最初の一年生となった。

小学校へ入ったころの日本は大不況時代だった。一九二九年七月に田中内閣に代わって成立した浜口雄幸内閣は、財政整理と軍縮、金解禁断行などを政策にかかげたが、その年一〇月世界大恐慌に直面した。日本の恐慌も未曽有の深刻なものとなった。都市の私の小学校でも、その影響を免れることができなかった。不景気は上級に進んでもつづいていた。弁当をもってこられないので、昼は外に遊びに行く子がいたり、学校をやめて働いている同級生がいたりしたのを覚えている。父兄会が欠食児童のために給食をしたり、修学旅行に参加できない子に市が費用を出したりしていた。私の仲よしだった石山君は、文房具屋の小僧をしている勤労少年だった。

小学校三年の二学期の初めに柳条湖事件があり、日本は長い戦争の時代に突入した。校長先生が毎日の朝礼のさいに、満州の戦況を話して聞かせるのが恒例だった。学校の校庭に木の柱が立って白布が張られた。そのスクリーンで満州の戦闘状況を知らせるニュース映画が上映された。暗くなるのを待ってまた学校へ行き、映画を見るのが子どもたちの楽しみだった。ニュースのほかに娯楽作品も上映され、「戦友」、「乃木大将と納豆売りの少年」とか「巡洋艦エムデン」などという映画はいまも記憶に残っている。これらが軍国主義的気運を育てるのに大いに役立っていたと思う。

私たちが使った教科書は、「ハナ、ハト、マメ、マス」の国語読本にはじまる第三期の国定教科書で、後の第四期の「サイタ、サイタ」教科書や、第五期の「アカイアサヒ」教科書に比べると大正デモクラシーの影響を受けて、軍国主義的色彩はそれほど強くないといわれている。それでも私が覚えている教材は、国語、修身などの天皇賛美、軍国礼賛のものばかりだった。老婆が出征兵を励ます「一太郎ヤーイ」、母が息子に戦死せよと勧める「水兵の母」、死んでもラッパを離さなかった「木《き》口《ぐち》小《こ》平《へい》」などのエピソードには強い印象をあたえられたようで、いまだに忘れられない。五年生の冬(一九三三年一二月)皇太子が誕生して大騒ぎしたことも、「皇太子さま、お生まれなさった」という歌とともに記憶に残っている。

こうして当時のふつうの少年たちと同じように、軍国主義の雰囲気のなかで育っていったのだか、もしほかの人といくらかの違いがあったとすれば早くから大人の小説を読んだことだろう。小学校四年生のころ、母と奈良県の親類からきていたお手伝いの女性とが、声をひそめて差別用語を使って話しをしていた。私がそれを聞きとがめて何のことか質問すると、子どもは知る必要がないといって話題を逸らされてしまった。そこであるとき小学校の先生が、何でも質問してよろしいといわれたとき、その差別用語の意味を問うたのである。広島県出身の橘和《きつわ》清一先生は、しばらく沈黙していたが、君なら読めるかもしれないといって、島崎藤村という有名な作家の『破戒』という小説があるからそれを読んでごらんと答えてくれた。そこで私は父の本棚からそれを探し出して、苦労して読み終えた。そして漠然とながらも世の中には理不尽な差別の存在していることを知った。それ以上に、小説というものの面白さに心を動かされたのである。

そのころは土曜日の夜ごとに近所の鍋屋横丁で夜店が開かれ、父が散歩につれていってくれるのが楽しみであった。そこで父はいわゆる円本《えんぽん》を、一〇銭、二〇銭で買ってきた。その本を片っぱしから読みはじめたのである。ただ小学生の読解能力には限度があり、ごく単純な恋愛小説の類しかわからなかったに違いない。だがとにかくも大人の小説を読んでいたという点だけを別にすれば、当時としてはふつうの皇国史観と軍国主義の教育を受け、並みの軍国少年に育っていたのであろう。

中学受験にさいしては、体育を重視しているからという父の意向で、府立六中(いまの新宿高校)を選んだ。中学入学は一九三五年四月である。この六中は軍人の子弟か多く、名高い軍国主義教育の学校であった。校長は後に府立高校校長や満州国の吉林師道大学学長となった精神主義者の阿部宗孝先生である。新入生は教科書一式のほかに『明治天皇御製《ぎょせい》集』(天皇の作った短歌を集めた本)を買わされる。そして天皇の歌のなかから毎週一首を選んで、毎日の朝礼のさいに全校生徒でそれを斉唱する。さらに「黙想!」という号令で眼を閉じて黙想し、「興国《こうこく》の鐘」を鳴らすことになっていた。興国の鐘というのは、日露戦争の日本海海戦のさいの聯合艦隊の旗艦「三笠」の時鐘で、校長がとくに譲り受けて学校の宝として、立派な鐘のための塔が作ってあった。ただし本物の鐘を叩くのは儀式のときだけで、毎日の黙想のときに叩くのは、別に作ってあるイミテーションのほうであった。

中学の受験が終わったその三五年三月の陸軍の定期異動で、父は朝鮮軍司令部へ移り、一家は京城《けいじょう》(現在のソウル)の陸軍官舎に引越した。中学に合格したばかりの私は、東京に残ることになり、父の同期生の田中佐太郎さん宅に下宿することになった。田中さんは夫婦二人暮らしで、駒場の偕行社《かいこうしゃ》(陸軍将校の親睦・共済団体)住宅に住んでいた。それで私の中学生活は、駒場から渋谷に出て新宿の学校に通うという形で始まった。

中学校のクラス担任は、この春に東大国史学科を卒業したばかりの若い風間泰男先生だった。風間さんは後に知ったことだが、科学的歴史学をめざす歴史学研究会の創立メンバーの一人だった。まだ慣れないので生徒のほうを直視できず、黒板のほうを向いて身体をくねらせながら話すので、たちまち「くらげ」というあだ名がついた。その授業は合理的な説明で、もう一人の新任の倫理の安部先生(哲学出身)とともに、たいへん斬新で、合理的な考え方を教えるものだったと思う。だがその真意は軍国主義に染まった多くの生徒たちには伝わったかどうか。

七月に中学校の一学期が終わったところで、私は両親の強い要望で、朝鮮の中学校へ転校することになった。通学鞄を肩から提げて、東京から京城まで、二泊三日の旅行をした。少年の一人旅なので、車掌や乗客に親切にしてもらった。しかし関釜《かんぷ》連絡船が大揺れで船酔いに苦しんだ。京城の駅には母と妹たちが出迎えにきていて、母は涙を流した。

官舎のあった龍山の町は、総督官邸をはじめ軍、師団、旅団の司令部、歩兵、騎兵、工兵、輜重兵《しちょう》の聯隊の兵舎、それに軍や鉄道の官舎などのある一大軍事都市だった。転校していった龍山中学校も軍人の子弟が多く、京城市内にある京城中学校と何でも優劣を争う立場にあった。東京から移った私が驚いたのは、軍国調の蛮カラぶりであった。休み時間に校庭に全校生徒を集め、下級生の欠礼を口実に上級生が制裁を加えるというようなことが日常的におこなわれ、東京から行った私には恐ろしい経験だった。こうした私的制裁を、学校側は黙認していたようである。

龍山中学、略して龍中では、クラブ活動がさかんであった。私は剣道部へ入った。これまた猛烈で、活動の時間はすべて自由で、もっぱら誰かと組んで一騎打ちをする。私はなぜか石川という同級生と組んだが、これがたちまち竹刀を投げすてて取っ組み合いになり、面を着けた首を力ずくで押し曲げて、苦しさに堪えきれず「参った」というまでつづけるのである。はじめは私がいつもやられていたが、そのうちに三回に一回は相手を降参させるようになった。剣道そのものも上達して、二年生の一学期の終わりに、京城の中学校の学年別の大会に出て、三位に入賞した。

もう一つクラブでは地理作業部というのに入った。これはわずか数人の小さなクラブで、五万分の一の地図を厚い紙にあてて切り抜き、地形の立体模型を作っていた。地理の先生からとくに指名されたので、各学年に一人ずつの部員だったが、仲よく作業をして、いくつかの模型を完成させた。

こうしてクラブ活動をする間に、しだいに学校に慣れてきた。学業のほうは、転校したハンディキャップもあって、周囲から期待されたほどの成績はとれなかった。六中も龍中も、各学期ごとに、試験成績を学年別の序列にして公表(掲示)した。六中の一年一学期は二七〇人中の三番だったが、龍中では一〇番を前後していた。

朝鮮へ移って一年が経ち、ようやく新しい環境に慣れた一九三六年の八月、父が陸軍省経理局に転勤することになった。私はせっかく親しくなった龍中を離れるのがいやで、転校はしないでここで寄宿舎に入ると駄々をこねたが、結局両親に押しきられ、一年間でまた東京へ戻ることになった。私は転校の手続きのため、家族に先立って父とともに上京し、九段の軍人会館に宿泊して、学校や先生の家を訪ね歩いた。たぶん夏休み中のためだったのだろう。その結果九月の第二学期から、六中に戻ることになった。

六中には二年二学期から四年二学期の途中まで、二ヵ年あまり在学するのだが、私にとってこの期間は一般教養を身につけた時期だった。二度の転校の影響もあって、一年のとき学年で三番だった成績は、二年の終わりには二七〇人中の一五〇番台にまで急落した。めったに怒ったことのない父から、自分の貧しい中学時代の思い出を聞かされて訓誡されたのを印象深く記憶している。

成績が落ちたのは、学校の勉強そっちのけで宿題もサボり、もっぱら図書館通いをして文学作品を読みふけっていたことによる。父の蔵書の明治大正文学全集、現代日本文学全集などを読み終わると、通学の途中にあった淀橋図書館に通いつめ、世界文学全集、鷗外、漱石の全集などを読み終わった。そして今井文雄などの同級生と手書きの同人誌を作って、回覧することもやった。この同人誌に、私は朝鮮人で春川出身の独立運動家を主人公にしたはじめての小説を書いた。このころ私は鷗外を尊敬していて、漱石ファンの今井と、よく鷗外、漱石の優劣論をたたかわせていた。

三年生ぐらいになると、映画を見ることを覚え、新宿三丁目の名画座などの古い名画の上映館に通った。「モロッコ」「未完成交響曲」「舞踏会の手帖」「制服の処女」「女だけの都」「会議は踊る」などの外国映画を何回もくりかえして見た。当時は補導協会というのがあって、制服の中学生が映画館や喫茶店に入ると補導されるので、私服に着替えて出かけたのである。

四年生になると、そろそろ進学のことを考えねばならなくなる。友人たちは成績のよかったときの私を覚えていた。当然四年修了で一高を受験するものと思われていた。しかし私は、とくに受験勉強をしているわけでもないので、まったく自信がなかった。そういうとき陸軍士官学校が時期を早めて四年二学期の初めに試験をすると発表された。採用人員も大幅に増えている。これなら何とかなりそうだと願書を出した。その結果は合格で、私は他のどこも受けずにストレートで陸士に入ったのである。

私は文学少年であったが、それと陸士受験との間にとくに違和感はなかった。私が軍医であった鷗外を尊敬していたことと関係があるかもしれない。父が軍人であること、学校がとりわけ軍国主義的であることも影響したであろう。しかし小説を読み映画を見ていた私が、軍国主義にまったく染まっていたわけではないと思う。母は一人息子の私を医者にしたかったようで、陸士受験を知らせると反対した。父は黙って私の選択に任せてくれた。東京府立六中は陸軍幼年学校と海軍兵学校の入学者は日本一、陸士の合格者数も全国で一、二を争う鹿児島一中や山口中に匹敵していた。それで私も目立つことなく、陸士に進むことになったのである。

一九三八年一二月一日、私たちは第五五期生として陸軍予科士官学校に入校した。陸士の本科は前年に神奈川県の座間に移っており、市ヶ谷の校舎は予科のものになっており、五五期だけが在籍していた。つまり上級生がいないはずなのに、入校したその日から号令をかけたりいろいろな指示をする上級生らしき男があった。それは幼年学校出身の同期生で、数日前に入校して生活指導の役割を担っていたのである。当初はなにごとにも幼年学校出がテキパキと行動して指導権を握っていた。三年間もの間、軍服を着ていた彼らと、中学校出ではじめて軍隊生活をする私たちとの間に差があるのは当然で、これは大きなハンディキャップであった。そのほかにも私が気おくれしたのは、鹿児島や山口出身の何年もかかって陸士に合格したという年長の同期生たちだった。彼らは軍国主義者そのもので、体力も旺盛、剛直で一本気だった。うっかり軟弱な態度をとると、同期生の彼らに切磋琢磨と称して暴力をふるわれるのが恐ろしかった。予科の最初のころは、四年修了で年齢も若く東京出身の私は容易にここの雰囲気になじめなかった。それに体力的にも、年輩の田舎出の同期生たちについていくのに骨が折れたのである。

こうして始まった予科士官学校の生活は、私にとってはとても楽しいものではなく、むしろ辛い毎日だった。そのことが、軍国主義に完全に染まりきれなかったことの理由になっていたのかもしれない。

I　華北警備の小・中隊長

陸士を出て中国へ

一九四一年七月一八日、私たち第五五期生は陸軍士官学校を卒業した。一九二二年七月二日生まれの私は、まだ一九歳になったばかりであった。部下の兵士たちよりも年少の将校が出現することになったのである。これは士官学校の歴代各期のなかで、私たちの五五期は、時局の影響を受けて最短期間で卒業することになったためである。

一九三七年にはじまった日中戦争が予想以上に拡大し、思わぬ損害が多出して、現役《げんえき》幹部の不足が深刻になったので、陸軍当局は一九三七年春に入校した士官学校の五三期生を、同年秋にも追加募集し、さらに三八年春入校の五四期生も採用人員を増加した。本来は三九年春に入校すべき五五期生は、時期を早めて三八年一二月に入校することにされた。そのため試験日は三八年九月になり、受験生のなかの私たち中学四年生は、五年制中学の四年一学期修了で試験を受け、二学期の途中で入校することになったのである。

入校してからも五五期生は超短縮教育を受けた。通常は二ヵ年の予科を、三八年一二月から三九年一一月までの一ヵ年で修了、多くの学科や科目がカットされた。予科卒業後の隊付教育(部隊での実習)も、通常半年のところを四ヵ月半に短縮され、伍長、軍曹の勤務をそれぞれ一ヵ月ですますという速成ぶりであった。四〇年四月一日士官学校本科に入校してからの教育も極度に短縮されていた。通常二ヵ年のところを、急に予定をくりあげて翌四一年七月に、一年三ヵ月で卒業ということになったのである。これはあとから考えると関特演(関東軍特種演習＝独ソ開戦にともなう対ソ戦準備の大動員)の影響があったからかもしれない。とにかく予科、隊付、本科をつうじて二年八ヵ月足らずのスピードで士官学校を卒業した五五期生は、もっとも短期間の教育で将校となった期ということになった。

こうした短縮教育のために、ほんらい将校として当然もつべき知識に欠けていたり、実際に戦場に臨んださいに、学校での教育が役立たなかったことが少なくない。まず省略されてしまった内容では、戦時国際法があげられる。明治大正時代には、陸戦規則などは教えられたようであり、日露戦争でも、第一次大戦でも、ロシア人やドイツ人の捕虜にたいする処遇に気をつかっていたようである。ところが私たちはいっさいこうした教育は受けなかった。

つぎに問題なのは、戦術教育や戦闘訓練のすべてが、ソ連軍にたいするものに終始していたことである。このため私が実際に中国で対戦した中国軍にたいする戦闘の教育、ましてや八路軍のゲリラ戦にたいする戦い方などは、いっさい教えられなかった。また実際に太平洋で対戦したアメリカ軍との戦闘法についても、まったく教えられなかったことは同様である。

四一年七月一八日に天皇臨席の卒業式があり、同日付で曹長の階級に進み、見習士官に任命された。それまでの牛蒡剣《ごぼうけん》(下士官、兵用の短剣)に代わって長剣を吊った。私は予科を終えて士官候補生になったときに、近衛歩兵第四聯隊(略称、近歩四)付になり、隊付勤務をしたのも東京青山の同聯隊であった。この隊付も短縮で、もっぱら将校団の先輩たちに可愛がられたという思い出だけが残っている。だが本科卒業の一ヵ月前に、私は華北の第二十七師団の隷下《れいか》である支那駐屯歩兵第三聯隊(略称、支駐歩三)付に転属を命ぜられた。第二十七師団というのは、義和団事件のあと華北に駐兵権を獲得してからの支那駐屯軍の後身で、盧溝橋事件をおこした部隊でもある。一九三七年に師団編成に改編された。隷下の歩兵聯隊には、伝統を重んじて「支那駐屯」という固有名がつけられていたのである。

卒業生たちは卒業式がすむとそれぞれの任地に散らばっていった。「今度会うのは靖国神社で」というのが、表向きの合言葉だった。ところが中国行きの者は卒業後すぐに赴任できず、それぞれの補充隊で待機を命ぜられた。これも関特演による輸送の大混雑のためであったようである。私の転属先、支駐歩三の補充隊は青山の近歩四なので、いったん自宅に帰ったあとで、神宮球場のむかいにある近歩四に赴いた。

もともと予科卒業後の半年間の隊付生活は、部隊勤務の実習という意味のほかに、将校団の後継者としてそれぞれの聯隊になじませるという性格をもっていた。ところが三八、九年ごろは多くの部隊が中国戦線で戦闘中であり、士官候補生を受け入れる条件がなかった。そのため内地や満州の部隊には実際の必要以上の候補生が配属されており、本科卒業を前にして戦地向けをふくめて再配分がおこなわれたのである。私はこの再配分で、近歩四から支駐歩三に転属になったのだが、補充隊で待機ということで、また近歩四の営門をくぐることになったのである。

ところでこのとき、近歩四を隷下にもつ近衛混成旅団は、南寧作戦のため中国に出動中で、青山にはその補充隊が留守を守っているだけだった。私たちは一ヵ月近くを、この補充隊で出発の命令を待って無為に過ごすことになった。隊付時代に顔なじみだった現役将校はほとんど出征してしまっていたので、お客扱いの私たちは、何の仕事も与えられなかったのである。

この期間に、私は私費で賄うことになっている将校としての軍装を整えた。軍刀、拳銃、双眼鏡、軍服、靴、図嚢《ずのう》、背嚢《はいのう》などである。六〇円ぐらいの服装手当が支給されたが、もちろん足りないので家から補助してもらった。父は双眼鏡は良いものを買えといってくれたので、ドイツのツァイス社製の高級品を買った。軍刀は奈良の田原本《たわらもと》の母の伯父から譲られた備前長船《おさふね》作の日本刀を軍刀に仕込んだものにした。その多くは九段の偕行社で買ったのだが、新任将校や召集将校で大繁盛していた。
　またこの間に、九段の写真館へ行って記念撮影をしたり、ちょうど夏休みに入ってい
た小学校(中野本郷)や中学校(府立六中)の仲のよかった同級生と会ったりした。それ以外
の日は、手持ち無沙汰で同じ立場の同期生の伊藤俊和と、もっぱら口実をつけて外出し、
酒を飲んだりしていた。せっせとフランス映画を見たのも、この期間である。
　そうして補充隊で一ヵ月あまりを過ごした。この期間の補充隊でのできごとは、ほと
んど記憶にない。ただ国際情勢では、七月末に日本軍が南部仏印に進駐し、アメリカが
日本資産の凍結、対日石油輸出禁止をおこなうなど、日米関係が緊迫していった時期で
ある。こうしたなかでようやく中国への輸送の命令が下った。八月二二日、だれ一人見
送る人もないまま東京を発った。行動は秘密にせよと命じられていたのである。広島に
着き、八月二四日戦地へ向かう空の病院船に便乗して、宇品港を出帆した。北支那方面
軍へ赴任する同期生多数がいっしょだった。同船者には、戦地慰問に行く高田せい子舞
踊団の一行があり、船中でも公演を開いてくれた。
　玄海灘を渡るのは私にとっては三回目である(中学生のとき、朝鮮への往復で関釜海峡を
二回渡った)。四日間かかって船は大沽沖に錨をおろした。海は黄色に濁っている。そこ
から発動機船で白河を遡上し、塘沽《タンクー》に上陸した。ここで戦地での第一歩を踏み出したの
である。一九四一年八月二八日であった。

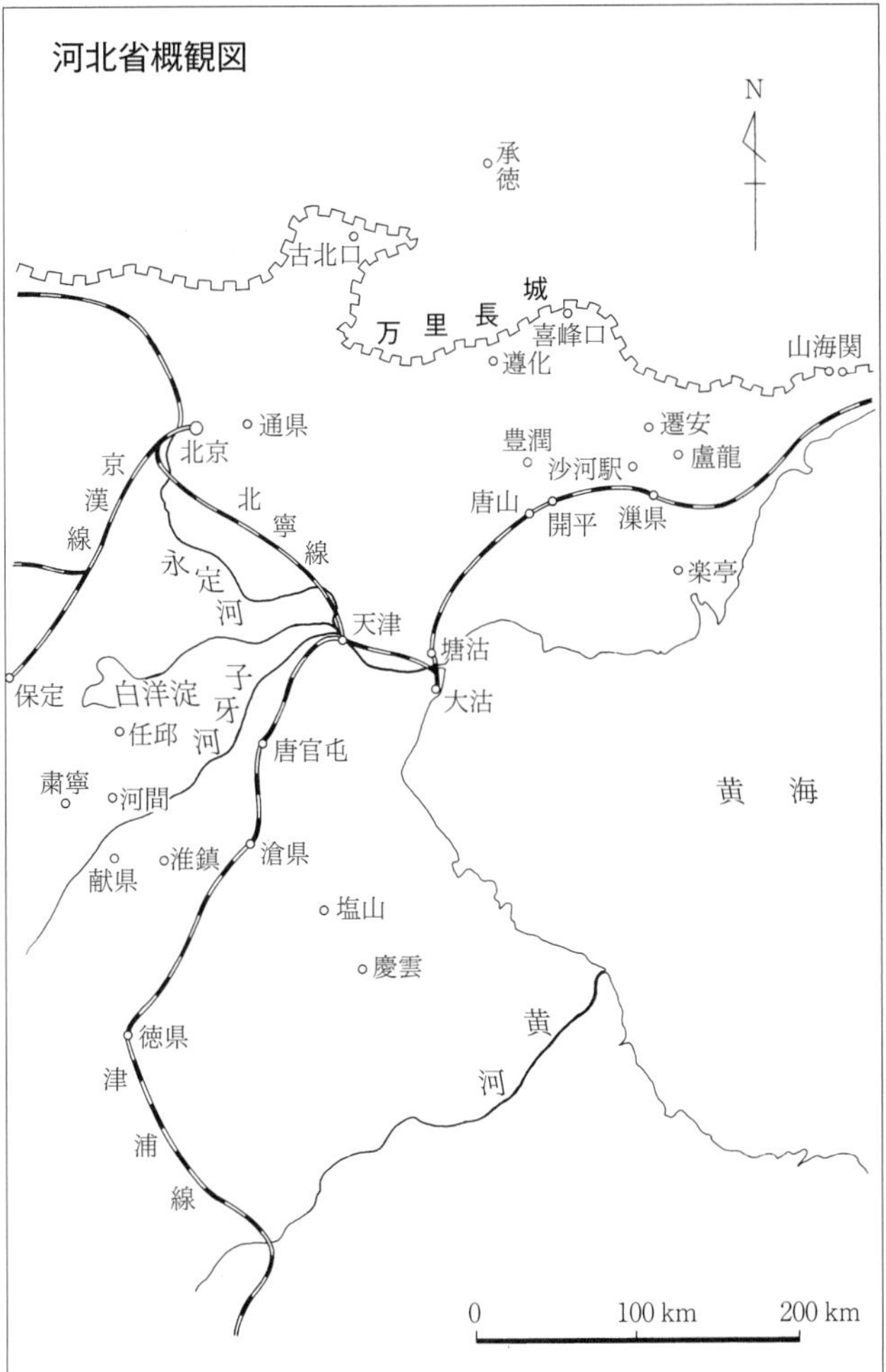
河北省概観図
N
承徳
古北口
万里長城
喜峰口
遵化
山海関
通県
北京
京漢線
北寧線
豊潤
遷安
沙河駅
盧龍
唐山
開平
灤県
永定河
楽亭
天津
塘沽
大沽
保定
白洋淀
子牙河
任邱
唐官屯
粛寧
河間
黄海
滄県
淮鎮
献県
塩山
慶雲
黄河
徳県
津浦線
0
100 km
200 km

第二十七師団に赴任する見習士官二十数名は、ここから迎えのトラックで天津へ向かった。その日のうちに天津の第二十七師団司令部に到着した。その夜、師団長富永信政中将による新着見習士官一同の招宴があった。私は師団長の正面に座席が指定されていた。席割りをしていた参謀が、君が卒業成績が師団のトップだからだと教えてくれた。それまで二十数名の同期生を引率したり、代表して申告したりする役は、近歩一から支駐歩一に転籍した安満謙一が何となくやっていた。席上富永師団長が安満にたいして、「閣下はお元気か」と聞いていたのを覚えている。安満の父親(もしくは祖父)が、陸士六期生の安満欽一中将であることをあとで知った。私は何も話しかけられなかった。豪華なフルコースの西洋料理を黙々と食べていただけだった。

これから一週間、天津の偕行社に宿泊して師団司令部主催の新任見習士官の集合教育を受けた。その教育とは、師団の現況、華北の情勢の説明など、あまり内容のあるものではなく、むしろ第一線に赴任する前に、天津の空気をあじあわさせてやろうということのように思われた。華北の治安情勢や八路軍の動向について、その深刻な内容を説明されたという記憶はない。むしろ毎晩のように、天津に勤務していたり出張できていたりする聯隊の先輩が現われて、歓楽街につれ出された。ここで、生まれてはじめてという経験をずいぶんさせられた。

九月五日、河北省河間《かかん》の聯隊本部からやってきた聯隊旗手池田壮八少尉(五四期)の出迎えを受け、天津を発った。滄県までは津浦線の汽車で行った。滄県には歩兵一個分隊の護衛兵がトラック一台で出迎えにきていた。池田少尉から、この冀中《きちゅう》地区の治安は悪く、数日前もこれから赴く河間までの路線の途中で、連絡のトラック二台が襲撃されたことを教えられた。はたして途中、焼けこげた二台のトラックの残骸を見て緊張した。聯隊本部の駐屯地である河間には、夕刻前に着いた。

河間は津浦線と京漢線の中間にある冀中平原の古い城壁都市である。マルコ・ポーロの旅行記にも出てくる由緒のある街だと聞かされたが、第一印象は古いさびれた街ということだった。

聯隊長は山本募大佐であった。今度は私が五人の同期生を代表して申告した。いっしょに赴任した同期生は三山健助、加養栄男、石田久之、浅田政明の四人で、私以外は四人とも近歩三からの転属者で、私は面識がなかった。このなかの三山、石田は途中で戦死、浅田は航空に転科し、加養だけが戦後に生き残った。

新着の見習士官は、聯隊本部でも一週間集合教育を受けた。この教育も形式的で、聯隊副官の山田武大尉など本部付将校から話を聞いただけである。夜はもっぱら酒を飲まされた。とはいっても天津のような高級料理屋やレストランがあるわけではなかった。もっぱらたった一軒の料理屋兼ピー屋（いわゆる慰安所）での宴会だった。

河間の聯隊本部での一週間で、華北方面での日本軍の主敵が中国共産党の軍隊、八路軍であることをはじめて知った。八路軍冀中軍区司令呂正操、第八軍分区司令常徳全などのその後なじみになる名前を聞いたのも、このときがはじめてである。河間地方一帯は、一九三八年の武漢作戦のころは完全に八路軍の支配下にあったのだが、第二十七師団が武漢作戦を終わって天津に帰還し、わが支駐歩三聯隊が大城、任邱《にんきゅう》、河間地方に進駐したので、一九三九年にはじめて日本軍の支配下に入ったのである。だから治安の回復は完全とはいえず、道路や電線の破壊、駐屯地やトラックの襲撃は頻繁におこなわれていた。治安粛正作戦の第一線にきたという感を強くもった。

士官学校で教えられてきたこととはまったく異質の、ゲリラを相手にした治安粛正作戦の第一線にやってきたのである。戦闘の様相が違うだけではない。軍隊のあり方もまったく違っていた。内地では聯隊が一つの兵舎にまとまっており、下士官以下は、営内居住で起床から消灯まで定められた日課でのきびしい生活と訓練がおこなわれている。ところがここでは、軍隊は高度の分散配置をとっていて、中隊が五、六ヵ所に分屯していた。最小の駐屯隊は下士官を長とする一個分隊一〇名前後であった。日常生活も軍紀風紀も、内地のようにはいかないのは当然だったろう。

景和鎮の駐屯地

聯隊本部での一週間の集合教育を終えると、五人の見習士官はそれぞれの配属中隊へ赴任することになった。私が配属されたのは第三中隊で、中隊長は山崎龍一郎中尉、駐屯地は滄県と河間の中間である景和鎮という街であった。九月一一日滄県への連絡便に便乗して景和鎮の中隊に赴任した。景和鎮は一週間前に聯隊に着任するときに通ったところであった。このとき第三中隊は、本部を景和鎮に置き、分屯隊を杜生鎮、王会頭、沙河橋の三ヵ所に置いていた。景和鎮には六、七〇名がいたであろうか。

中隊長山崎龍一郎中尉は高知県出身の温顔の予備役《よびえき》将校で、武漢戦以来の歴戦者であった。彼は、前年の一九四〇年に武漢戦後はじめて中隊に配属されてきた陸士出身の小川少尉(五三期)が、粛寧付近の討伐戦でただ一人飛び出して戦死した経験をあげ、私にたいして「士官学校で教えられた戦法と、ここでの討伐作戦とは違っているよ。隊長一人飛び出してもだれもついてこない」と笑いながら教えてくれた。

数日後には、さっそくその実戦教育がおこなわれた。中隊長のもとには毎朝治安維持会や特別工作隊(後述)から敵情についての報告が寄せられ、毎日それを検討しているのだが、九月二〇日前後のある日、景和鎮北西三里の部落に八路軍二百ありとの情報があった。中隊長は、藤原君の緒戦にはほどよい敵だからこれをやろうと、出動を命令した。第一小隊長は私だが、中隊長はとくに私の補佐役として歴戦の下士官野村鹿蔵曹長を指名した。野村曹長の任務は、私のそばについていて、飛び出すのを押さえることだとい

冀中要図

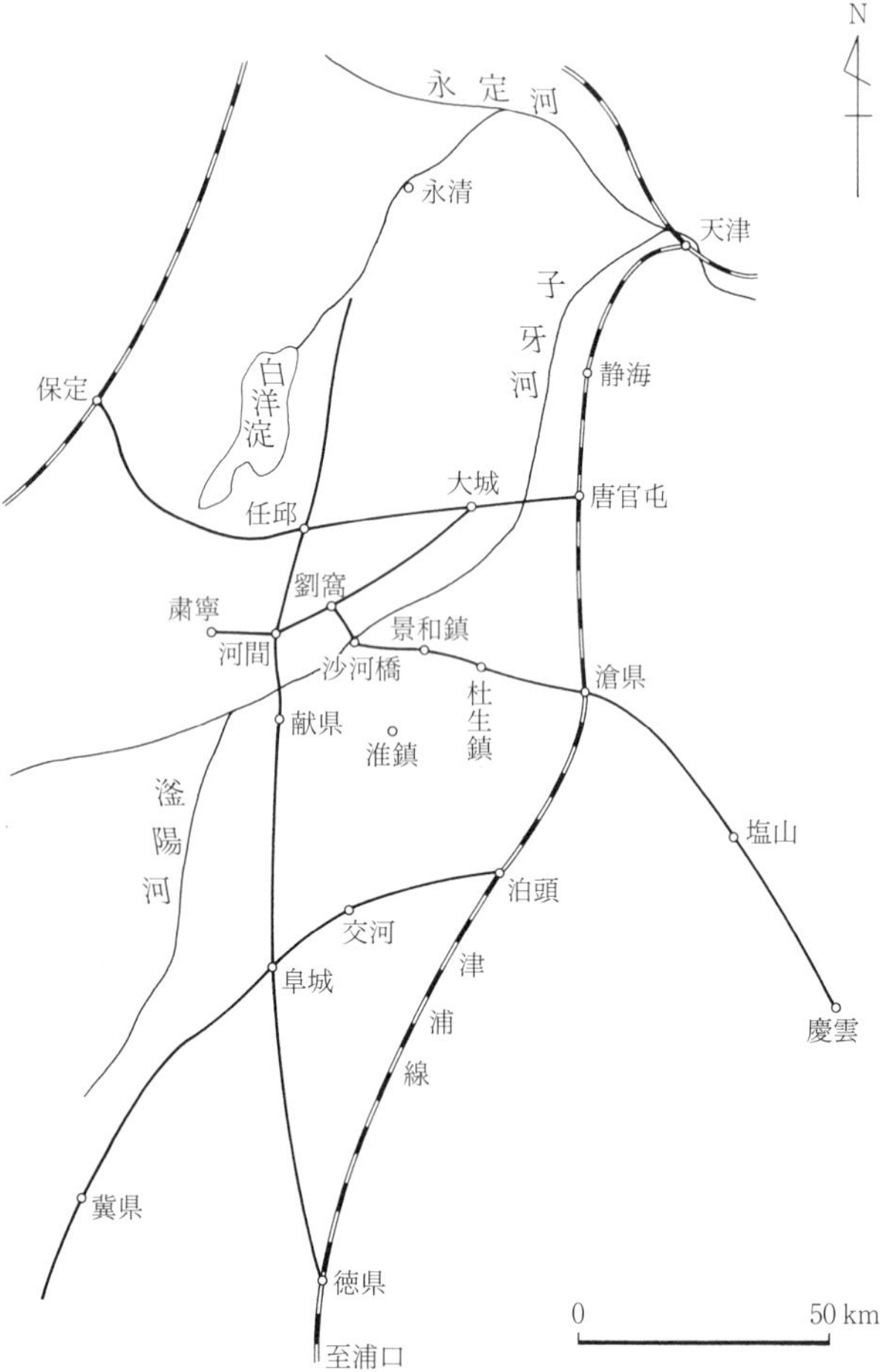

N
永定河
永清
天津
子牙河
白洋淀
保定
静海
大城
唐官屯
任邱
劉窩
粛寧
河間
景和鎮
沙河橋
滄県
献県
淮鎮
杜生鎮
滏陽河
塩山
泊頭
交河
阜城
津浦線
慶雲
冀県
徳県
至浦口
0
50 km

う。

情報のあった部落にむかって中隊は急進した。中隊といっても兵力は五〇名ぐらい、私は第一小隊長として二〇名ぐらいを率いて先頭に立った。先頭といってもそのまた前に特別工作隊の二、三〇人が弾丸よけのような形で先行していた。

情報はたしかで、目的の部落に近づくとカーキ色の軍服を着た敵兵数十名が、バラバラと部落の前に飛び出してきた。前を進んでいたはずの工作隊はいつのまにか消えていた。私はすぐにうしろにつづいていた部下小隊に「散れ」と号令をかけ、つづいて「目標！　部落前面の敵、射《う》て」と命令した。ここまでは習ったとおりである。野村曹長は「飛び出すんじゃありませんよ」とさっそく私を押さえにかかった。私は双眼鏡を出して眺めると、部落の前に散開している敵兵がよく見えるが、味方の撃つ小銃や軽機関銃の弾丸はさっぱり命中している気配がない。そこで野村曹長に「擲弾筒《てきだんとう》を撃とう」と相談し、小隊の後尾にいた擲弾筒分隊に、「距離三百、射てえ」と命令した。

距離の測定は正しかったようで、擲弾筒ははじめから部落前面の敵の散兵壕に命中した。敵はすぐに逃げ出した。それをみて私は「突っこめ」と命令し走り出した。野村曹長も止めなかった。部下小隊もつづいて突進した。部落にたどりつくと、外側の家屋には銃眼が開けられていたが、敵の姿はすでにまったくなく、塹壕《ざんごう》の縁に二、三名の死体があるだけだった。これが私の緒戦である。

なお景和鎮の特別工作隊について述べておくと、これは独立した武装部隊で、高という隊長の私兵集団ともいえる部隊であった。高隊長は地主の出身で、父親を八路軍に殺されたということだった。このためか八路軍にたいし個人的に強い敵愾心をもっており、戦闘でも勇敢であった。この工作隊は、景和鎮の街の行政や治安の全権をもっており、かってに税金を徴収したりして相当に悪いことをしていたようだが、日本軍にとっては便利な協力部隊だった。

中隊付になってしばらく経った一〇月一日に陸軍少尉に任官した。満一九歳と三ヵ月だった。年上の部下たちからみれば、ずいぶん子どもっぽい将校だったろう。真新しい軍服を着た童顔の新品少尉の写真が残っている。

この景和鎮にも一軒だけの料理屋兼ピー屋(ピーというのは慰安婦にたいする蔑称で、出身別に日本ピー、朝鮮ピー、チャンピーなどと呼んでいた。ピー屋というのは慰安所のこと)があり、その店は菓子屋と写真屋までやっていた。写真屋がわずかの日本兵相手に成り立つはずがないので、後で考えると写真屋は阿片を扱うためのカムフラージュだったに相違ない。

この何でも屋の経営者は朝鮮人で、従業員の女性も朝鮮人だった。この店は駐屯隊に寄生していたのだが、中隊がとくに管理していた様子もなかった。一種の御用商人なのだが、特別工作隊とも深い関係があるようだった。聯隊本部にあった料理屋は聯隊副官が管理していたが、中隊以下の単位ではこのような軍隊と不即不離の御用商人が経営する何でも屋が多かったのであろう。

とにかく景和鎮の街で日本兵相手の店は、この何でも屋一軒だけだった。日曜になると外出する兵は整列して、服装検査がおこなわれるが、外出といっても行き先はこの店だけなので、休日は大混雑をしていた。服装検査のさい週番下士官が一人一人に「突撃一番」(ゴム製品)を配っている。私は最初それが何だかわからずに、中隊事務室の下士官たちに笑われた。将校は外出が自由なのに、下士官以下の外出は内地と同じようにきびしく制限されていた。これは第二十七師団が現役部隊で軍紀が比較的に厳正だったからで、警備専門の独混の部隊などはルーズだったようである。独混というのは、独立混成旅団の略で、戦争が拡大した一九三八年以降に次々に編成された後方警備用の部隊である。予後備役《よこうびえき》の召集兵が主体で、編成装備も現役師団より劣っていた。軍紀の面での問題も多いとされていた。

景和鎮での第三中隊の日常は、分散配置の小駐屯隊としては規則正しいといえた。起床、点呼、食事、消灯などは規則正しくおこなわれ、内地の兵営のように喇叭《らっぱ》で合図をしていた。日課としては銃剣術が熱心におこなわれていて、実弾射撃も頻繁におこなわれていた。戦地の特権で、内地の部隊よりは実弾が自由になるからだったろう。ただし内地のように設備の整った射撃場があるわけではなく、街の外の畑に標的を立てて実弾

景和鎮の兵舎の内庭（銃剣術の稽古）

を発射していた。農民にとっては、非常に危険な行動で、日本軍の傍若無人ぶりのあらわれだったといえよう。私は射撃をするというのではじめて立ち会ったとき、兵舎を出てすぐの街外れの畑でいきなり実弾を発射しだしたのにびっくりした。一般人家へ危険が及ぶことへの配慮がまったくないのに驚いたのである。このような民衆への差別感はこれからもくりかえされ、しだいに麻痺していくようになった。

着任してから三ヵ月間、四一年いっぱいは、中隊はひっきりなしに討伐に出動した。討伐というのは、八路軍出現の情報にもとづいて、これを攻撃するために出動することである。討伐は中隊単独の場合もあれば、聯隊規模のものも、大隊規模のものも何回かあった。この討伐出動で、二回に一回は敵と遭遇して戦闘になった。私はこうしていつのまにか小隊長としての戦闘体験を重ねることになった。戦場となったのは多くの場合河間の東北方、または東南方で、呂正操の冀中軍区の第八、第十分区などが主な敵で、たまには回民支隊（回教徒の部隊で、生命知らずと恐れられていた）と戦うこともあった。戦闘は、日本軍が散開して射撃すると敵は逃げるので、もっぱら駈け足で追撃するのが戦闘行動の大部分を占めていた。待ち伏せにかかって不意打ちされないかぎり、戦闘そのものは私たちにとって恐ろしいものではなかった。

この四一年後半は、華北全体の状況からみると、日本軍の治安粛正作戦が一定の成果をあげ、八路軍は苦境に陥っていた時期である。これは中国側の資料でも認めていることである。とくに冀中地区では、日本軍の自転車を使っての機動作戦が効を奏し、とくに隣りの第四中隊（村田隊）は銀輪部隊として名をはせていた。わが第三中隊でも自転車隊の編成を試みた。私自身は機会がないため自転車に乗れなかったのだが、乗れないことを知られるのが恥ずかしいので、私の小隊は徴発した支那馬に乗って十数人の騎馬隊を作ることにした。

八路軍側は自転車隊への対策として部落周辺に壕を掘り、部落の間は坑道でつなぎ、連絡壕に段差を設けて自転車の通行を妨害するなど、さまざまな対抗策を講じていた。日本軍支配下の治安地区と八路軍が支配している解放区の境界あたりの部落民は、八路軍がくると壕を掘らされ、日本軍がくるとそれを埋めさせられた。

あるとき山崎中隊長は、新しく壕が掘られていた部落で、住民を集めて壕のなかに代表者の男性をすわらせ、壕を掘った罪で射殺すると通訳に言わせた。それが本気だとわかると、集められた老幼婦女子がいっせいに号泣して生命乞いをした。壕を掘るのも埋めるのも強制されてのことで、部落民にとってさぞ災難だったろう。

中隊の駐屯地である景和鎮そのものは豊かな街で、治安も保たれており、商工業も繁昌していたようである。私も、しろうとながらカメラをはじめてもって、住民の生活などを撮影したりしていた。ただそれは表面上のことで、日本軍が去ればどうなったかはわからない。八路軍の地下工作はひそかに浸透していたようである。滄県―景和鎮―河間の幹線道路上でも、八路軍の襲撃を受けることがあり、電話線や道路が破壊されることがしばしばであった。いわゆる治安地区と日本軍の支配の及ばない非治安地区との境界だったのだろう。

討伐戦と民衆

中国に赴任して八路軍と戦うまで、私は中国共産党についても、農民の状態についても、何の知識もなかった。そもそもこの戦争は、皇威になびかぬ暴戻《ぼうれい》支那を膺懲《ようちょう》するためのものだと、教えられたことを、そのまま信じていた。そして中国の民衆を天皇の仁慈に浴させるのだと思いこんでいたのである。しかし戦場に到着して早々に体験した現実は、部落を焼いたり、農民を殺したり、およそ民衆の愛護とか天皇の仁慈とかいう美辞麗句とは縁遠いものばかりで、何かおかしいと、しだいに感じはじめていた。その疑問は、勇猛な指揮官だと讃えられている上官にじかに接することで、いっそうふくらんでいった。

分屯地に赴任してしまうと、聯隊長や大隊長に出会うのは、討伐の途中だけである。そのさいの幹部の印象は、それぞれに強烈だった。聯隊長山本募大佐は、のちにビルマ戦線の歩兵団長として勇名を馳せた人で、剛毅果断という評判が高かった。ある部落で、部落民が八路軍に通謀している疑いがあるという理由で、聯隊長自身が大声で「燼《じん》滅《めっ》！」と命じたのを聞いた。それが「焼き尽くしてしまえ」という意味であることがわかって、驚いた。聯隊長じきじきの命令で、兵たちははりきって一軒一軒に火をつけて廻りはじめた。部落に残っていた一人の老婆が、兵の脚にすがりついて放火をやめるように懇願したが、それを蹴倒して作業をつづけている。それを見て、こういうことでよいのだろうかという疑問を感じた。

第一大隊長の山田秀男少佐は、在任二年になる討伐戦のベテランで、たびたび大きな戦果を挙げて、方面軍や師団の情報でも賞讃されており、翌四二年に、日本陸軍ではじめての落下傘部隊である挺進第一聯隊長に転出していったほど勇名が高かった。ただ私はそのとき、あんなに太って腹の出た人に落下傘降下ができるのかと思ったものだ。この大隊長が直接指導する討伐戦では、途中の部落で大隊本部に行き合うと、必ずといってよいほど木の枝に後ろ手に縛られた農民が吊り下げられていた。八路軍の所在を問い糾すため拷問にかけていたのである。あるとき見るからに老百姓《ラオバイシン》(農民)といった老人が吊るされており、そのズボンがずり下がって下半身が露出していたのにたいし、大隊長が大声で、「チンポ、カンカン、プシンじゃ」と命じてズボンを上げさせたその日本軍製中国語を、はっきり覚えている。拷問を大隊長自ら命じていることも、不審に思ったことの一つである。

もとの第三中隊長で大隊本部付の植田正爾中尉や、第一機関銃中隊長の福田紀典中尉などの古い将校は、酒の席などでよく拷問の話をした。それも女性にたいする性的拷問についてで、わざと何も知らない私に聞かせようとしているかのようであった。しかし実際には私は見たことはなかった。

一日もしくは数日の討伐を終わると、駐屯地の景和鎮に戻る。そのさい兵たちは必ず非治安地区からの戦利品(掠奪物)を提げていた。多くは飲食物であった。もちろん景和鎮やその周辺では掠奪は禁じられていた。

景和鎮の街はそれほど大きくはなかったが、先に述べたように経済的には繁昌していたようである。中隊の幹部が集まっている事務室にときどき工作隊から差し入れがあった。たとえば「水ギョーザ」を二〇〇個とか、支那梨五〇個などの果物などである。これは工作隊が住民から取り立てる税金の分け前だったようだ。

兵舎は街の西南隅にあり、土壁をめぐらし望楼を作っていた。中央が営庭で点呼や剣術の稽古の場となっていた。望楼の真下に衛兵所があり、ここが唯一の出入口であった。日本軍はこの兵舎に蟄居《ちっきょ》している形で、外出は自由にできなかった。だから討伐出動は兵たちにとって息抜きの機会だったようで、治安地区の外に出ると掠奪自由という暗黙の諒解があったようだ。主として食べ物をいろいろとあさっていた。

前に述べたように景和鎮での四一年後半の期間は、三、四日に一回は討伐戦に出動した。多くの場合、その状況は次のようなものであった。八路軍にかんする情報は、日本軍が使っている密偵からも、特別工作隊や治安維持会からも、毎日のように入ってくる。それらの情報の確度を検討したうえでころあいの敵を選んで中隊長が出動を決断する。するとまず人事掛の准尉が編成表を作って出動人員を決める。景和鎮の第三中隊の場合、だいたい四〇〜六〇名ぐらいの兵力が出動した。中隊は、そのつど中隊長以下二ないし三小隊を編成し、私が第一小隊長をつとめた。小隊の兵力は二〇名から三〇名で、軽機関銃の分隊が二ないし三と擲弾筒分隊である。

出発するのは真夜中で、暗いうちに目的の部落に近づいて、八路軍を急襲するのを狙っているのだが、多くの場合は企図が曝露されていて敵はいなかった。景和鎮の街のなかにも八路軍に通報する者があったのかもしれない。それに夜間に行動していると、あちこちの部落で犬が鳴き出すので、隠密な行動がばれてしまうのである。

なお八路軍はその支配下の地域では犬の飼育を禁じ、殺犬隊を巡回させて犬の撲滅につとめていたという。犬は食糧を食べるだけでなく、その吠え声が八路軍の行動を曝露するおそれがあるからであった。しかし私の経験では彼我の境界地域では、犬の遠吠えをずいぶん耳にした。これでは日本軍の行動が秘匿できないと思うことが多かった。

それにしても八路軍の情報工作は優れていた。それは民衆を把握しているからであった。解放区はもとより、准治安地区でも、すべての街や村に自衛団を組織させ、さらに地域、単位ごとに救国会を編成させていた。そして部落の壁には抗日スローガンが大書されていた。そのなかでも私たちの目に印象的だったのは、日本軍にむけた日本語の壁書きであった。「敵ハ日本軍閥ダ」「日中両国人民ハ共同シテ軍閥ヲ打倒セヨ」などというのや「中国人民ノ家屋ヲ焼クナ」というのが多かった。とくに家を焼くなという日本兵向けの宣伝文が壁書きにも宣伝ビラにも多かったのは、家を焼かれることが民衆にとっていかに苦痛だったかを示している。私が聯隊長の焼滅命令に衝撃を受けたのも、こうしたことが印象に残っていたからであった。

また部落民のなかで断髪の女性を見つけたら逮捕して憲兵隊に引き渡せと指示されていた。髪を短く切っている女性は抗日婦女会のメンバーだからというのであった。「婦《フ》女会有没有《ニョホエヨーメイヨー》」(婦女会はいるか)というのが部落民にたいする訊問の文句であった。ただし私は一人も断髪の女性を見なかった。

なお徴発について触れておきたい。陸士では戦時国際法について、何も教えられなかったことについてはすでに述べた。あとで聯隊本部付になったときに、部外秘の「戦時服務提要」という小冊子を目にした。それは南京大虐殺後の一九三八年七月に、教育総監部が初級将校用に配布したもので、簡単に徴発と掠奪の違いなどについて書かれている。徴発には高級指揮官(師団長以上の指揮官をいう)がその経理部長等に実施させる場合と、各部隊が直接おこなう場合とがあり、各部隊の徴発は、高級指揮官がその地域を指定したうえで、将校の指揮する徴発隊をもって実施するもので、徴発のさいは賠償を与え、または後日の賠償のために証票を与えるものとしている。それ以外は掠奪である。中隊以下の出動で、下士官や兵がかってにおこなっているのは、もちろん徴発ではなく掠奪である。だいたいこの小冊子を中隊で目にしたことはなかったし、証票というものの実物をまったく知らなかった。掠奪は日常のことで、黙認されていたのである。

四一年秋に私が景和鎮にいた期間は、頻繁に討伐に出動し、戦闘の回数も多かったが、この間の中隊の戦死者は石井軍曹一人だけだった。石井は自転車で先頭を走っていて、部落の直前で一発で狙撃されたのである。石井軍曹の火葬は野村曹長がテキパキと指揮し、露天に山のように薪を積み上げておこなわれた。はじめて遭遇した戦死という現実に、厳粛な気分にさせられた。

下士官が戦死したので、戦闘詳報で戦果を実際よりは大きく書いていることを知った。このときは中隊長と野村が相談して、小銃を七、八挺提出しておこうということになった。実際にはほとんど戦果はなかったのに「遺棄死体二〇、鹵獲《ろかく》品小銃八」と報告している。小銃の現物は、こういう場合に備えて中隊に相当数をプールしてあるのだ。

こうして四一年中は駐留と討伐に明け暮れていたが、接触した中国民衆は景和鎮の住民ばかりであった。彼らは日本軍にたいしては愛想よく、工作隊とも仲よくやっていた。私はひまなときに街で鍛冶屋や豆腐屋の作業ぶりを眺めたりしていた。だがこれは治安地区の街だからできることで、討伐に出かける非治安地区では民衆はすべて逃げ去っていて、家に残っているのは老人だけで、とくに若い女性を見たことはなかった。これははっきり対照的であった。

こうして華北へ到着してから四ヵ月が過ぎ、私は准治安地区で八路軍と日常的に戦っている日本軍警備部隊の生活に、しだいになじんでいった。しかしそれは、いままで教えられ、自分でも信じていた「聖戦」の姿とは、あまりにも懸け離れた現実であった。

私は小学校三年のとき満州事変勃発に、中学三年のとき日中戦争開始に際会した。小学校でも中学校でも、軍国主義教育を受け、この戦争は正義の日本軍が悪い支那軍を懲《こ》らしめる戦争だと単純に教えられた。中学四年から進んだ士官学校ではもう少し理論的で、日本の使命は天皇の御稜威《みいつ》(威光)を世界にひろげること、すなわち「八紘一宇《はっこういちう》」であり、いま戦っているのはその第一歩として、欧米列強の搾取から中国の民衆を解放するための「聖戦」であるというのであった。ところがどうも聖戦の現実は少々怪しいものだと感じられるようになった。部落を焼き払ったり、住民を捕えて拷問にかけたり、民衆の愛護とか解放とかいう言葉とはどうしても結びつかないことを日本軍はしているようだ、と思わざるをえなかった。

私のものの感じ方は、他の士官学校の同期生たちに比べると、少々異質だったかもしれない。予科に入ったときに圧倒されたのは、一浪、二浪をしてやっと初志を貫いたという感じの山口や鹿児島出身の年上の連中だった。彼らは質実剛健であるとともに、天皇への忠誠を信じて疑わず、そのため生命を鴻毛《こうもう》の軽きに譬《たと》えるという士官学校の教えにたちまち同調していった。杉本中佐の『大義』が、必読書として回覧され、卒業記念文集に「今度会うのは靖国神社」と本気で書くような気風が大勢を占めていた。『大義』という本は、一九三八年に日中戦争で戦死した杉本五郎中佐の遺著で、葉隠武士道に傾倒していた著者が、天皇のために死ぬことこそが最高の美徳だと説いており、軍人の死生観の規範だとされていた。

私はそこまでは同調できなかったようである。東京生まれで、都会の小中学校を体験し、父の書庫にあった世界文学全集、明治大正文学全集、現代日本文学全集などを読んでいる文学少年でもあった。それだけに、ヒューマニズムとか人類愛とかに心をひかれる面があり、同期生たちの一途な軍国調になじめなかったのであろう。

そうした気持ちを残していたことが、わが軍の民衆への接し方に疑問を感じる原因になっていたのかもしれない。だがそんな疑問をもつことは、帝国軍人として、天皇の将校として恥ずべきことだという一面の思いも、抜けはしなかったのである。そうした中途半端な立場で、思い悩んでいたというのが実際のところだったのかもしれない。

チフスで死にかかる

一二月初旬、昭和一六年度徴集の初年兵教育のための第三中隊の教官に指名された。そして助教、助手の予定者とともに初年兵教育要員の集合教育のため、河間の聯隊本部に召集された。河間城東南の兵舎での集合教育の何日目かの一二月八日の朝、この教育の責任者になっていた新任の聯隊副官町田一男大尉が、全員を集めて対米英開戦を伝えた。この重大な情報も中国戦場の私たちには他人事《ひとごと》のような感じがした。目の前の中国との戦争も、最初の目論見は大きくはずれて、いつ終わるとも知れない泥沼の長期戦に陥っている。新米の私にも、日本軍が民心を把握していないことだけはわかっていた。民衆を握っているのは八路軍であって、情報戦では日本軍が劣勢に傾いており、この点からも戦争の早期解決は無理なのである。そして日本軍は仮想敵の第一をソ連と考え、そのため対ソ戦の準備をしている。そのうえに突然米英との戦争を始めて、どうなるのだろうか、というのが率直な感想だった。とはいうものの、対米英戦の開始は直接には私たちには関係のないことだった。わが師団の支駐歩二が、天津の米英租界を無血で接収したのが、対米英戦の一部であった。

その直後から、私は頭が重く身体がだるい日がつづいた。聯隊本部の医務室でベテランの長屋軍医大尉の診断を受けると、四〇度近い高熱があり、一目でチフスだと診断されてすぐに入院を指示された。このころ戦地で多かったのは、腸チフスとパラチフスだった。どちらも細菌性の感染症で、水や食物から伝染するといわれていた。症状は重く、高熱がつづき、とくに腸チフスの場合の死亡率は高かった。私の場合は腸チフスで、症状は相当に進んでいた。入院といっても河間にあったのは野戦病院ではなく、その出張所のような繃帯所《ほうたい》という施設で、聯隊本部の医務室より少しましな程度で、野戦病院から数人の軍医が出張してきていた。ここに入院するとそのまま高熱で一週間近く昏睡状態がつづいた。あとで軍医が教えてくれたところでは、「危篤がつづいた。よくぞもった。さすが若さだ」ということだった。衛生兵が言うのには、点滴と注射は記録的な量だったとのこと。針を刺した両腕と太股は固くふくらんでいた。そういう大がかりな治療がまだ可能な状況だったから助かったのだろう。

繃帯所はふつうの支那家屋をそのまま使っていた。病室といってもただの部屋にベッドを一台入れただけの将校用病室だった。ところが私が回復期に入ると、同室にもう一人の将校が入院してきた。その人の病名は猩紅熱《しょうこうねつ》だった。体力の衰えていた私はたちまち感染した。高熱がつづき全身に発疹し、また重態に陥った。これは病院側の責任なので、軍医も懸命に治療してくれた。また点滴と注射づけとなり、やっと一命をとりとめた。結局ここで新年を迎えた。

あとには長い療養生活がつづいた。つづけざまに二つの大病をして、私はすっかり衰弱した。それでも回復期に入ると、早く退院したいと焦ったが、軍医はなかなか許可してくれない。結局二月はじめまで、殺風景な河間の綳帯所で入院生活を過ごした。

四二年二月中旬、ようやく退院して景和鎮の中隊に帰った。当然だが初年兵教官は交代させられていた。すでに聯隊の昭和一六年度徴集兵は、前年一二月初めに近歩四に入隊し、宇品から釜山に渡り、四二年一月一日滄県に到着していた。そして第一大隊の初年兵は大隊本部のある献県で集合教育をしていた。この初年兵たちが、あとで大陸打通《たいりくだつう》作戦の主力に成長することになるのだが、私はまだ対面していなかった。

入院している間に華北の情勢も変わっていた。冀東地区の治安が悪化し、支駐歩一の小部隊の全滅がつづいた。そこで滄県にあった歩兵団司令部が唐山に移って冀東の兵力が強化され、そのあとをうけて、聯隊本部は河間から滄県に移り、警備地区も津浦線東方の塩山、石徳線南方の武強方面に拡大していた。兵力が減ったのに警備区域がかえって広がったのである。

入院している間に、太平洋の戦局は大いに進展していた。私は退院してから中隊事務室で開戦以来の新聞で、ハワイの戦果、香港占領、マレーの進撃、フィリピン上陸などの記事を興奮して読んだ。シンガポールの陥落も迫っていた。中国の戦線は停滞しているのに、南方の戦局は大発展しているのがうらやましかったのである。

華北での駐留中は、中隊の事務室にラジオがあり、新聞も数日分がいっしょだが入手できた。中隊の事務室では、新聞をまとめて読めるように製本して置いてあった。そのため情報はある程度知り得る機会があったのである。

劉窩分屯隊長

冀東を重視する師団の配置転換にともない、第三中隊から沙河橋と河間の中間の劉窩《りゅうか》に分屯隊を出すことになり、二月下旬私がその隊長を命ぜられた。二〇名強の一個小隊である。これは山崎中隊長が病後の私を気づかっての処置で、中隊にいれば連日の討伐出動があるから、分屯隊長で少しのんびりさせようとの配慮だったようだ。このころ冀中地区の日本軍の兵力縮小に乗じて八路軍の行動は積極的になっており、第一大隊は活発な討伐戦を展開していたのである。

劉窩は河間と沙河橋の中間にある街で、河間・滄県道から大城方面への自動車道が分岐する交通の要衝であった。治安維持会と傀儡《かいらい》政権側の警備隊があり、その会長と隊長が毎朝駐屯隊長の私のところに伺候して、治安状況、とくに八路軍の情報を報告する日課だった。

八路軍は、兵器や装備で圧倒的な差のある日本軍にたいして、思想工作も重視していた。とくに日本軍の兵士にたいし、敵は日本軍閥であるとか、日中人民は共同して戦争を企てている日本の軍閥財閥を倒せとかいう宣伝が多かった。行く先々の部落にこういった趣旨のスローガンが壁書きされていた。直接日本軍にたいする働きかけとしては、次のようなことを経験した。いずれも劉窩の分屯隊長をしていたときである。

八路軍による通信線や通路の破壊を警戒して、一晩中不寝番が隣りの駐屯隊との間で一時間おきに電話の導通点検をしている。その電話に八路軍が日本語で話しかけてくるのである。これは携帯用の電話機を途中の電話線に引っかけて不寝番の兵に反戦平和を訴えてくることが多かった。隊長として、そのさいは会話をすることなく、「非国民、売国奴！」と叫んで電話を切れと命じてあった。ちなみに話しかけてきたのは、日本人反戦同盟員らしく、流暢な日本語だったそうである。

また景和鎮では、農民が慰問袋と称して棗《なつめ》の実の入った袋をもってきたそうだ。袋のなかには手紙が入っており、日本国内の凶作のことなどが書かれていたという。そのほかに内地からの手紙に書き込みのある例があったという家族の文書の横に、このように農民は凶作に苦しんでいる。今年は米の出来が悪かったという家別の筆跡で書き加えられていたのである。これは郵便局の者がおこなった内部犯行か、あるいは輸送の途中でいったん郵便物が奪われて、手を加えた後に返されたものかであったのだろう。いずれにしても八路軍の工作に協力する日本人がいたということを示していた。つまり日本兵向けの反戦工作がおこなわれていたのである。そういうこともあって八路軍は捕虜を大切にするということは、このころすでに日本軍には知られていた。

駐屯隊は街の一角にトーチカを作って立てこもっている格好だった。ある日治安維持会長が若い娘をつれてきて「トエチャン(隊長)タイタイ(太太＝奥さん)にどうか」と勧めた。もちろん私は、とんでもないと怒ってことわったが、こうしたことには前例があったようだ。古い召集の将校のなかには、営内に妾をかこっている者もあって、兵たちの顰蹙《ひんしゅく》をかっていたという噂を聞いた。

ここで私を悩ませたのは、部下の一人で三年兵になりながらまだ一等兵のままのＩだった。Ｉ一等兵は炊事掛で、下士官や上等兵も腫れもの扱いをしており、無断で外出して維持会や警備隊とつきあうなど勝手放題をしていた。私は風紀粛正のため何とかしなければと考えているうちに、彼は性病が悪化して河間に入院してしまった。

劉窩の駐屯隊長は一ヵ月足らずで、三月下旬に中隊に戻った。三月から四月にかけて、大隊の討伐戦である劉官庄の戦闘、東南村、田家庄の戦闘に小隊長として参加した。いずれも八路軍の主力には逃げられて大きな戦果はあがらなかった。冀中地区での討伐戦の体験は、これが最後になった。

五月初め聯隊本部付を命ぜられ、第三中隊に別れて、滄県に移っていた聯隊本部に赴いた。現在の聯隊旗手である特別志願将校の木下五郎少尉が近く転出するのでその後任になる含みと、聯隊の下士官候補者たちが、保定の教導学校へ行く前の準備教育の教官になるためであった。聯隊の新しい担当地域である渤海道の塩山や慶雲に本部とともに行動した。塩の吹き出した荒れた土地で、肥沃な冀中平原とは様子が違い、八路軍の行動も活発ではなかった。

入院中に聯隊長は山本大佐から小野修大佐に代わっていた。小野大佐は陸軍省の恩賞課長からやってきた人で、功績のことばかり気にしていると評判が悪かった。

六月上旬に正式に聯隊旗手を命ぜられた。軍旗そのものは討伐出動に同行せず本部に安置してあるので、旗手の実際の仕事は聯隊副官の助手的なものであった。機密書類の取り扱い、「陣中日誌」、「戦闘詳報」の記述などである。このころになると病後の回復がすすみ、一方では行軍、戦闘といった激しい行動から離れて、机上の仕事が多くなったため、太りはじめた。当時父と並んで写っている写真でも、前線の将校らしくもなく、色白でふっくらとした顔をしている。

経理将校だった父は、私が陸士を卒業したころは陸軍航空本部の第十(建築)課長をしていた。当時は全国で飛行場作りがさかんにおこなわれていて、父はよく日本の国家予算のなかで最高額を使う課長だと話していた。その父は私が華北に出征した直後の異動で、第四十一師団の経理部長に転じて華北の山西省に移ってきていた。四二年春に北支那方面軍が計画した冀中作戦に、第四十一師団は主力の作戦部隊として山西省より参加しており、同師団は作戦を終えて徳県に司令部を置いていた。六月上旬、師団経理部長として父が隣接地区である滄県を訪れたので、ひさしぶりの親子対面をしたのである。私が太ったのに父はびっくりしたようだが、私は第一線に戻ればたちまち痩せるからと言っておいた。その対面のとき聯隊本部の誰かが写真を撮ってくれたのである。

河北省滄県で父と(1942年6月ごろ)

同じ六月の中旬ごろ、たまたま聯隊本部が討伐戦指揮のため河間に赴いていたときのことだった。

任邱の第十一中隊付だった同期生の石田久之が、駐屯地近くの部落に侵入した敵を攻撃するために出動、小隊長だった彼が一人で抜刀突撃して腹部に敵弾を受けた。石田は重態のまま河間に運ばれ、長屋軍医の弾丸摘出手術を受けた。腹をやられても長屋さんにかかれば助かるという定評があったのだが、腹膜炎をおこしていて、もう手遅れだった。石田はさんざん苦しんだすえに死んだ。私は激励の言葉をかけるだけ、返事もできずうめき声をあげるのを見守ることしかできなかった。人の臨終にはじめて立ち会ったのである。長屋軍医は産婦人科医だそうだが、武漢戦以来多数の開腹手術を手がけ、聯隊中で信頼が厚かった。その長屋さんが、もう手遅れだと匙《さじ》をなげたのである。

同聯隊に赴任していた五人の同期生のうち、四人は近歩三の出身、私一人が近歩四の出身で、天津に着くまでは面識がなかったのだが、そのうちの一人浅田はすぐ航空通信に転科し、三山は戸山学校の学生となって一時帰国し、石田が戦死したあと聯隊に残っているのは加養と私だけになった。その後に三山は帰隊し、のちの大陸打通作戦には加養、三山、私の三人が中隊長として参加した。三山は茶陵で戦死し、私も転任したので、最後は加養だけが残って、最後の聯隊副官として敗戦処理にあたることになった。なお加養は戦後に自衛隊に入った。一九六〇年代に、自衛隊が研究者や評論家を千歳に招いて供覧演習をしたとき、私も招待客の一人として参加し、演習の聯隊長をしていた加養に再会したことがある。

私たちの陸士五五期生は、新任少尉のとき太平洋戦争開戦に際会したため、下級指揮官として損耗率が高かった。予科入校約二四〇〇名の同期生は、地上と航空に分かれたが、双方をあわせて戦没は九七三名、四割を超えているのである。

冀東へ移駐

冀東地区の治安はいよいよ悪化した。李運昌の冀察熱挺進軍の活発な行動により、日本軍の損害は増加していった。方面軍は冀東一号作戦で八路軍の撃滅をはかったが、容易に成果をあげられなかった。これには、この地域が万里の長城がつらなる山岳地帯で、八路軍は日本軍の警備担任の境界である満州国の熱河省と冀東との間を自由に往復していたことにも原因があると考えた北支那方面軍は、長城線に沿う地域に無人地域を作るという方針を示した。これが三光《さんこう》作戦という悪名を買った無人地帯化政策である。だがこの作戦は民衆の離反を決定的にし、治安状況は最悪となった。

四二年九月冀東一号後期作戦のため、支駐歩三は冀中の警備を第百十師団に譲り、全面的に冀東に移駐することになった。九月一五日聯隊本部は最初灤県、すぐに沙河駅に移った。この九月中旬から、私は聯隊旗手の本職はそのままで、聯隊全体の下士官候補者を集めた教育隊の教官に任命された。昭和一六年度徴集兵中の下士官候補者は、一期

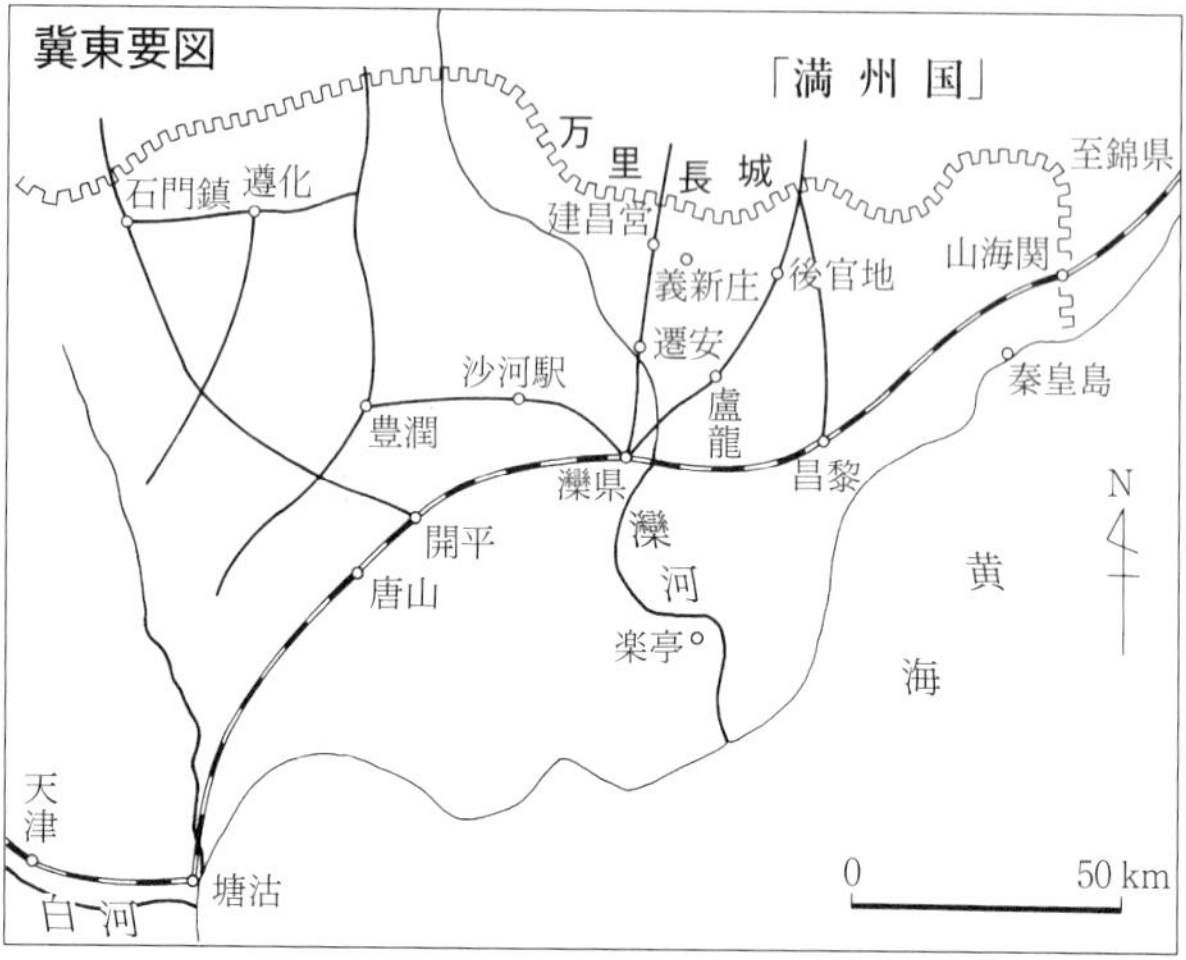

の初年兵教育を終わった後に各中隊で選抜され、一一月から保定の下士官候補者学校（通称、教導学校）へ派遣されることになっていた。その前に聯隊において一ヵ月半の事前教育をすることになり、その教官となったのである。聯隊の各中隊から集められた六〇人あまりの候補者と、これも各中隊から選ばれた助教の下士官数人、助手の上等兵一〇人弱で教育隊が作られた。この教育隊発足後の一〇月一日付で私は中尉に進級したが、まだ二〇歳だった。教え子の初年兵の候補者はほとんどが二一歳、助教、助手はもっと年長なのである。

教育隊は警備のための配置もかねて、開灤炭坑の重要都市である開平に置かれた。つまり私は候補者隊の教官であると

下士官候補者隊の助教・助手たちと

ともに、開平市の警備隊長となったのである。実態は初年兵主体の教育隊なのだが、外見は一〇〇人近い武装兵力で、しかも連日猛訓練をしている精鋭部隊に見えたのだろう。開平にいた期間は八路軍の攻撃はまったく受けず、治安上の問題はなかった。

下士官候補者の教育には、熱意をこめて取り組んだ。綿密な計画を立て、保定へ行ったときは他部隊にひけを取らないように、きびしい訓練をした。のちに大陸打通作戦のさいの聯隊内各中隊の下士官として戦力の中心になったのが、このときの候補者たちである。

この下士官候補者たちは、各中隊で初年兵のなかから選抜されているので、知識も体力も一定の水準に達していた。以前の下士官志願者は、満一八歳で現役志願をして入ってくる貧農の子弟が多く、中隊の古い准士官、下士官もそうだった。しかし戦争長期化の影響で、ふつうの徴兵から志願する者が増えていたのである。戦争が長びき、現役兵も二年で帰されることはなく、予後備兵も召集がくりかえされているという状況から、どうせ長い軍隊生活ならと、下士官志願をする者は増加していた。したがって候補者の質も高く、教育のしごたえがあったということができる。

軍としても下士官の教育を重視していた。北支那方面軍は内地の教導学校(下士官教育の学校)にあたる方面軍下士官候補者隊を保定に開設していた。聯隊も保定へ派遣する前に聯隊独自の下士官候補者教育をするために、この教育隊を設けたのである。試験をして採用することと、教育に時間をかけることで、相当に成果があがったはずである。病気のため初年兵教官ができなかったので、私にとってこの下士官候補者の教育が、はじめての本格的な教育の機会であった。それだけに熱意も努力も相当にかけたつもりで、助教、助手も候補者たちもたいへんだったと思う。それだけに成果もあがり、あとで保定の教導隊の教官から賞賛された。教育に熱中して外出もしなかったので、開平の街の思い出はほとんどない。ただ私にとっては、教育という得がたい経験をしたことになった。

この集合教育が終わったあと、一〇月上旬に彼らを引率して保定の教導学校(下士官候補者隊）へ赴いた。帰途北京に遊んだ。同じ立場でいっしょになった同期生の一人の元の聯隊長が、方面軍の高級副官になっていて、ガイドをかねた運転手付きの自動車を提供され、北京の名所めぐりを楽しんだ。夜は高級料亭でご馳走になった。

こうしてのんびり観光をしていた留守に、一〇月七日開灤炭坑地区は米空軍B25爆撃機の空襲を受けた。炭坑の被害はたいしたことはなく唐山や開平の民家が若干の損害を受けた程度だったが、在中米空軍の戦略爆撃の開始として、日本側に相当の衝撃を与えた事件である。

帰ってから開平の教育隊を閉鎖して聯隊本部に戻った。本部ははじめの灤県から沙河駅に移っていた。ここで小野聯隊長は季節はずれの軍旗祭をおこなった。実際の軍旗拝受記念日は秋ではなく四月七日なのだが、小野聯隊長としては、聯隊が高度の分散配置をしているので、聯隊としての団結を鞏固《きょうこ》にする必要を感じ、聯隊の歴史と伝統を思い出させるとともに、兵たちに娯楽の面での楽しみを与えようという意図があったのだろう。しかし私にとっては、不動の姿勢で軍旗を捧持している式典は、あまり嬉しいものではなかった。

滄県時代もこの沙河駅時代も、何回かは旗手本来の仕事の一つである機密書類の受け渡しのために天津の師団司令部へ出張した。書類授受は、責任はあるが形式的なので、この出張は息抜きをかねる買い物が目当てであった。私はもっぱら本屋に寄って、哲学書や時局もの、歴史書などを買いこんだ。私の蔵書をみて、本をよく読むという評判が立つほどであった。ただし、移動するとき本は邪魔になるので、不要なものは捨て、とっておきたい本は留守宅あてに送った。行き当たりバッタリだが、高山《こうやま》岩男、細川嘉六などの著作がいまの私の蔵書のなかにあるのはそのためである。

沙河駅時代の深刻な思い出は、浅葉隊の全滅に際会したことである。四二年一二月一八日、遷安東方に八路軍ありとの情報で、第二大隊主力は羅家屯から、その一部第八中隊の浅葉滋少尉の小隊は建昌営から出発した。第二大隊から、北方に激しい銃砲声を聞いたがやがて収まり浅葉隊は不明だという報告が入り、本部からも救援隊を編成し急行することになり、私も臨時編成の小隊長としてそれに加わった。建昌営西南方の義新庄付近に到着すると、浅葉小隊三六名、配属の機関銃の三枝《さえぐさ》小隊一二名の死体が、部落前の小川の河原一面に横たわっていた。死体はいずれも真冬の寒さのため、どす黒く変色して膨らんでいるという凄惨な姿だった。武器や装具はすべて奪われていた。一帯は静寂で、敵の姿は影も形もなかった。八路軍は浅葉隊を全滅させた後、救援隊の到着前に長城線を越えて熱河省に待避したのであろう。浅葉隊は八路軍得意の待ち伏せ攻撃にまんまと引っかかって、一人残らず殺されたのである。これは八路軍の戦術の成功と、日本軍の油断をあらわす事件だが、冀東地区ではとくに多く、支駐歩一でも小部隊全滅の事例が頻発していた。これは八路軍が民衆を把握し、情報戦では圧倒的に有利に立って

聯隊旗手として軍旗を捧げ持つ(1942 年 11 月沙河駅の軍旗祭)

いたことの結果である。日本軍は民衆の心をつかむことができていないのを痛感させられた事件であった。

浅葉隊全滅のあと、聯隊本部はしばらく建昌営にとどまって、長城線近くの作戦を指揮した。これが方面軍の指示による無人地帯設定作戦だったと思われる。つまり長城線に沿って無人区を作り、満州からの八路軍の越境攻撃を遮断しようという作戦である。

冀東地区の防衛隊長である歩兵団長鈴木啓久少将(のち中将)は、『戦史叢書』によると次のように回想している。

(一九四二年)八月下旬、方面軍は八路支配地区を現政権支配地区から徹底的に隔絶するため、図上で遮断線を示してきたが、それは現地の実情を甚だ無視したものであった。地区隊は本指示により、一連の壕とこれを火制する望楼を構築し、八路軍の移動と物資の流通阻止に努めた。この工事に動員した民衆は延約六〇万を超え、農作物の収穫に少なからぬ損害を与えた。これは中共側宣伝工作の乗ずるところとなり、青年の逃亡が続出した。

方面軍はまた八路軍の根拠地である長城線に沿う地区を無住地帯にするよう命じてきた。地区隊は武力を用いて立ち退きを強制したが、この処置は特に住民怨磋の的となり「三光政策」(焼き尽くし、奪い尽くし、殺し尽くす)だとして八路の宣伝に利

用された。（防衛庁『戦史叢書・北支の治安戦〈2〉』一三四ページ）

だが私は、三光作戦に直接かかわったという経験はない。浅葉隊救援いらい、住民なるものはいっさい目にしなかった。もう無人区はできていたのかもしれない。ここで四三年の正月を迎え、一月下旬、本部は沙河駅に移った。

沙河駅に移ったところで、小野聯隊長はまた軍旗祭をおこなった。前の軍旗祭から半年も経っていないのにと思ったが、聯隊長はお祭り好きなのだろう。結局私は短い旗手在任中に二回軍旗祭を経験したことになる。不動の姿勢で軍旗を捧げて長時間立ちつづけるのはたいへんだった。それ以外にはあまり記憶はない。

聯隊本部の総括責任者は聯隊副官である。私が旗手でいる間の副官は、はじめは井上大尉、ついで四二年末からは、市川定一大尉であった。市川大尉は、下士官からの志願者を士官学校で一年間教育して現役将校に任官させる制度である少尉候補者の出身であった。武漢作戦にも聯隊の機関銃中隊長として参加しているベテランだが、温厚な人柄であった。聯隊本部の実務は、もっぱら書記の下士官が取りしきっていた。そのほかに各中隊から差し出されている勤務兵が、衛兵や当番として働いていた。

中隊として悩みの種は、聯隊本部や大隊本部、それにくわえてさまざまな理由で勤務兵を取り上げられることだった。中隊の人員が名簿上は二〇〇名ぐらいあるのに、勤務兵として取り上げられているのが五〇名以上もあって、実際の兵力が減少していたのである。中隊にいる間は勤務兵を取られることに不満をもっていたが、聯隊本部にきてみると、そのことの理由も納得できた。

本部に勤務している下士官や兵は、隊務から離れて事務員や小使いのような仕事をさせられている。そのため軍人としての規律が守られず、軍紀風紀上の問題も起こしやすかったようである。

聯隊旗手の日々

沙河駅の聯隊本部にいる間には、聯隊長に随行して天津の師団司令部、灤県の歩兵団司令部に何回か出かけた。聯隊長の言いつけで、内地の家族のための買い物をさせられるのが、何よりもいやだった。軍人らしい潔癖さに欠けるという思いがしたからだった。

本部付でいる間には、灤県や沙河駅の料理屋にもよく行った。料理屋といっても、そこにいる女性は、夜の相手のほうが本職だったのだろう。泊まっていってくれと誘われたことが何回かあったが、すべて断った。彼女たちを軽蔑したり、不潔だと思っていたわけではないのだが、それほど禁欲に努力したという思いもない。結局私は臆病だったのだろう。戦後を迎えるまで私は女性に触れることはなかった。

この前後にこうした店で、酒をともにしながら何人かの将校と、戦争の将来についてとか、日本軍の中国人にたいする接し方などの深刻な話題について、話し合ったことを覚えている。話し相手となったのは、特別志願将校(幹部候補生出身の予備役将校で、とくに志願して現役に編入された将校。現役だから召集解除はない)の小沢清一少尉(のち大陸打通作戦では私の隣りの第四中隊長になる)、高杉良雄少尉(第七中隊長として大陸打通作戦で戦死)、それに軍医の尾崎さん(この人は東大医学部の教員で、戦後に大学で教官と学生として再会した)などであった。この話し合いで、私以外にも戦争に疑問をもっている将校が存在していることを知った。それもいつ帰国できるかわからない現役をわざわざ志願した幹候出身の将校なのに、この戦争に不満や不安を感じていたのである。だがこれは、このころの中国戦場における日本軍の実際の姿の反映だったのだろう。

聯隊旗手の仕事として相当の時間を割くことになったのは、陣中日誌と戦闘詳報の記述であった。この責任者は聯隊副官であったが、多くの隊では旗手か本部付の書記(下士官)が書かされていたようである。その記述内容は規則で定められていた。陣中日誌は中隊以上の部隊で作成し、戦史の資料または将来の改善の資料とするもので、各部隊もしくは各人の経歴、遭遇した実況ならびに所見を記載する。戦闘詳報は一方面の戦闘終了後に各級指揮官が文書で報告するもので、記載事項は戦闘前の彼我形勢の概要、各時期における戦闘経過、関係部隊の動作、彼我の交戦兵力、敵の団隊号、将帥の氏名、編制・装備・戦法、戦闘後における彼我の形勢概要等と定められている。また戦闘詳報とは別に、戦闘要報というものもあった。これは作戦要務令によると、一部の戦闘が終わったとき、または当日その局を結ぶに至らなかったときは日没後、すみやかに各部隊長が報告するもので、内容は当面の戦闘経過概要、彼我の形勢、敵情判断およびこれにたいする自己の企画、彼我の損害概数、残余の弾薬燃料およびその消費概数などである。中隊では駐留期間は討伐戦があったさいには戦闘要報もしくは戦闘詳報を提出していたが、長期の大作戦になるとその余裕がなくなってしまった。陣中日誌もほとんど記載していなかった。しかし聯隊本部では、これらはきちんと記述することになっており、私もこの記述を自分の仕事としてつとめた。

ただ中隊や大隊から上がってくる戦闘要報や戦闘詳報のなかには、いかにも作りものの作文と思われるものもあった。とくにわが方の損害が大きかった場合に、戦果を誇張する傾向があった。多数の戦死傷者を出したさいには、敵の遺棄死体や鹵獲兵器を大きくする。このときのために兵器を貯めておくことなどが各隊でおこなわれていたようである。

私が仕えた小野聯隊長は、前職が陸軍省の恩賞課長だったとかで、功績の資料になるからと、陣中日誌や戦闘詳報の記載にやかましかった。私はこれに反撥して、作りものの戦果や武勇談を排除して正直な記述をすることに努力したつもりである。

討伐出動中のひとこま(冀東道楽亭付近)

二月初め聯隊旗手を五六期の村上勲少尉に引きついで、第三中隊付を命ぜられた。山崎中隊長が近く召集解除になるので、その後任に予定されての人事だった。聯隊本部は灤県に移り、第三中隊も同地の兵舎に移った。二月中は小隊長として灤河下流の楽亭方面に行動した。舟を利用することが多かったが、敵には遭わなかった。

四三年二月一九日から二三日まで、長辛店で方面軍の中隊長要員教育を受けた。八路軍にたいする情報戦についての参謀の講義と、軍紀風紀の振作のための中隊長の心得にかんする高級副官の訓話などがあったことを覚えている。八路軍が容易ならぬ主敵であることを方面軍がようやく認識したこと、さらに軍紀風紀の紊乱《びんらん》にたいして道義的反省の必要を感じていることの反映として、こうした会合が開かれたのであろう。方面軍の対共産党認識の変化にともなって、対共戦では武力だけでなく道義的にも勝つことが必要であることを方面軍が覚ったのであろう。

この長辛店の中隊長教育には、方面軍の同期生が比較的多く集まった。だれかれの噂を聞いたが、戦死者が意外に多く出ていた。そういえばわが聯隊でも同期生の石田が任邱付近の討伐で戦死している。小規模な戦闘でも小隊長として先頭にたって戦死する率が高いということなのであろう。

四三年三月下旬、隣りの支駐歩二の警備地域の津海道永清県で、日本軍に協力していたはずの紅槍会《こうそうかい》が反乱をおこし、第二聯隊の見習士官以下が死傷するという事件がおこった。紅槍会は宗教的秘密結社の一つで、民衆の自衛組織という面を強くもっている。それが傀儡政権側武装組織の弾圧に抵抗し、日本軍と衝突することになったのである。第三師団は、紅槍会が八路軍に接近する気配があるとし、断固討伐することを企図し、第三聯隊にも増援部隊の派遣を命令した。私はこの増援部隊の混成中隊長として派遣された。しかし私たちの派遣隊が三月二五日に現地に到着すると、紅槍会の主力はすでに降伏しており、戦闘行動には至らなかった。

永清県一帯は華北大水害で疲弊しているところである。私たちが紅槍会の武装解除をおこなっていると、部落民の一団が川の堤防上に避難しているのに遭遇した。そのなかの一人のガリガリに痩せ細った母親が、これも骨と皮ばかりの赤ん坊に母乳の代わりに草の茎をしゃぶらせていた。私はこの光景につよい衝撃を受けた。日本軍はアジア解放のため、中国民衆の愛護のために戦うのだと教えられてきたのに、貧しい農民たちは飢えに追いやられているではないか。それを討伐するというのが皇軍の姿なのか、という疑問をもった。聖戦の美名と、民衆への弾圧の実態との大きな差違をかねて感じていたが、目のあたりに飢えた母子の姿を見て、この現実につよい感銘を受けたのである。日本軍の行動が、部落を焼き、無人区を作るなど農民を苦しめていることの矛盾を強く感じたのである。

私が中国との戦争に疑問をもつようになった決定的な転換点が、この永清県での紅槍会鎮圧作戦であった。冀東での三光作戦につづいて、ここで飢えた農民の姿を直接眼にしたことで、大きな衝撃を受けたのである。

中隊長となる

三月末に永清県の紅槍会討伐を終えて中隊に戻った。聯隊本部が灤県に移ったあと、第三中隊は同じ灤県に駐屯して聯隊直轄となり、どこへでも出動できる予備隊としての役割を担うことになった。そこで四三年四月二七日、第三中隊長に任命された。聯隊長は私のために命課布達式をおこなってくれた。命課布達式というのは、隊長就任を厳粛にするための儀式で、部下中隊を礼装して堵列《とれつ》させ、その前で聯隊長が、天皇陛下の命令で中隊長に任命されたこと、よって部下は同官に服従すべきことを宣告し、その後に中隊は新中隊長にたいし分列式をおこなうのである。こうして私は公式の部隊指揮官である中隊長になった。中隊長以上の隊長職は、公式に補職されるもので、官報にも記載される。聯隊のその他の将校はすべて聯隊付で、そのなかから聯隊長が各中隊付を命ずることになる。中隊にいる将校や下士官はすべて中隊付で、出動のさいに中隊長が小隊長以下の編成を命令するのである。したがって中隊長になるということは、特別の重さをもっていた。

このときわが中隊には二〇〇人近くが在隊していた。昭和一四年徴集兵を最古年次兵として、昭和一五年徴集兵、昭和一六年徴集兵の三年次分がいるうえに、さらに昭和一七年徴集兵が二月一日に灤県に着いて集合教育中で、近く初年兵一期教育を終わって各中隊に配属されてくる予定だった。つまり四年次分の現役兵をかかえることになった。

この兵たちの出身地は、埼玉、山梨、東京、千葉などの第一師管で、とくに昭和一五年徴集兵以降は、ほとんどが千葉県の壮丁であった。漁師や博徒が多く、気質は荒いが戦闘にも強いといわれていた。下士官には岡山、鳥取、広島などの中国地方出身者が残っていた。これは編成当時の名残りであろう。

わが聯隊が編成されたのは、一九三八年三月である。一九〇一年に創設された支那駐屯軍(はじめは清国駐屯軍)は、天津に司令部を置き、内地の部隊から交代で派遣される北京歩兵隊と天津歩兵隊をその下にもっていた。一九三六年四月に駐屯軍は一挙に増強され、支那駐屯歩兵旅団(その下に支那駐屯歩兵第一、第二聯隊がある)、砲兵一聯隊、騎兵、工兵各一大隊、戦車隊をもつ永駐の兵力となった。北京駐屯の支駐歩一が、盧溝橋事件の当事者となったのである。三八年三月旅団は支那駐屯歩兵団に改編され、支駐歩一、歩二の両聯隊から抽出した兵力で支那駐屯歩兵第三聯隊が編成された。すなわち支駐歩一の第二大隊を支駐歩三の第一大隊、支駐歩二の第二大隊を支駐歩三の第二大隊とし、その他の両聯隊からの転属者で支駐歩三の第三大隊と聯隊直轄部隊を編成した。この名残りで、わが第三中隊には、支駐歩一の一時の徴集区であった中国地方出身の下士官が多かった。

三八年七月に支那駐屯兵団を基幹として、三単位師団として第二十七師団が編成された。三単位師団というのは、従来の歩兵二個旅団、四個聯隊からなる四単位師団にたいする呼称で、歩兵聯隊を三個にし旅団を廃止して一個の歩兵団を設けたものである。第二十七師団は歩兵団のほかに、山砲兵、工兵、輜重兵の各聯隊、捜索隊、通信隊、衛生隊、野戦病院などがあった。このなかの捜索隊は四三年六月の改編で解隊され、各歩兵聯隊の乗馬小隊となった。

第一大隊長は山田少佐の後任の山下犠祐少佐で、四二年いらい変化がなかったが、山田大隊長ほどの強烈な個性がなく、あまり目立たない存在だった。中隊の幹部は、野村、三宅の両准尉以下すべてなじみの顔ぶれで、安心できるのが何よりだった。

中隊長就任直後の五月一日、師団は近く満州に移動して集結、訓練するとの内命を受けた。ゲリラ相手の戦闘から本格的な対ソ戦準備に移行するというのである。なお移動までは、冀東の治安粛正は手を抜かずにつづけるとのことであった。

満州移駐直前に聯隊におこったのが、木下中隊の全滅という事件であった。第十二中隊長木下五郎中尉は、私の前の聯隊旗手で、幹部候補生から特別志願をして現役になった幹部であった。第十二中隊は盧龍県に駐屯しており、六月七日木下中隊長は、初年兵

第二十七師団の編成(1944 年 3 月現在)

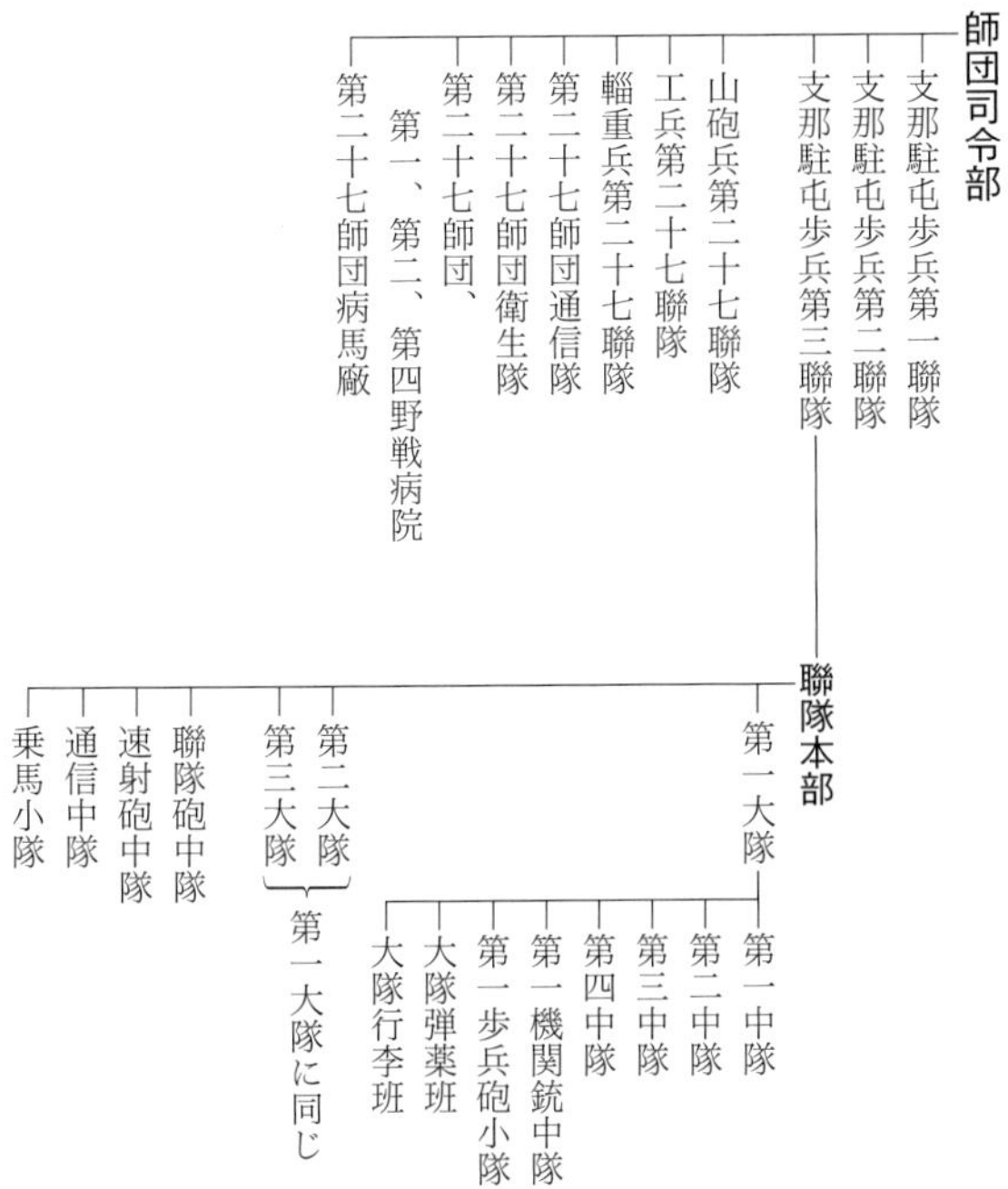
師団司令部
支那駐屯歩兵第一聯隊
支那駐屯歩兵第二聯隊
支那駐屯歩兵第三聯隊
山砲兵第二十七聯隊
工兵第二十七聯隊
輜重兵第二十七聯隊
第二十七師団通信隊
第二十七師団衛生隊
第二十七師団、第一、第二、第四野戦病院
第二十七師団病馬廠
聯隊本部
第一大隊
第一中隊
第二中隊
第三中隊
第四中隊
第一機関銃中隊
第一歩兵砲小隊
大隊弾薬班
大隊行李班
第二大隊
第三大隊
第一大隊に同じ
聯隊砲中隊
速射砲中隊
通信中隊
乗馬小隊

教育を終わって中隊に配分されてきた新兵たちの教育のために、警備区域内を行軍することを計画した。中隊長みずから率いる助教助手を含む初年兵たち約五〇人の本隊と、護衛兼警戒の一個分隊である。だが、この行軍は八路軍に察知されていた。途中の後官地の部落で待ち伏せしていた八路軍は、自転車隊として先行した古年次兵の分隊をやり過ごした。そして後につづいた初年兵中心の本隊が部落前面五〇メートルにさしかかったところで、三方から一斉射撃をしてきた。そのためたちまち中隊長以下全員が斃《たお》された。

急報を聞いてわが中隊も、灤県からトラックで現場に救援に急行した。夕刻迫るころ現場に到着したが、すでに敵の姿はまったくなく、部落前面の濠沿いにわが軍の死体が折り重なっていた。武器は全部奪われており、こちらからは射撃した様子はなく、完全な不意打ちにやられたものであった。

浅葉隊につづいて木下隊の全滅の現場に遭遇したことは、私につよい印象をあたえた。八路軍が民衆を把握していること、その抗戦力はきわめて強烈であること、実質的には日本軍は勝っているとは言えないことを感じたのである。

私が直面したのは浅葉隊と木下隊の全滅であるが、八路軍の遊撃区では日本軍小部隊の全滅の例が多かった。八路軍の戦法は、日本軍が優勢と見れば退避し、日本軍が劣勢の場合や待ち伏せの罠にかかったときは、これを全滅させて武器を根こそぎ奪うというものであった。

浅葉隊のときも木下隊の場合も、日本軍の死体だけが残されていて、武器、装備の類はいっさいもち去られていた。八路軍が日本軍や国民政府軍と戦うさいの目的は、武器を奪うことだということが、はっきりと示されたのである。

もともと八路軍の兵器、装備はきわめて悪かった。いままで冀中で対戦していた冀中軍区軍や回民支隊は命中精度の悪いまちまちの小銃をもっているだけで、たまに日本軍から奪った十一年式の軽機関銃がある程度だった。チェコ製の軽機関銃はわれわれにとっても脅威だったが、それにはめったにお目にかかれなかった。手榴弾も八路軍自家製のものが多く、鋳物の鉄に火薬を塡めたもので、破裂してもボコッと大きな破片に分かれて、打撲傷を負う場合さえあった。鉄がなくて石製の手榴弾や地雷を使っていた例さえある。だから八路軍は武器を奪うことに熱心だった。

それにたいして日本軍も、武器を八路軍に渡さないこと、敵から武器を押収することに重点を置いていた。戦果を数える場合、遺棄死体の数などよりも、鹵獲した武器の量を問題にしていた。そのため各隊は、押収した武器をたくわえておき、損害の多かった戦闘の場合に戦果報告を水増しできるように準備していた。日本軍と八路軍の戦闘は、武器の争奪戦の様相を呈していたのである。

これまでの八路軍との戦闘で、敵の火力が恐ろしいと感じたことはなかった。近距離から狙撃されたり、待ち伏せされて集中火を浴びたりするほかは、脅威とはいえなかったのである。後に大陸打通作戦で対戦した新編の国民政府軍とは雲泥の差があったといえる。

だがこのような八路軍の戦法に日本軍は悩まされつづけていた。冀東地区でどんなに警備を強化しても、無人地帯化を推進して三光作戦と呼ばれるような非人道的作戦をおこなっても、治安の確保は不可能で、小部隊全滅の例がくりかえされたのである。

中隊の軍紀風紀

木下隊全滅直後の六月一七日、師団の満州への移駐命令を正式に受けた。同じころ師団の編成改正の命令も出されて、対ソ戦向けの甲編成への転換もおこなわれた。歩兵団が廃止されて聯隊は師団の直属となった。また聯隊の歩兵砲隊から速射砲中隊が分離独立した。大隊の機関銃中隊からも大隊砲小隊が独立した。この改編で、歩兵支援火力の強化がはかられたのである。

改編と満州移駐のため、師団は冀東地区の警備を独立混成第八旅団に譲って、各大隊ごとに集結しはじめた。いつ八路軍の急襲を受けるかわからないという不安から、ようやく解放されたのである。これから約二ヵ月、集結訓練の期間があった。ひさしい間の分散配置と、寧日ない討伐戦で、すっかり弛緩していた軍紀風紀を立て直し、現役の部隊らしい厳正さを取り戻そうとしたのである。

分散配置が高度となり、小分屯隊では下士官を長とする一〇名前後にまで分散することになると、軍紀風紀の維持がきわめてむずかしくなる。河間の聯隊本部や景和鎮の中隊の駐屯地では、起床、食事、点呼、消灯など喇叭《らっぱ》で合図し、なるべく規則正しい日課を送るようにしていたが、小分屯地ではそうはいかなかった。だいたい喇叭手がいなかったし、昼夜を分かたない警備のために日課など守れなかったのである。それに住民との接触も多く、さまざまな不軍紀行為がおこりやすかった。とくに軍隊として問題なのは、対上官犯罪が多かったことである。

不軍紀犯、とくに対上官犯がおこりやすかったのは、飲酒を原因とする場合であった。戦争が長期化し、駐留が長くなると、兵たちの帰国の望みは遠くなっていった。私が景和鎮に着いた四一年秋は、聯隊の創立に加わり、武漢戦に従軍した一九三七年度(昭和一二年)徴集兵が帰国した直後で、三八年度(昭和一三年)が最古年次兵で三九年、四〇年度の徴集兵がいた。さらに一二月には四一年度徴集兵が入隊し、四年分の現役兵が在隊するということになり、幹部候補生出身の将校や下士官より古い兵がいるという状態で、上官の権威も薄れがちだった。それにいつ帰国できるか見通しのないことにくわえて、たびたびの全滅という生命の不安も重なって、自暴自棄に陥る者が多かったことも、軍紀の乱れる原因であった。

　私が中隊長に着任したとき、中隊の名簿のなかには刑務所に服役中の兵がいることを知った。それは前中隊長時代に中隊長室に手榴弾を投げこんで、用兵器上官脅迫罪で無期懲役の刑を受け、奉天(瀋陽)の軍刑務所に服役中の兵だった。人事掛の説明だと、彼は入隊前は博徒だったという。私は後に公主嶺の帰りに奉天に立ち寄り、刑務所に面会に行った。そこで軍刑務所の厳しさに驚いたのだが、彼はよほど嬉しかったのか涙をこぼした。比較的軍紀の守られていた現役のわが師団でも、こうした対上官犯はおこっていたのである。

　一九四三年一二月、山東省の館陶県駐屯の第五十九師団の独立歩兵第四十二大隊の第五中隊で、大規模な用兵器上官暴行事件がおこった。転属命令に怒った数人の兵が、不良兵追い出しをはかった中隊長や幹部にたいし暴行を働いた事件である。方面軍はこの事件を重視し、その内容を全軍に布達するとともに、軍紀振作についての訓令を出した。この布達や訓令は私もすぐに読んで、独混の部隊にはありそうなことだが、現役のわが部隊ではおこるまいと思っていたのである。この館陶事件のことは、『戦史叢書・北支の治安戦〈2〉』でも「北支那方面軍の道義的反省」という項目で大きく取り上げられている。事件の経過を詳しく述べるとともに、軍人軍属の犯罪非違行為とその対策についての陸軍省や方面軍の通達も載せている。このとき配布された書類を私は読んだのである。

分散配置のため小隊や分隊などの小規模の分屯隊になると、幹部候補生出身の小隊長や、下士官志願者出身の分隊長と、徴集年次が同じかそれ以上の古年次兵がいる場合がある。軍紀風紀の引き締めが十分におこなえない状況が生じやすいのである。また現役兵でありながら、三年兵、四年兵になっても除隊の見込みがないということで、自棄《やけ》になったり捨て鉢になってしまう者も少なくなかった。その影響は全体に及んで、軍紀風紀の弛緩現象がみられたのである。集結訓練は、こうした状態を克服するためのよい機会であった。

ただこの時期に、関東軍へ移って対ソ戦の訓練をするというのは、軍としていったい本気なのかと考えざるをえなかった。中国戦線でのとめどのないゲリラとの戦いは、終わる見込みはまったくなかった。太平洋の戦線はどうもわが方に不利に展開している様子である。そのうえにソ連を敵として、はたして勝ち目があるのだろうか。新聞情報程度のものだが、ヨーロッパにおけるドイツ軍の形勢も思わしくないようである。こうしたなかで対ソ戦をはじめてよいのだろうか、という素朴な疑問を禁じえなかった。

この二、三ヵ月は、中隊長職に専念した。隊がやっと集結できたので、すべての部下の顔と名前を覚えることにつとめた。ただし聯・大隊の本部やその他に出している勤務兵が多く、中隊の定員がそろわないのが残念であった。

関東軍へ移る

一九四三年八月六日、灤県を発って満州への列車に乗った。山海関で満州に入り、八月七日朝、錦州に到着した。錦州では張学良の軍隊の作った北大営の兵舎に入った。内地の兵舎と同じような作りで、私は営内の将校宿舎を割り当てられた。支那派遣軍から、関東軍へ移ったのである。

錦州は満州事変直後に、一時東北政権のあったところ、遼西地方の中心都市である。治安はよく、日本人居留民も多く住んでいた。ここで内地の部隊と同じように聯隊が同一の兵舎に入り、隣接する練兵場で訓練をすることになった。訓練の計画はすぐに示された。対ソ戦を予定し、まず国境陣地を突破するために、トーチカ攻撃の訓練に取り組んだ。中隊長としても、中隊の教育計画を立て、参考書を手に入れ、幹部に方針を示して、内地部隊と同じような訓練をスタートさせた。

六時の起床ラッパにはじまり、点呼、朝食、課業開始とつづくきびしい日課で、とくに演習は重点的におこなった。河北省での警備と討伐の日常とは大違いで、兵たちはさぞ驚いたことであろう。また生活も窮屈であったにちがいないが、それほどの不平は中隊長の耳までは聞こえてこなかった。

こうした訓練が一ヵ月あまりつづいた九月の末、関東軍の参謀たちがやってきて、わが師団の演習を視察することになった。その項目は中隊のトーチカ攻撃で、供覧中隊に指名されたのは私の中隊だった。これは日ごろの猛訓練ぶりが聯隊長や大隊長に評価されていたからであろう。

演習は関東軍や師団の幹部、聯・大隊長ら多数の見守るなかで開始された。配属された機関銃の援護のもとに、仮設のトーチカ陣地にむかって中隊は匍匐《ほふく》前進で近づいていった。これは教令の教えたとおりで、何回も練習していたことなのである。ところが関東軍の参謀の一人が、中隊長のかたわらに立って、「中隊長、何をしているんだ。そんなに這いつくばっているだけでは、敵の迫撃砲や機関銃の餌食になるばかりだぞ」とからかい加減に責めるのだ。たしかに参謀の言うとおりだが、わが方には敵のトーチカを撲滅する手段がないのだから仕方がない。トーチカを火力で粉砕してから前進することができない以上、教令が教えているように匍匐前進で近寄っていく以外に方法がないのだ。参謀はそれも承知でからかっているのだろうが、それなら必要な火力装備をよこせ、と私は内心では思っていた。

白兵突撃こそが歩兵の本領だとしていた日本軍の火力装備は、きわめて貧弱であった。歩兵の主要兵器は日露戦争後に制式化された三八《さんはち》式歩兵銃(明治三八年、一九〇五年採用という意味)であった。この小銃は軽量で日本人向きであり、命中精度はよいが、口径六・五ミリしかなく、威力は小さかった。太平洋で対戦したアメリカ軍は、威力の大きい自動小銃や機関短銃が主兵器で、突撃する日本兵は一挺の自動小銃になぎ倒されてしまったのである。対ソ戦を想定しても、ソ連軍のトーチカにある機関銃を撲滅するには、歩兵が近接戦闘用の重火器をもたなければならないのに、その装備はなかった。歩兵が装備しているのは、聯隊砲は口径七・五センチの四一式(明治四一年式、一九〇八年)山砲、大隊砲は口径七・〇センチの曲射歩兵砲で、いずれもトーチカ攻撃には全然適さない。しかもその数もきわめて少ないのである。歩兵砲として列国が採用している迫撃砲は装備していなかった。

関東軍が新来の第二十七師団の対ソ戦訓練の精度を見きわめようとしたこの供覧演習の講評は優で、聯・大隊長は面目を施したようだった。

だが演習の成績はともあれ、日本軍歩兵の火力装備で、ソ連軍トーチカ陣地の突破はできたのだろうか。ノモンハン事件で日ソ両軍の火力の差をいやというほど見せつけられたというのに、この時期になっても日本陸軍は、歩兵の白兵突撃でトーチカを攻略できると考えていたのである。匍匐前進をしながら、これではトーチカに辿りつく前にみんなやられてしまうと、あの参謀と私も同じことを考えていた。

一〇月から一一月にかけて、私は聯隊砲中隊長学生として公主嶺学校に派遣された。公主嶺学校というのは、内地の歩兵学校、砲兵学校、戦車学校などをひとまとめにした関東軍の実施学校（各兵種ごとの戦術・戦闘法の研究と教育をおこなう学校）である。歩兵将校に砲兵の要素が必要な聯隊砲中隊長としての教育を短期でおこなうために集められたものであった。

公主嶺に集まってみると、学生には同期生が多かった。時間割は比較的ゆるやかで、同期生の交流をする余裕があった。宿舎は街のなかに将校用宿舎が用意されていた。街には日本料理屋も多く、交流の場所にはこと欠かなかった。同期生のなかにはこのへんの事情に詳しい者もいて、新京や奉天まで遠出することもあった。

教育の内容は、四一式山砲の射撃理論と、中隊の射撃指揮の実践が主であった。歩兵砲の主力である聯隊砲が、じつは日露戦争後に制式化された山砲のお古であることをはじめて知った。歩兵にとって実際に必要なのは、こんな旧式の大砲ではなく、砲弾の威力の大きい迫撃砲や曲射砲ではないかと思ったが、日本軍の実情はこんな旧式砲の再利用しかなかったのだ。

とにかく公主嶺学校の一ヵ月半は、息抜きの期間だったといってもよい。将校学生の生活をぞんぶんに楽しんだ一期間であった。それでも教育を終わって帰隊したあと、小野聯隊長は学校からの書類を見て、「ホー、藤原は成績は一番だ」と言ってくれた。私は聯隊砲の中隊長なんかよりは、歩兵の中隊長でありたかったので、歩兵砲隊長には六《む》車《ぐるま》中尉が就任したばかりなのだから、私には第三中隊長をつづけさせてほしいと、聯隊長に陳情した。

錦州駐屯の間の四三年一〇月から一二月にかけて、昭和一四年徴集兵と昭和一五年徴集兵が、相ついで除隊していった。ともすれば軍紀違反を犯しがちの古年兵が一挙にいなくなって、中隊は若返ったのだが、人数は半減した。翌四四年一月、昭和一八年徴集兵が入隊してきた。中隊では幹部候補生出身の新任の村井正男少尉を教官として、初年兵教育を開始した。私が初年兵にかかわるのは初めてで、中隊長としても教官の援助を相当にしたつもりである。それでも中隊の定数には不足があったが、二月に在満の各隊から転属者が入隊してきて、戦時定員を充足させた。

こうした一連の動きは、師団がまたどこかに派遣されるのではないかと思わせもした。しかし各隊は、計画されたとおりの対ソ訓練をつづけていた。とくにこの冬には、耐寒訓練、スキー訓練もおこなわれた。さらに一月には興安嶺北部、満ソ国境近くで、零下三〇度の酷寒のなかでの幹部演習に参加した。小便がその場で凍ってしまうような寒さの記憶しか残っていないが、痛切な体験であった。

錦州に駐屯していたのは一九四三年八月から四四年三月までの八ヵ月だが、この間に世界情勢も日本の戦局も大きく変化した。討伐戦に明け暮れた華北時代とちがって、ここでは新聞も毎朝配達されるし、ラジオもあった。さらに通信隊が傍受するデリー放送や、サンフランシスコ放送も幹部には知らされた。それで戦況をくわしくチェックする

満州での耐寒訓練時に

ことができた。ヨーロッパでは四三年九月にイタリアが降伏し、東部戦線ではソ連軍の前進がつづいていた。太平洋では四三年一一月にギルバード諸島のマキン、タラワ両島が米軍に攻略され守備隊は玉砕した。ついでマーシャル群島のクェゼリン、ルオット両島を失い、四四年二月には聯合艦隊最大の基地トラック島が空襲されて機能を喪失した。戦況がきわめて不利なのはよくわかった。関東軍からも、南方への兵力抽出の噂がひろがっていた。孤島の守備隊は、米軍に上陸されると玉砕つまり全滅する以外にない、これが南方へ送られる陸軍の姿なのだ、ということはわかっていた。われわれも南方へ向けられるのではないか。それはだれしもが抱いている不安であった。それなのに現実には、耐寒訓練やトーチカ攻撃の演習をくりかえしている矛盾にも気がついていた。

一九四四年二月、参謀総長杉山元帥に代わって東条首相兼陸相が参謀総長をかね、海軍でも嶋田海相が永野元帥に代わって軍令部総長をかねると発表された。非常事態に備えて、軍令軍政の一元化をはかる非常体制が出現したのである。だがこのことは戦況の不振と相まって、東条独裁にたいする批判と不満の声をひきおこした。末端の部隊にも、そうした批判は見られるようになっていた。

一号作戦参加命令

一九四四年二月に、在満の各部隊からの転属者を受け入れて戦時定員を充足したころから、わが第二十七師団が次期大作戦に動員されるという噂が現実味を帯びてきた。このころから聯隊長や師団参謀がこれは秘密だと言いながら洩らしたのは、師団の行き先は南方ではなく、中国大陸だというのである。それは「大陸打通作戦《たいりくだつう》」と通称される大作戦であった。アメリカ潜水艦の活動で東支那海などでの船舶被害が増え、日本本土と南方諸地域との連絡が危険にさらされている。こうした事態に対処するために、釜山から朝鮮、満州を経由して中国大陸を縦断し、仏印(フランス領インドシナ)、タイ、馬来(マレー)を経てシンガポールまでを、陸路で結ぼうという、大陸縦断作戦または大陸打通作戦と呼ぶ壮大な計画だというのである。このためには華北から武漢地区への京漢線を打通し、さらに武漢地区から仏印への粤漢《えつかん》、湘桂線を打通するという壮大な計画だと知らされた。

あとで知ったことだが、大本営でこの「一号作戦」計画が検討されはじめたのは、四三年晩秋からであった。四三年一一月二五日江西省の遂川を基地とする米空軍のB25爆撃機が台湾の新竹《しんちく》を空襲したことは、大本営に衝撃を与えた。開発中のB29が実用化されれば、中国の基地からの日本本土空襲が懸念される。これが中国を縦貫して米空軍基地を覆滅しようとする構想のきっかけになった。さらに東支那海における船舶被害の増加も原因になった。四三年一〇月に参謀本部作戦課長に復活した服部卓四郎大佐は、太平洋で敵に押されているとき、全軍の士気昂揚のため、中国方面で陸軍独自の積極作戦をおこなう意欲を強く抱いていた。こうして中国縦断作戦が浮上してきたのだという。

一方支那派遣軍は、一九四二年春の南方攻略作戦成功後に、四川攻略作戦の準備(五号演習準備)を命ぜられて色めきたったが、米軍のガダルカナル上陸により、同年秋に五号演習中止を命ぜられて落胆していた。さらに四三年に入って南方の戦局が急迫し、同年秋には派遣軍から戦力の中核である一〇個師団を引き抜くことを予告されていたのである。そこにこの大作戦を示されて、欣喜雀躍《きんきじゃくやく》したのは当然であった。

しかし太平洋の戦況は刻一刻と日本に不利になる。こんなときに中国で大作戦をやってよいのかという批判もたかまり、作戦目的そのものも二転三転した。最終的には作戦目的を在支米空軍の封殺の一点に絞り、派遣軍への兵力増強は一個師団だけに縮小した。この一個師団が、わが第二十七師団となったのである。あとの兵力は派遣軍内部での転用でまかなうこととして、四四年一月二四日一号作戦の大命が允裁《いんさい》された。

その作戦計画の大要は次のようなものであった。まず四四年四月ごろ北支那方面軍は第十二軍の四個師団をもって黄河を渡り、敵第一戦区軍を撃破して、黄河以南漢口にいたる京漢鉄道を確保する。ついで同年六月ごろ第十一軍の八個師団をもって武漢地区より南方にむかって攻勢をとり、八月ごろ第二十三軍の二個師団をもって広東地区より西方にむかって作戦を開始し、敵第九、第六戦区軍を撃破して湘桂、粤漢鉄道沿線を確保する、という壮大な構想であった。こうした事実は、戦後になってから資料を読んで初めて知ったことで、当時はただ大陸打通という計画だと聞かされていた。

四四年三月一五日、わが師団に一号作戦参加の命令が下った。これは動員第一日にあたっていた。兵営はにわかにあわただしくなった。兵器、弾薬の充足、資材の整備、その他もろもろの準備があわただしくおこなわれた。同時に戦時命課も発令され、私は第三中隊長を命ぜられた。

このときわが中隊は、戦時定員一九九名をきっちり充足させていた。中隊の構成員は、現役兵が昭和一六、一七、一八年徴集の三年分で約一五〇名、残りは転属してきた補充兵と予備兵だったが、転属者の素質は比較的によかった。幹部は不足しており、中隊付将校は幹部候補生出身の村井少尉一人、あと久保見習士官と三宅、野村の二人の准尉だった。幹部の命課は、第一小隊長村井少尉、第二小隊長久保見習士官、第三小隊長三宅准尉で、指揮班長にはもっとも信頼する野村准尉をあてた。第一ないし第三小隊は、それぞれ小隊長以下六〇名、指揮班は人事掛、兵器掛、給養掛など中隊長を補佐する下士官と伝令など約二〇名で構成していた。

満州移駐以来の半年あまりの訓練で、兵の練度は相当にあがっており、体力の向上にも気を配っていたので、部隊の素質はまあまあと思われた。ただ気がかりは、一八年徴集の初年兵が一期の教育をまだ終わっていないうえに、それまでの現役兵に比べて体力の劣る者が含まれていること、転属してきた補充兵の一部にも体力が劣る者が含まれていることだった。とにかくこの中隊一九九名で、大作戦に立ち向かうのである。責任の重さと任務の重大さに身の引き締まる思いがした。部下になるべく全体の状況を知らせるため、私は中隊を集めて、知らされているかぎりの大陸打通作戦についての内容を説明した。実際にこれがどう聞かれていたのかはわからないが、作戦の大きさは通じたようである。また予備役の将校や下士官兵、それに三年兵になる一六年徴集兵などは、これで当分の間は除隊が無理だと思っただろう。

Ⅱ　大陸打通作戦

黄河を渡る

われわれを乗せた列車は四四年三月二五日山海関で満支国境を通過し、二日間かかって三月二七日黄河北岸の京漢線の支線の終点である清化鎮に着いた。第二十七師団は、一号作戦の第一段である京漢作戦の第二線兵団として、清化鎮の西方懐慶を中心とした地区に展開した。ここで訓練をおこなって、対岸の洛陽方面へむかって日本軍が渡河すると思わせるよう牽制する任務を与えられたのである。黄河南岸に橋頭堡があって、実際に第十二軍主力が攻勢を発起する覇王城からは、この地域は七〇キロも西方なのである。覇王城には工兵が折畳舟をつないで作った甲橋が架けられ、その北岸には攻勢の主力となる第六十二、第百十、戦車第三などの各師団が集結していた。これを秘匿するため、日本軍は洛陽対岸から渡河するのではないかと思わせるのが師団の任務だった。このため部隊の行動を大っぴらにし、架橋材料なども派手に準備していたのである。

わが聯隊は、師団の後方である清化鎮に滞在した。ここには日本軍の兵舎があり、そこに宿営して訓練をすることになっていた。

清化鎮に待機中の四月中旬、私の第三中隊は師団の特命で修武、焦作鎮方面から馬車一五〇台を徴用して懐慶に連行してくるようにという任務を受けた。聯隊長からこの命令をもらったとき、これは難題だと思った。まったくなじみのない土地で、どうやって馬車を集めてつれてくるのか、自信をもてなかったのである。しかし任務を与えられた以上全力をつくさねばならない。そこで中隊は宿営地に背嚢を残し、軽装で行動することにした。また先発隊を清化鎮から修武まで汽車で先行させ、地方当局に馬車徴用の交渉をさせた。

軽装で行軍したので、中隊は懐慶・修武間六〇キロを二日で踏破した。修武に着いてみると、地方当局が意外に協力的で、すでに馬車が集まりつつあった。馬車といってもすべて騾馬《らば》である。最大の難関が解決したのである。一二〇台の馬車を集めることができ、これを連行して懐慶に向かった。馬車は空なので、兵が乗ることを許した。兵たちは馬車の上に腰かけてのんびり乗車旅行を楽しんでいた。中隊長としては、これでいくらかの体力の温存ができたと思っていたのである。

わが中隊が馬車徴用という別行動をとっている間に、第二十七師団は陽動作戦のための強行軍をしていた。第十二軍は覇王城正面からの主力の渡河を容易にするために、第二十七師団に洛陽北方から黄河を渡河するよう見せかける欺騙《ぎへん》行動をとることを命じた。そこで師団は四月一六日から行動を開始し、一八日から二〇日にかけて、黄河北岸の孟県西方の河岸にむかって行動し、配属の工兵隊や架橋材料中隊も同じように行動した。

わが中隊が大量の馬車を修武から懐慶に運んだのも、後方部隊の行動と見せる欺騙陽動《ようどう》の一つだったので、実際は馬車は空っぽだったのである。

苦労して集めた馬車をつれて懐慶に戻ると馬車群の受け取り手がいない。放っておけば馭者《ぎょしゃ》もろとも逃げ出してしまうので、中隊はこれを監視していなければならない。こうしてわが中隊が日を過ごしている間に、師団主力には不幸な事故がおこっていた。

覇王城正面の第十二軍主力、第六十二、第百十両師団の攻勢は四月二〇日に開始され、予定どおり敵陣地を突破した。戦車第三師団や第二十七師団は、ただ一本の甲橋の渡河を順番におこなわなければならない。第二十七師団は渡河の日時を四月二四日夜と指定されていた。ところがここで『戦史叢書』によると次のような事態が生じた。

第二十七師団の黄河南岸地区への進出には予期しないことが起こった。四月十八〜二十日の間、鉄謝、孟津前面の黄河北岸地区において陽動を実施した第二十七師団主力は、直ちに不眠不休のまま、引き続き同日夜から黄河渡過のため甲橋北岸地区に向かい転進した。行程約九〇〜一一〇粁《キロ》、甲橋通過時日が指定されている関係上、連日強行軍をしなければならなかった。しかるに、その最終日、四月二十三日は終日豪雨で、泥濘は膝を没し、寒気が急に加わり、師団は相当数の人馬の凍傷事故を起こし、数十名の死者を生じた。馬、牛、騾馬の斃死も少なくなく特に騾馬は全滅し、このため約二、〇〇〇名の兵員を黄河北岸に入院残置する結果となってしまった。(『戦史叢書・一号作戦〈1〉河南の会戦』二二三ページ)

四月二一日ごろだったと思うが、中隊は馬車集めの任務を解かれて、懐慶、武陵、魯店道を急進して二四日までに所属大隊に追いつけという命令を受けた。地図を見ると一〇〇キロはある。そこで徴用した馬車のなかから丈夫そうなのを選んで荷物運搬用とし、兵は軽装で行動することにして出発した。二三日の豪雨は、すでに甲橋が近いところまできていたので、武陵付近の民家に雨を避けて待機した。翌日出発すると、沿道には斃死した馬や騾馬の死骸が悪臭を放っている。ようやく渡河直前の大隊に追いついて、昨日の惨状を知った。わが中隊からは一名の残置者も出なかった。これは中隊長の手柄ではない。偶然のめぐりあわせが幸いしたのである。

四月二四日夜、とはいっても翌朝近く、さんざん待たされたあげくに黄河の甲橋を渡った。工兵の架けた丈夫な橋で、戦車も渡っていった。渡河そのものは順調にすすみ、翌日鄭州《ていしゅう》の近くまで行って宿営し、二六日鄭州を通過した。住民の姿はまったく見なかった。こうして第二線兵団として京漢作戦のために第一歩を踏み出したのである。

そもそも第二十七師団は、一号作戦第二段の湘桂作戦用に第十一軍に転属されたのであり、第一段の京漢作戦間は第十二軍の指揮を受けるが、なるべく無傷で武漢地区に到着して、第十一軍に引き渡せるように配慮されることになっていた。しかし実際には戦闘にも参加し、思わぬ事故にも遭遇して、相当の被害をこうむることになった。そうした事情は戦後になって戦史を読んで知ったことで、当時はただ命ぜられるままに行動していたのである。

これより先、四月二〇日に覇王城から攻撃を開始した第一線兵団は、鄭州を占領して南下中であった。一方中牟付近から渡河した第三十七師団は、新鄭を占領して許昌に迫っていた。第一線の急進撃にともなって、わが師団もひたすら強行軍でこれを追いかけた。わが聯隊は師団の先頭を進んだ。第十二軍は許昌を包囲攻撃しようと、第三十七、第六十二師団などで北、西、南の三方から四月三〇日払暁を期して総攻撃することとなった。そして第二十七師団にたいしては、急いでその一部を許昌東北方に進出させて、敵の脱出を妨げる遮断線を構成するよう命令してきた。師団の先頭を進んでいたわが聯隊は、この任務を与えられた。連日強行軍がつづいていたうえに、この任務のためには四月三〇日の一日で四〇キロ近くを急行しなければならない。ようやく許昌東北方の郭庄にたどりつき、命ぜられた遮断線の一部を構成したのは三〇日の夜になっていた。

黄河を渡るまでは幸い故障のなかったわが中隊も、渡河後の強行軍でへばる兵が出てきた。とくに動員後に支給された新しい靴が合わず、靴ずれがひどくなる者が二、三にとどまらなかった。三〇日のはげしい急行軍で、中隊からも四、五名の落伍者が出た。

中隊長としてはこの落伍者の収容が頭の痛い問題であった。

強行軍に落伍者はつきものだが、そもそも無理な強行軍が日本軍の特質だったということができよう。第一次大戦後の欧米諸国の陸軍は、機械化、自動車化が進んでいて、大砲や重装備を運ぶのも補給物資を運ぶのも、牽引車や自動車であり、歩兵の移動までがトラック輸送でおこなわれていた。ところが日本陸軍は依然として馬と人間の脚を基本的な移動手段としていたのである。わが師団の場合も、師団の砲兵は山砲で、分解して馬の背で運ぶのであり、聯隊砲も大隊砲も重機関銃もすべて駄載、つまり馬の背中に頼っていた。師団の輜重も聯隊の大行李《だいこうり》や小行李も馬編成であった。もちろん中隊も徒歩編成で、中隊長以下背嚢を背負って行軍をするのである。だから行軍による兵の消耗は、直接戦力に影響するので、中隊長としてはもっとも気をつかうところであった。黄河渡河前後からつづいた強行軍は大いにこたえた。

兵が疲労の極に達しているので、三〇日の夜は大半を部落で宿営して休養をとらせ、遮断線のためには、軽機三挺と配属の機関銃一挺を配備し、小隊長以下三〇名を二時間交代で監視させた。中隊長はなるべく配備線に出ているようにした。

五月一日早朝、「大部隊が通ります」と監視兵が叫んだ。はるか前方一キロぐらいのところを、右から左へ、つまり東方へ、敵味方不明の大集団が移動するのが見えた。わが隊の射程距離ではない。しばらくすると、左後方の聯隊本部の方向で烈しい銃声がおこった。これが、敵の新編第二十九師長呂公良中将以下の大部隊で、聯隊本部直轄部隊の阻止線に衝突した銃声だった。敵の死体のなかに呂中将の遺骸が見つかり、聯隊は思わぬ戦果をあげたことになった。ただしわが中隊は、敵の大軍を遠望しただけで、一発も撃たなかった。これが一号作戦における師団の緒戦である。

許昌からの敵の主力の退却の方向が、日本軍の意表をつく東北方であったのが、わが聯隊に思わぬ手柄を樹《た》てさせることになった。敵の師長以下の大部隊を倒すという成果をあげることになったのである。ただわが中隊は、行軍による落伍者を出しただけで、戦闘では一発も撃たず、損害も皆無であった。

郾城の戦闘

五月一日許昌の占領後、第十二軍の主力は大きく右に旋回して、敵第一線区軍の撃滅をめざし、洛陽方向に向かった。これ以後は第二十七師団は独力で南下し、京漢線の打通をめざすことになったのである。ただし郾城《えんじょう》の県城までは、すでに五月一日の朝、許昌を出発していった第三十七師団の郾城派遣隊(歩兵第二百二十七聯隊)が先行していた。この郾城派遣隊も師団の指揮下に入れられて本道西側を進んでいた。

わが聯隊は師団の前衛として、五月一日の夜、許昌を出発した。第三十七師団の部隊は、京漢線のはるか西方を南下したので、京漢線沿いに南下した聯隊は、はじめての敵地を進んだのである。ただし京漢線沿いといっても、破壊は徹底していて、路盤さえ残っていない部分もあり、ようやくここが線路のあった場所かと推定できる状態であった。

五月三日の朝から、私の中隊は尖兵《せんぺい》中隊を命ぜられて先頭に立った。地図はきわめて不完全で、現地との照合も困難だったが、そろそろ郾城に近づいていると思われた昼過ぎごろ、とある小部落にさしかかったとき、突然数発の銃声がおこり、同時に十数人の敵兵が逃げだした。許昌以後はじめての敵であった。中隊は反射的にこの敵を追いかけて走りだした。

小部落を過ぎ、次のやや大きな部落が見えはじめたところ、突然機関銃の一斉射撃を受け、先頭集団の数人が倒れた。一面の麦畑で、麦が五〇センチぐらい茂っていた。私はすぐに部下に「伏せ」と命じ、双眼鏡で様子を眺めた。前の部落には点々とトーチカが築かれており、銃眼がいくつも目についた。野村准尉が「これはすごい敵の陣地ですぞ」と叫んだ。わが中隊は、敵の陣前警戒兵におびきよせられて、その本陣地に突っこんでしまったのである。これは尖兵中隊長としての私のとんでもない失敗であった。

わが中隊は、敵陣地の直前で、身動きできぬ状態に追いこまれた。だが幸いに伏せていれば麦が身をかくしてくれる。そこで各自に遮蔽《しゃへい》壕を掘らせて、暗くなるまで待とうと考えた。後退するという考えは浮かばなかった。この敵陣地は、郾城の県城の東隣りにある漯河呰《らかさい》(新鄧城)の北方を囲む主陣地であった。銃眼をもつトーチカで囲まれた本格的な陣地だったのである。

そのうち、私のすぐそばにいた当番兵の小倉上等兵が「やられた」と叫んで頭を抱えた。見ると鉄帽を飛ばされて、頭から血を流している。そばにいた野村と私が近寄って見ると、頭の中央に一個所傷がある。二人とも、これは盲管《もうかん》銃創だと判断し、とても助からないと思ったが、「たいした傷ではないぞ」と力づけた。仮繃帯をしたあとで、うしろの小部隊まで下がっていろと命じた。小倉は「隊長殿、長い間お世話になりました」と別れの挨拶をする。「馬鹿をいうな」とはいったが内心は暗い気持ちであった。

小倉が後退してからしばらく経って、ころがっている彼の鉄帽を取り上げてみると、一個所に凹みがあるだけで、何も穴が空いていない。つまり盲管銃創ではなく、鉄帽に当たって跳ね返った弾丸によって生じた凹みで、頭に軽い傷を負っただけだったのである。野村と二人で、「あいつは死ぬつもりだったのだ」と笑いあった。

それからしばらく経って、後方から下士官の伝令が大隊長の命令を伝えにきた。第三中隊は後方の部落に退って集結せよという内容だ。私は助かったと思った。現在の窮境から抜け出す道は後退しかなかったからだ。しかも夕方が迫って薄暗くなってきたのも幸いだった。「後方の部落にむかって、各個に前進」という敗け惜しみの命令を私は大声で叫んだ。部下は待っていたとばかりに走り出したが、このときはもう敵の射撃を受けなかった。

小部落に後退すると、市川大隊長だけでなく小野聯隊長も師団参謀も顔を見せていた。つまりわが中隊は、期せずして敵の主陣地の強行偵察をした形になり、師団はこの敵陣地にたいし、初めての本格的な歩砲協同の攻撃を準備することになったのである。しかしわが中隊は、はじめての敵弾による損害を出した。はじめに敵陣地から受けた掃射で二名の戦死者を出し、ほかに数名の負傷者も生じた。

部落に戻ると、残っていた中隊の兵たちが食事の用意をしていた。小倉が照れくさそうにしながら、「隊長殿、夕食ができております」という。「小倉、傷はどうだ」とからかったが、本当に傷が軽くて幸いだった。その夜は、戦死者の遺骸の始末、負傷者の後送の準備などで忙しく過ごした。

総攻撃は一日置いて五月五日の黎明から開始された。聯隊は沙河北岸、漯河砦北側の敵陣地にたいし、砲兵の援護射撃のもとに突入することとし、第一大隊は右第一線、大隊の第一線は第二中隊で、わが中隊は第二線で第二中隊につづいてその右後方から進み、第二中隊を超越して沙河の線に突進するという計画であった。ほかに歩兵第二百二十七聯隊が郾城市街に、支駐歩一が下流で沙河を渡って漯河砦を東方から、支駐歩二が上流から沙河を渡って漯河砦を西方から攻撃することになっていた。

五月五日の夜明け前、中隊は二日前に苦戦した五里廟北方の麦畑のなかに散開し、攻

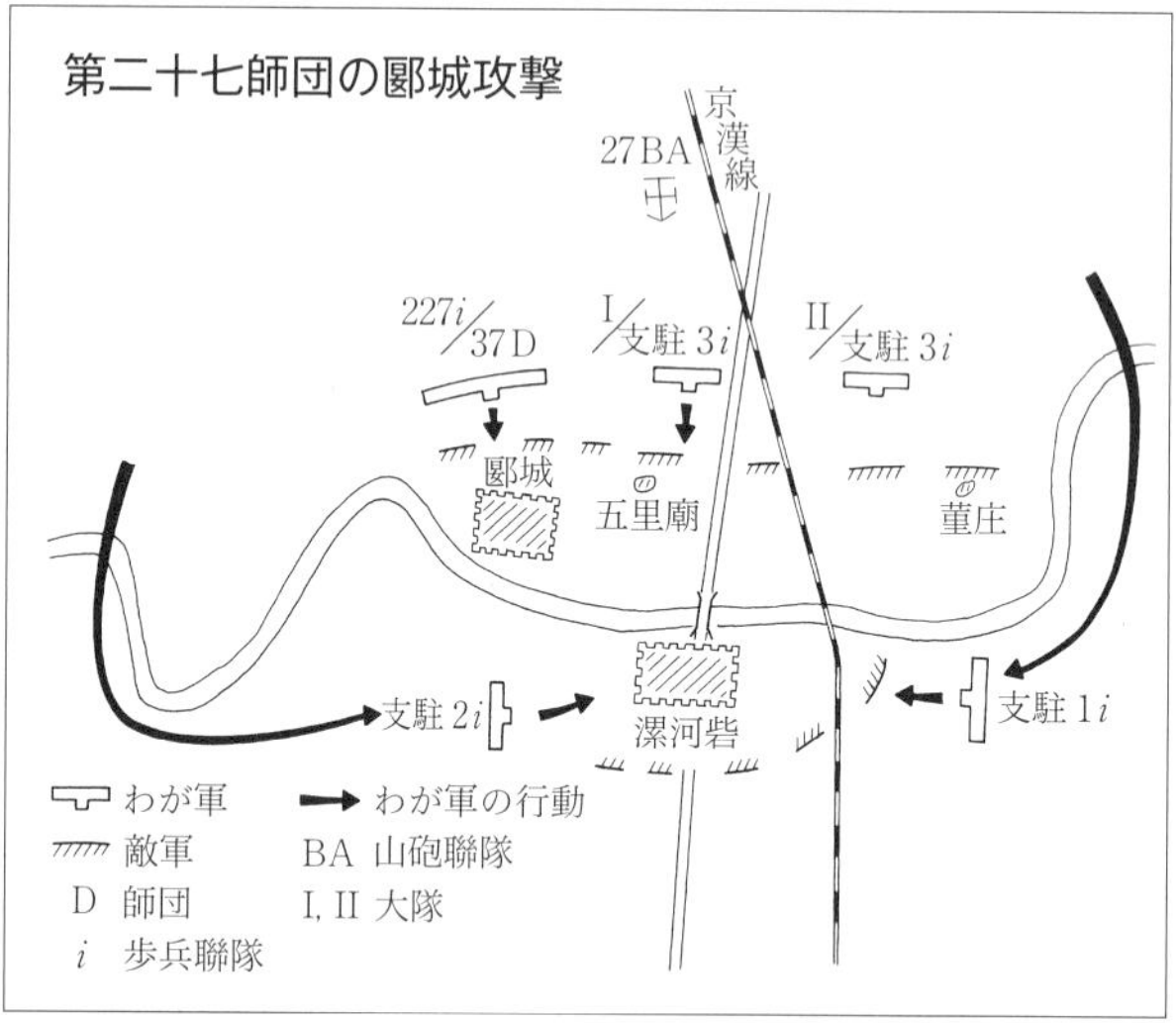

撃開始を待っていた。攻撃準備位置について砲兵の援護射撃を待つという、教範どおりの進行である。予定の時刻、殷々《いんいん》たる砲声とともに砲兵の射撃がはじまり、五里廟の敵陣地は火煙に包まれた。約束の五時、砲火がおさまるとともに第一線中隊は突撃を開始した。私もすぐに中隊に前進を命令した。

敵はわが軍の突撃発起前に逃げたらしい。駈け足で第二中隊を追いかけるのだが、第二中隊も駈け足で止まらない。交代する約束の部落の南端まできても、第一線の交代どころか、競走で沙河をめざす恰好になった。そして第二中隊の右側に並んで、沙河の堤防に午前中に到着した。演習でやっていたとおりの戦闘であった。この日は死傷者はなかった。

沙河南岸の漯河砦は、支駐歩一が占領した。こうして郾城の敵陣地にたいする師団の攻撃は成功した。あと師団は京漢線の打通をめざして一路南下することになる。

長台関の悲劇

郾城の攻略後、わが大隊は師団の後衛となってゆっくりと南下した。遂平、西平を経て五月一二日ごろ確山に到着した。ここは、師団の先頭と、北上してきた第十一軍の宮下兵団とが握手して、京漢線の打通が成ったところである。もはや敵はなく、もっぱら漢口めざして行軍をつづけるのだが、昼間は米軍機の妨害を受けるおそれがあり、また暑さもあるので、夜行軍が主体であった。

五月一三日の夜は雨が降り、行軍は難渋した。五月一四日の夜は、わが中隊は後衛尖《こうえいせん》兵《ぺい》を命ぜられて師団の最後尾を歩くことになっていた。この夜もまた雨だった。私は考えた。前がつかえて雨のなかを立ちどまっているくらいなら、部落で休んで体力を養い、翌朝急行軍で追いつけばよい。対空警戒も一個中隊なら楽だ。兵の体力温存が第一だと。この夜はひどい暴風雨だった。中隊は部落に入り、休んだ。

五月一五日の早朝から、一晩の休養をとった中隊は、本道に戻って行軍に移った。進むにしたがって、道路は昨夜の雨による泥と、人馬にかき乱されたぬかるみで、歩きにくくなっていた。そしてさらに異臭が鼻をつきはじめた。馬や騾馬の死体が、泥のなかに横たわっているのである。そのなかに放棄された車も見えだした。とても本道を歩けないほどの悽惨な光景があらわれだしたのである。これが長台関の悲劇の、翌日の現場だった。

炎天下の行軍を避けて夜行軍をおこなっていた師団は、淮河《わいが》の唯一の渡河点である長台関を前にして、それまでの三縦隊が一本に集まったため、ひどい行進渋滞をおこした。しかも昼間の炎熱とはまるで逆の烈しい氷雨に打たれたのである。雨はしだいに豪雨となり、一寸先もみえない真暗闇となってしまった。泥が膝を没する道路の周囲は、これも歩行を許さない水田である。このため行軍は行きづまり、雨に打たれて凍死する者も出てきた。各部隊はバラバラになり、沿道の部落に難を避けるものがつづいた。悲惨なのは山砲や歩兵砲などの馬部隊で、馬や大砲を見捨てることができず、泥の道路上で立ちどまって一夜を明かす以外になく、多数の犠牲者を出したのであった。

日中は炎熱で日射病が出るほどなのに夜の豪雨とぬかるみで凍死者を出すという、五月の中国大陸で、考えられないような事故がおこったのである。後の調査では、師団の凍死者の総計は一六六名、聯隊は四七名の犠牲者を出した。この事故の状況をふたたび『戦史叢書』によってみると次のとおりである。

十四日は早朝にわか雨があり、行軍部隊の大部はこれに打たれて、全身濡れ、加えるに朝からの曇天で湿熱ひどく、夜行軍の疲労を回復できなかった。同日夕十七時の出発で再び三縦隊は自動車道で混合を繰り返し、各隊の前進は遅滞した。日没(二十時)におよぶころ、暗雲にわかに崩れ、強風が加わり、日中の湿熱は激変して冷雨となり、気温約一〇度、風速約一〇米に達した。日暮れすぎころ、急に天地晦《かい》冥《めい》、たちまち田畑間の自動車道は水に浸り、両側の田溝は急流をなし途中二カ所の橋は浮き上り、車馬の通行はとめられた。行軍部隊は暗黒の中に停止佇立《ちょりつ》のほかなく、雨はますます激しく、部隊は灯火を用いられず、ただ前後にある者と連絡をとり、声を励まして全身の冷気に耐えつつその前進を待つだけであった。ついに二十三時ころになって、各隊とも路上で遅々として進まない行軍を放棄して適宜退避することに決した。各隊長はそれぞれ退避する部落や家屋の偵察を開始したが、暗黒と浸水による道路の不明瞭とのため、なかなか所望の部落を発見することができなかった。また部落を発見しても、そこへ行く道が困難で、人は溝に落ち馬は泥ねいに倒れ、これらを救い助けて進んでも時は徒《いたず》らに過ぎるだけであった。特に車両部隊は、旧宿営地に反転したものもあったが、大部は残り、その困難はひどく、後半夜になると、砲車にもたれて意識を失い、輜重車の下に風雨を避けたまま立てない兵を生ずる状況であった。これらは、全く暗黒の中のできごとで、その確実な状況の把握は各隊が退避を終わった十五日三時ころ、ようやく判明したのであった。

(『戦史叢書・一号作戦〈1〉河南の会戦』二九二―二九三ページ)

師団としては二度目の凍傷事故であったのだが、今回もわが中隊は、圏外にあって難を免れた。

黄河北岸の機動のさいに生じた多数の落伍者、凍死者につづいて、長台関の凍死事故は、師団に大きな損害を与えた。とくに馬部隊の被害が大きかった。湘桂作戦のための唯一の増強兵力である師団は、京漢線を無傷で南下して第十一軍に加わることを期待されていたのに、それが戦闘によるのではなく、兵の体力不足が原因とみられる事故で、二度も被害を受けた。そのうえ師団長竹下義晴中将までが、病気で武昌で入院してしまった。第十一軍の師団にたいする信頼は、大いに傷ついてしまったにちがいない。わが師団が新鋭の唯一の増加兵団でありながら、つねに第二線に廻されたのは、そのためだったろう。

長台関で淮河を渡り、南岸で休養の後、信陽までは三日間の行軍で到着した。漢口から信陽までは鉄道が開通していた。ここで順番を待って、五月二四日ごろ列車輸送で漢口に着いた。

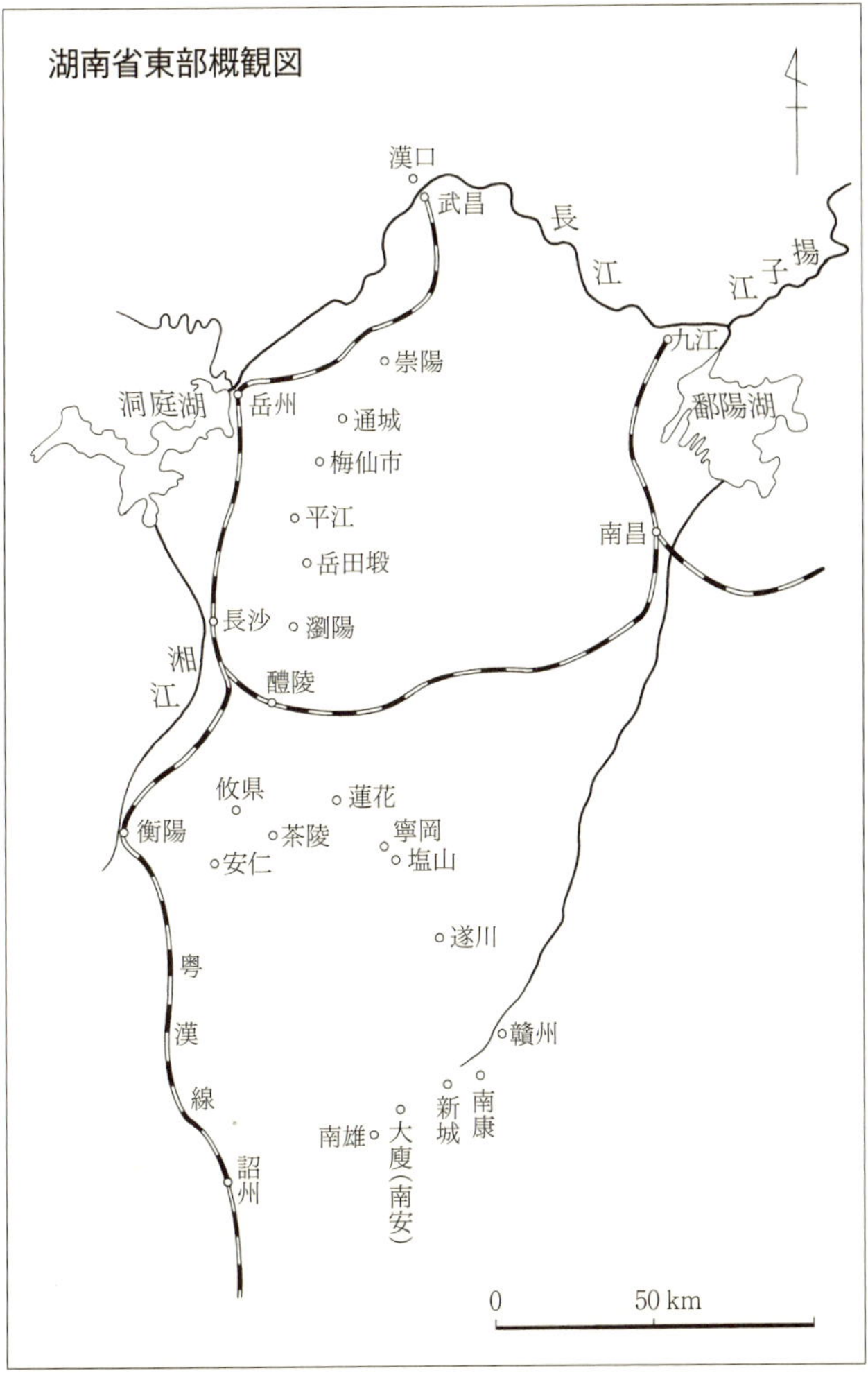
湖南省東部概観図
漢口
武昌
長
江
揚
子
江
九江
鄱陽湖
崇陽
洞庭湖
岳州
通城
梅仙市
平江
南昌
岳田墩
長沙
瀏陽
湘
江
醴陵
攸県
蓮花
衡陽
茶陵
寧岡
安仁
塩山
遂川
粤
漢
線
贛州
新
城
南
康
南雄
大庾(南安)
韶
州
0
50 km

漢口の二日間は大忙しだった。損耗した兵器、装備の補充、輓馬《ばんば》(車輌を牽《ひ》く馬)はすべて駄馬(背中に荷を積む馬)への編制改正、不用品の後送、その他さまざまな新作戦の準備がおこなわれた。私は大行李がここまで運んでくれた将校行李を整理して、持参できないものを留守宅に発送した。もっともこの将校行李は、長台関で水びたしになったらしく、だいぶ被害を受けていた。このとき送ったメモや写真が、戦後に残った唯一の資料となった。

湘桂作戦はじまる

漢口におけるあわただしい作戦準備は、二日間で終わった。この間に街へ出た記憶はない。五月二六日、船で対岸の武昌に渡った。そして即日、武昌からトラック輸送で、崇陽方面にむかって出発した。翌日の五月二七日、一号作戦の第二段である第十一軍による湘桂作戦が発動されたのである。

第十一軍はこの日、右翼の第四十師団が洞庭湖を渡って湘江西岸へ、中央の第三十四、第五十六、第六十八、第百十六の各師団が粤漢《えつかん》線沿いに長沙へ、左翼の第三、第十三師団は平江から瀏陽へ、いっせいに攻撃を開始した。第十一軍はまず長沙から衡陽をめざし、ついで桂林、柳州にむかい、広東から西進する第二十三軍と連絡する。この間に一部で粤漢線の打通をめざし、遂川、贛州《かんしゅう》などの飛行場群を制圧するというのが作戦構想であった。中国軍の東方からの強力な側撃が予想されたので、この方面には精強な第三、第十三師団が配された。第二十七師団は、その後方を進むことになっていた。ところが第二十七師団に与えられた任務というのが、道路構築だったのである。

この長大な作戦を遂行するためには、兵站《へいたん》線の設定が何よりも重要である。派遣軍の作戦計画では、岳州から長沙、衡陽に至る粤漢線沿いの甲兵站線と、崇陽、通城、平江、瀏陽という東部の山岳地帯をつらねる乙兵站線の二本の兵站線を設定することになっていた。甲兵站線の自動車道構築のためには、第二工兵司令部、独立工兵第三十九、同四十一聯隊、独立工兵第六十一大隊、その他の、専門の部隊が充当されていた。それに反して乙兵站線には、同じ自動車道路の構築でありながら、野戦師団の第二十七師団だけが当てられていたのである。

武昌からトラック輸送となった聯隊は、翌五月二八日崇陽を経て桂口市に着いた。ここではじめて、これからの任務が道路構築であることを知らされた。大作戦参加というので勇みたって、満州からはるばる駈けつけてきたのに、その任務が道路構築だと聞かされて、がっかりしたのは事実である。

自動車輸送を終わった後、五月三一日ごろから、通城・平江間に割り当てられた自動車道路の補修作業に取りかかった。自動車道路といっても、この地域は何回も日本軍の進攻作戦にさらされており、道路は中国軍によって徹底的に破壊されていた。図上に記号はあるものの、まったく原型を留めていない個所が多く、道路そのものが水田に化してしまった部分もあった。山地が多いのにくわえて、平地の部分は水田と湿地で、いったん雨が降れば流れはたちまち氾濫して道路はぬかるみと化し、どうやって自動車を通すのか途方に暮れるありさまであった。

軍は師団の作業力に期待していたそうだが、われわれ歩兵部隊には何の土木器材もない。各兵の個人装備の円匙《えんぴ》(スコップ)と十字鍬《じゅうじしゅう》(小型の鍬《くわ》)は、個人用の壕を掘るためのものだが、これ以外に器材はもっていない。周辺の農家から徴発してきた農具の鍬やモッコを使うのだが、作業の進展は知れたものだった。それでも各中隊に区間を割り当てて競争をさせるので、苦心の末どうにか道路らしい形を作り上げたが、兵の苦労はひと通りのものではなかった。

この道路工事は、米軍機にも狙われた。六月初めのある日、突然超低空で大型双発の戦闘機が機銃掃射をしながら、作業中の中隊の頭上すれすれを通りすぎた。わが隊に死傷はなかったが、精神的な恐怖感は大きかった。それからは対空監視哨と機関銃を用意しておき、作業隊もなるべく分散することにした。作業隊のすぐ後方には、道路の完成を待って自動車部隊の行列ができていた。これも米軍機のかっこうの目標になったのだろう。何回もその方向で銃爆撃の音が聞こえた。

もともとこの長大な進攻作戦を実行するにあたって、日本軍側の最大の欠陥は制空権を奪われていることであった。太平洋をはじめすべての戦線で日本軍は制空権を失っていたが、中国戦場も例外ではなかった。作戦開始にあたって陸軍は、中国にあった第三飛行師団を第五航空軍に格上げしたが、実質的には飛行機はほとんど増強されず、制空権の獲得など思いもよらなかった。これにたいし在中国米空軍は、四三年初頭の戦闘機爆撃機合計三〇〇機からしだいに増強され、台湾や満州を空襲するほかに南支那海の海上交通を脅かしていた。さらに四三年六月に米空軍に引き渡されたB29が中国基地に配備されれば、日本本土のすべてが空襲される危険が迫っていた。一号作戦開始後は、日本軍の後方連絡線は米空軍の攻撃にさらされ、鉄道も水路も利用できなくなっていた。補給路を絶たれては作戦が計画どおりに実行できるはずがない。進攻した日本軍の大兵力は、補給の途絶、とりわけ食糧の欠乏によって、その戦力を急速に失っていったのである。

密集して水田のなかで道路構築をしているわれわれの部隊は、かっこうの目標であったと思われる。飛行士の顔が見えるほどの超低空で襲いかかってくる米空軍の戦闘機には、何回もお目にかかったが、これに反して日本軍の飛行機は一回も見たことがなかった。

六月前半の二週間は、ぬかるみとの格闘ともいえるような道路構築で過ぎた。割り当てられた作業の三分の一も達成できなかったが、兵の肉体的疲労は大きかった。また兵站線の先頭に近かったのに、食糧の補給は十分でなかった。とくに副食は、全然補給されなかった。はじめから補給の計画はなくて、徴発に頼れということだったのかもしれない。ところが徴発の結果はゼロだった。この地域はたびたび戦場となっているうえに、戦争慣れした第三、第十三両師団が荒らしたあとだったので、食べられるものなど何一つ残っていなかったのである。肉体的苦労と栄養不足は、その後に多数の栄養失調患者を出す原因となったと思われる。

六月中旬、前線の第三師団は瀏陽付近で激戦中であった。師団の先頭は六月一八日平江に達し、六月二五日には軍命令によって平江を出発して瀏陽に向かった。師団はいちおう崇陽・平江間の自動車道路修築を終わったと報告しているが、自動車部隊の先頭はやっと平江の北二五キロの梅仙にしか達していなかった。師団が平江を出発して南下するにあたり、わが中隊は後方警備のため、平江東南二五キロの道路上の部落である岳田堋に残留を命ぜられた。このことはその後長期の中隊の単独行動のはじまりとなった。

作戦計画策定のさい考慮されていた有力な中国軍による東方からの側撃は、第二線兵団であるわが師団にも向けられた。わが聯隊もこの中国軍の反撃のためにおおいに苦戦することになったのである。だがわが中隊だけは、遠く離れていてその圏外に置かれていた。

中隊の単独行動

岳田堡の警備を命ぜられた私の中隊は、師団の直轄となり、無線一個分隊が配属された。後日の知識によれば、軍は乙兵站線が役立たないとみてその撤去を決定し、六月二九日にこれを発令していた。第二十七師団の一ヵ月近い苦闘は、まったくの無駄骨折りだったのである。しかし兵站線を撤去するという命令は、末端の、しかも本隊とは離れた中隊長には伝わらなかった。本道上にありながら通過する部隊は減りはじめ、七月に入るとまったくなくなってしまった。

岳田堡は平江から二五キロ、瀏陽からは四〇キロの中間にある部落である。なんの変哲もない水田のなかの部落なのだが、参謀の使っている大縮尺の地図に名前が載っているので選ばれたのだろう。兵站線撤去が決まっても、数多い後方諸機関は、簡単には整理できないから、警備隊を置く必要があると考えられたのだろう。しかし事情を知らない私は、心細いかぎりだった。

私は岳田堡の部落の周辺に抵抗線を作り、西側三〇〇メートルの小高い丘の上に分哨を置いていちおうの警備態勢をととのえた。そして毎日一回、無電で「異状なし」という報告を送った。じつは七月に入ってからも、前方からも後方からも、遠雷のように銃砲声が聞こえてきていたのである。南方の銃砲声はわが聯隊のもので、六月二九日から側撃してくる中国軍と衝突し、山田、社港市で戦闘をおこなっていた。後方の銃砲声は平江の警備隊が中国軍の襲撃を受けていたものであった。しかしわが中隊の周辺はまったく平穏で、ついには人影一つ通らなくなってしまった。

七月初めごろ、岳田塅を撤去して瀏陽に至り、そこから第四野戦病院と師団衛生隊を護衛して醴陵へ赴くようにという師団命令が入電した。まだ当分、中隊としての単独行動がつづくのだ。瀏陽までは、中隊単独の行軍なので二日間で着いた。先行の諸隊の激戦のあとも、人っ子一人会わない静寂さだった。厳重な警戒をしながら進んだが、内心はホッとした。

瀏陽は大きな街だが、やはり戦場の姿をとどめていた。ここで待ちかまえていた野戦病院と衛生隊をともなって、すぐに出発した。病院長も衛生隊長も、私よりも上級者だが、行軍についての私の指示にきちんと従ってくれた。両方とも戦闘力はまったくもたないが、人数は多く器材もたくさんある。そのため行軍の長径はひどく伸びた。どこから敵が現われるかわからないので、これにはひどく気をつかった。それに中隊単独の行軍と違って、時間がかかるのも悩みの種だった。結局瀏陽・醴陵間一〇〇キロ足らずを、五日間もかかって七月一〇日ごろ到着した。この間も、中隊長のいらいらにもかかわらず、まったく敵に遭わなかった。激戦直後のためか、住民にもぜんぜん会わなかったのである。

醴陵に着いて病院と衛生隊の護衛の任務を解かれた中隊は、この地に到着早々の第三大隊の指揮下に入れられた。じつは数日前まで、醴陵は烈しい中国軍の攻撃を受けており、第三師団の騎兵第三聯隊が勇戦奮闘してこれを防いでいた。小高大尉の第三大隊はこれと交代したのだが、一個中隊を欠いており、おりよく到着したわが中隊を加えて防禦力の強化をはかったのである。

醴陵は大きな街だが、中隊に割り当てられた区域は南の街はずれの農村部落のある一帯だった。周辺はさつま芋の畑である。私は中隊の防禦線の内部に、なるべく芋畑を広く取りこむように配備を決めた。いざというときの食糧対策である。

醴陵には七月中旬から八月中旬まで、約一ヵ月滞在した（『支那駐屯歩兵第三聯隊戦誌』には、八月四日に第八中隊が第三中隊と交代したと書かれているが、私はもう少しあとまでのような気がする）。私たちが醴陵に着く前に、第三師団の部隊が中国軍の大攻撃を受けていただけではない。私の中隊が去った後の八月中旬からも、第三大隊は中国軍の総攻撃を受けて苦戦している。わが中隊は平穏なときを狙って滞在していたことになる。これも幸運な偶然であった。

醴陵からは、また中隊の単独行動となった。攸県《ゆうけん》までは、師団衛生隊を護衛して行き、そこからは単独で茶陵へ赴いて、ようやく本来の所属に復帰せよというのが命令であっ

第三中隊の茶陵への行動

た。小高大隊長に別れを告げると、聯隊主力は茶陵で優勢な敵の攻撃を受けているという情報を伝えてくれた。その情報どおりに、前方はるかに殷々たる砲声を聞きながらの行軍となった。

敵情が不明なので、中隊はいつ敵に遭遇してもよいように戦闘隊形をとり、後方に衛生隊を従えて行軍した。醴陵・攸県間は八〇キロ、攸県・茶陵間は三〇キロある。衛生隊は病院よりは行動が軽快で、途中に黄上嶺という難関があったが、三日間で攸県に着く見込みがついた。

八月二〇日衛生隊を攸県に送りこんでから考えた。茶陵は中国軍に包囲攻撃されているようである。攸県から黄石舗を経て茶陵に至る本道を進めば、敵の妨害を受けるにちがいない。そこで洣水《べいすい》北岸の山中を迂回し、手薄な茶陵東北角で渡河して街に入る行程を選ぶことにした。二〇日の夜は山中の部落、泰元墟と思われるところに泊まった。一面の里芋畑で、芋で空腹を満たすのに十分だった。翌日は潞水坑と思われる部落を過ぎ、はるかに洣水の対岸に茶陵の市街を望むところの小部落まで到着して宿営した。ここで夕方と翌早朝、茶陵方向を偵察した。

銃砲声はいよいよさかんで、烈しい戦闘は茶陵の西方と南方でおこなわれているようである。そこで中隊をまとめ、仲間射ちをされないように日の丸を掲げて、茶陵の東北角に急進した。そして洣水を徒渉して、敵に妨害されることなく無事に入城した。

茶陵西側高地の夜襲

このとき茶陵には聯隊の主力、本部と第一、第二大隊があって、茶陵奪回を狙って蝟《い》集《しゅう》してくる中国軍と激戦中であった。六月末に平江を出発してからの聯隊は、山田、社港市の戦闘を経て、七月中旬から下旬にかけて醴陵東方の麻山の戦闘で大きな損害を受けた。度重なる戦闘の消耗で各中隊の戦闘兵力は三、四〇名に減少しているとき、無傷に近い一五〇名もの私の中隊が応援に馳せ参じたのである。小野聯隊長も市川大隊長も、大喜びの様子だった。

中隊到着の数日前から、第一大隊担当の西方正面は烈しい中国軍の攻撃を受けていた。茶陵は北、東、南の三方を川に囲まれていて、陸続きの西側は街の二キロほどのところが丘陵地帯であった。街を見おろすこの丘が中国軍に占領されていた。この丘に大隊ではマツ、タケ、ウメ、モモ、タカ、ワシ、ハトと仮の名をつけていた。到着早々の私に、市川大尉は現地を指差しながらこの状況を説明し、戦力の充実している第三中隊でこの敵を撃退してくれと命じた。

私はわが方の火力装備がきわめて不十分なので、大隊長と相談して夜襲をおこなうことに決め、二二日の日中をもっぱら偵察に費やした。その結果、敵の主陣地はマツで、タケ、ウメにも陣地が見られるが、モモには配兵がないと判断した。そこで正面からの攻撃を避け、まずモモを占領し、そこから敵の左翼を攻撃することにした。

堅固な敵の陣地に、白兵だけを頼りに夜襲をするというのは、私にとってはじめての経験である。もちろん日本軍の白兵主義から夜襲は士官学校でもさんざん訓練されたのだが、実戦は経験がなかった。恐怖心がなかったと言えば嘘になる。ただ弱味を絶対に部下には見せられないと、確信あり気にふるまった。中隊の幹部も兵たちも緊張している。背嚢をはじめ不要な装備を大隊本部の位置に残し、日暮れを待って街のはずれに集合した。大隊からはだれも見送りにこなかった。この攻撃は、大隊の死命を制する高地を、中隊が単独でおこなおうとするのである。大隊は命令しただけで何の援助もおこなわず、すべてをわが中隊に任せきりなのである。

私の計画では、敵の配備のない本道沿いのモモの高地まで、中隊全力で接近することであった。薄曇りの夜だった。本道の北側の路盤の陰にかくれながら前進し、洪山廟《こうざんびょう》の手前でモモに取りついた。案の定敵はいなかった。モモの東麓に中隊を集め、村井少尉の第一小隊は右第一線としてタケの陣地に突入すること、その他は指揮班、第二、第三小隊の順序でマツに向かい、マツ占領後第三小隊はウメに向かうことを命令した。そして敵から攻撃されるまでは射撃するなと指示した。こちらの攻撃で、恐れをなして敵が逃げるのではないかという期待が私にはあったのである。

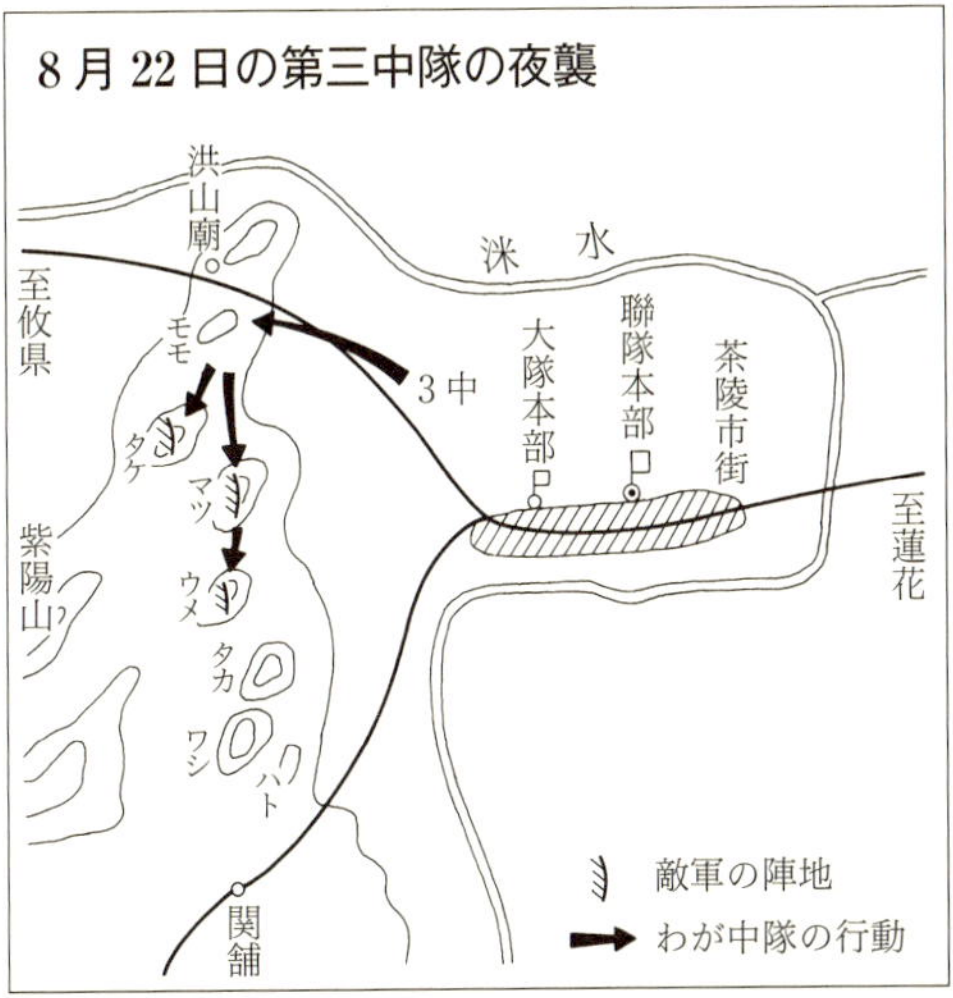

8月22日の第三中隊の夜襲

ここで第一小隊と中隊の本隊とは分

かれて、暗闇のなかをひそかに進んだ。そろそろ目的の高地に登りはじめたころ、突然第一小隊の方向で烈しい銃声と手榴弾の爆発音が鳴りひびき、わが方の突撃の喚声が聞こえた。これにつられたのか、正面のマツ陣地でも銃声がひびき、敵はやみくもに手榴弾を投げるのだが、わが方には届かない。私は「突っこめ」と命令し、中隊は指揮班を先頭に斜面を駈け登った。敵弾に倒れる者はなかった。大半の敵は逃げたらしい。頂上の壕に飛びこむと、逃げおくれた二、三人の敵兵がいた。指揮班の下士官や兵が、腰だめで射ち倒した。こうしてマツの陣地は占領できたが、タケのほうが心配だった。

しばらく銃砲声と喚声がつづいていたタケの方向から、「第一小隊、タケを占領！」、「小隊長殿、戦死」と叫ぶ声が聞こえた。まもなく伝令が報告にきて、村井少尉の戦死と、そのほかに十数名の死傷者があること、陣地は占領し確保中であることを報告した。報告をよこしたのは、下士官候補者教育の助教の久保田軍曹であった。

調べてみると、指揮班にも二、三の死傷者があった。マツの占領が確認できたので、第三小隊の三宅准尉に、ウメに向かうことを命じた。ウメの敵は、こちらの喚声に驚いて逃げたようで、無血で占領できた。偵察してみると、その他の稜線の敵も退却したらしい。中隊の夜襲によって、七つの陣地が獲得できたのである。この夜襲によって、わが中隊は村井少尉以下戦死一〇名、負傷二〇名を出した。

中隊のあげた成果は、そのまま自分で守らされることになった。山上の陣地にとどまって、敵の回復攻撃に備えさせられたのである。醴陵からの行軍にひきつづいて、休む余裕もなく夜襲を決行し、そのまま露天の陣地にいつづけることは、体力の消耗をはなはだしいものにした。このことで大隊の配慮のなさに不満で、私は側近の野村准尉や伊藤曹長に愚痴をこぼした。何よりも困ったのは食糧である。補給がないので、自分で工面しなければならない。ところが戦闘がつづき、徴発に出かける余力がない。この間に中隊の栄養失調患者は一挙に増えた。

それまで私は、中隊長としていちばん気をつかってきたのは、兵の体力を温存し、むだな消耗を避けることだった。そのため食糧の確保に努力し、中隊として徴発のため組織的行動をしてきた(くわしくは後述)。それがこの茶陵到着前後の戦闘と露天の陣地警備で、食糧確保の努力もむだになってしまったのである。ただ幸いだったのは季節が真夏で、山上の野宿がそれほど苦痛でなかったことで、寒い季節だったら多くの犠牲者を出しただろう。

この夜襲でわが中隊は、作戦開始いらい初めての大きな損害を出した。戦死一〇名、負傷約二〇名である。とくに中隊付のただ一人の将校である村井正男少尉の戦死は痛手《いたで》であった。村井少尉は敵陣地に突っこむさいに、至近距離から胸に小銃弾を受けたのである。胸の傷の場合、多くは出血により肺の気泡がふさがれて窒息死するのだという。そのため絶対安静が必要だが、村井少尉の場合は傷口が大きく、ほとんど即死に近かった。

翌年私は帰国してから、村井少尉の実家に手紙を出して、戦死の状況を知らせた。それにたいし父上から鄭重《ていちょう》な返事がきたが、息子の名誉の戦死を誇りに思うという、模範解答のような文面が達筆で認められていた。教養の高い当時の代表的な国民の一人だったのであろう。

陣地の攻防

陣地についた八月二三日の朝から、中国軍の反撃がはじまった。まずタケ陣地の直前の斜面を、中国兵がよじ登っているのを、マツ陣地の監視兵が発見した。数十名が突入直前のところまで登っていた。大声でタケの第一小隊に知らせるとともに、マツから軽機関銃で射撃した。これが絶好の側防の効果を発揮し、この中国兵は撃退した。それからはこの日は、入れかわり立ちかわりマツとタケに敵が来襲した。なかにはわが方の背後まで登ってきて、手榴弾を投げる者もあり、三名の戦死者が出た。わが方の手榴弾はたちまち不足してきた。山上で攻め上ってくる敵にたいするには、手榴弾がもっとも効果があるのだが、その不足はつらかった。この日の敵襲はもっぱら射撃で、それも隣りの陣地からの側防火力で封じたのであった。

中国軍の反撃は、それからも約一週間つづいた。これは衡陽攻略後も外囲から反攻をつづける攻勢の一環で、茶陵、攸県、安仁地区を確保する第二十七師団にたいして、中国第九戦区の第二七集団軍が攻撃していたのであった。

攻撃は正攻法による昼間のものだけではなかった。夜間少数で潜入してわが軍の不意をつくのもある。二四、五日ごろ、第三小隊の陣地に、潜入した敵が手榴弾を投げ入れた。このため小隊長三宅准尉以下数名の負傷者を出した。三宅は後送されて、戻ってこなかった。これは警戒不十分の油断によるもので、昼も夜も気が抜けなかった。

わが聯隊にたいして攻勢をとってきたのは、第九戦区副長官兼第二七集団軍司令楊森が直接指揮する第四四軍の、第一五〇、第一六〇、第一六二の三個師で、その装備も士気も優れていた。われわれが華北の警備で対戦していた八路軍や、許昌、郾城で撃破した第一戦区軍と比べると、火力装備ははるかに優れていた。とくに迫撃砲は脅威で、わが中隊の山上の陣地にたいして、真上から落下してくるその砲撃は防ぎようがなかった。それ以上に驚かされたのは、その士気の旺盛さ、戦闘意志の強烈さであった。中国軍がわが方の陣地にたいして突撃してくることなど、いままでは想像もできなかったことである。八月二三日の敵の攻撃は、倒されても倒されても攻め上ってくるもので、その攻撃精神の旺盛さは日本軍以上に思われた。いままでの中国軍とは編成装備でも士気の点でも、まったく違った精強な軍隊に変質していたのである。

八月二六日と二八日の二回にわたって、本格的な敵の攻撃を受けた。とくに二八日のものは、歩砲協同の大がかりな攻撃であった。最初は迫撃砲の射撃がはじまる。ヒュル、ヒュルと不気味な飛行音がして、真上から落下してくる。弾道が極度に湾曲しているので、垂直に掘った壕は役に立たないのである。二八日の迫撃砲攻撃では、マツ陣地の指揮班と第二小隊に、数人の死傷者が出た。一人は腹をえぐられ、腸が飛び出して悲惨な死に方をした。迫撃砲の集中射撃は、実際の効果以上に、恐怖心を抱かせるものがあった。

迫撃砲の射撃が終わると、マツの正面にもタケの正面にも、雲霞《うんか》のような大軍が現われて、斜面をよじ登ってきた。とくにタケは敵方に突出しており、マツは最高点だったからであろう。ただ敵の攻撃は、射撃中止に膚接《ふせつ》して(すぐつづいて)突入するという、訓練どおりではなかった。射撃から突入まで大分間隔が空いていた。この隙間に、ここを先途と射ちまくって撃退した。このため弾薬の不足が気になりだした。

二八日の敵の損害も大きかった。陣地の前は死体の山となった。このためか、敵の攻勢はこれが最後となった。中国軍はわが軍の陣地から二、三キロ後退した雲陽山、関舗の線に陣地を築きはじめた。この線は標高が高く、わが方が見おろされる形となった。この線までさがって陣地を築いた後は、明らかにその行動は消極的になった。その兵力も減少したらしい。

敵情が緩和したので、われわれのほうも一息つくことができた。夜襲いらい八日間、山上の壕にへばりついていた中隊は、陣地に監視哨を残して茶陵西側の民家に移った。ひさしぶりに屋根の下に寝ることができた。ただ何よりも問題なのは食糧難であった。そこで私は中隊で徴発隊を編成することにした。茶陵周辺には何も残っているはずがないので、敵情の顧慮の少ない黄石舗の方面に派遣した。

中隊長の命令で徴発隊を派遣したのは、少しでも徴発を組織的におこなって、不軍紀な掠奪に陥らないようにするためであった。前に述べたように日本軍の規定では、徴発は高級指揮官（師団長）が経理部長に命じてさせるものと、各部隊が直接おこなう場合があり、各部隊がおこなう場合には高級指揮官が一定の地域を指定することとし、徴発隊はかならず将校を指揮官とすること、徴発物件にはかならず賠償を与えるか後日の賠償のために証票を附与することとなっていた。そしてそれ以外の行為は、徴発ではなく掠奪であるとしていた。もっともこんな規定はぜんぜん守られていなかったし、多くの幹部はその存在すら知らなかった。私はたまたま聯隊本部で「戦時服務提要」を目にしたので、その戒めを知っていたが、それは例外であったろう。中隊の徴発隊も、地域を上から指定されていたわけでないし、指揮官が将校でない（もっとも村井少尉の戦死以後は中隊付の将校はいなかった）ことも、規定に反していた。いわば徴発を名とした掠奪だったのである。

この長大な作戦に、食糧の補給をまったくしないで掠奪をするなといっても、無理な注文であろう。第一線部隊は飢え死にしないためには、掠奪をしないわけにはいかなかったのである。掠奪はたしかに悪事であるが、その責任は補給を無視した作戦計画を樹てた軍の上層部にあるといえよう。一号作戦(大陸打通作戦の秘匿名)は五〇万の日本軍が中国大陸を縦断しながら、掠奪を重ねていったのである。

このとき徴発隊を派遣した黄石舗は、茶陵と攸県の中間で、先に茶陵に入るさいには通るのを避けた街である。徴発隊派遣の狙いは当たりで、夕方近く彼らは牛を四、五頭牽《ひ》きつれて帰ってきた。攸県道の洪山廟《こうざんびょう》の方向に徴発隊の姿が現われると、わが隊だけでなく他の隊の目にもとまった。さっそく大隊本部からも、他中隊からも、分け前をよこせという要求が入った。それぞれ応分に分配したはずである。

徴発隊長の伊藤曹長(多分そうだったと思う)の話によると、住民はいなかったが、徴発隊の到着直前に逃げ出したようで、牛はそのさいに山に放したらしい。まだ遠くに行っていなかったので、たやすく捕えたのだという。とにかくこれで、ひさしぶりに牛肉にありつき、動物性蛋白を補給できた。

結局中隊単独での夜襲の成功から、その陣地を守っての一〇日間の防衛戦で、わが中隊は二人の小隊長をはじめ約五〇人の死傷者を出し、約三〇人の戦病患者を野戦病院に送って、戦力は半減した。それでもまだ他の中隊より人数は多かったが、一号作戦参加いらいはじめての大きな損害を受けたのである。とくに隊に残っている者までが、例外なく栄養失調で体力を低下させてしまったことが痛手であった。そのことが、中隊の戦力に影響したことは否定できない。栄養失調を原因とする戦病の増加が、中隊長として何よりの悩みの種だったのである。

なお戦後に得た知識をもとにしてこの大陸打通作戦間における戦死者と戦病死者の割合について考えてみたい。補給を軽視した作戦計画、兵站線の途絶、米空軍の妨害などで、作戦間における補給、とりわけ食糧の補給はきわめて不十分であった。このため栄養失調に陥る者がきわめて多く、戦争栄養失調症とされる死者が多数にのぼったことも特徴的である。野戦病院における死者の統計では、死亡者の順位は、赤痢、戦争栄養失調症、マラリア、脚気の順であるが、赤痢やマラリアとなっている者でも、栄養失調による抵抗力の衰えが死亡の原因である場合が多い。長尾五一軍医の『戦争と栄養』によれば、遺族の心情を思うと軍医としては戦争栄養失調症の病名はつけにくかったということなので、実際には戦病死の大部分が栄養失調による死亡とみられるのである。

またこの作戦間のもう一つの特徴として、戦傷者の病院における死亡つまり戦傷死が多いことがあげられる。これも野戦病院における給養の不足から栄養失調に陥り、抵抗力を失って死亡した場合が多いのである。

戦死者、戦傷死者、戦病死者の割合を、私の部隊である『支那駐屯歩兵第三聯隊戦誌』でみてみると、次のようになる。

一九四四年四月から敗戦後帰国するまでの「大陸縦断作戦」間における聯隊の死没者一六四七名のうち、戦死五〇九名、三一%、戦傷死八四名、五%、戦病死一〇三八名、六三%、その他(不慮死、不詳など)一六名、一%である。すなわち戦死者の二倍以上の戦病死者を出しているのである。なお私の第三中隊は中隊長として戦病死者をなるべく出さぬよう努力したつもりだが、それでも戦死三六名、四七%、戦傷死六名、八%、戦病死三五名、四五%となっている。

ガダルカナルやニューギニアと違って人口稠密《ちゅうみつ》で物資の豊富な中国戦線では、餓死者など生じなかったと思われがちである。だが大陸打通作戦の実態は、補給の途絶から給養が悪化して多数の戦争栄養失調症を発生させ、戦病死者すなわち広義の餓死者を出していたのである。

黎明攻撃と負傷

敵情は緩和したとはいえ、まだわが軍を見おろす二、三キロ前方の丘の上に敵が陣地を築いている。大隊長はこの目ざわりな敵陣地の排除を企図し、第三、第四中隊を並べての攻撃を計画した。ただし弾薬が不足しているので、歩兵砲や機関銃は使えない。そこで黎明攻撃を計画することになった。黎明攻撃というのは日本軍特有の戦法で、暗いうちに敵陣地に近づき、黎明とともに突撃して敵陣地を奪取しようというのである。ひさしぶりの大隊規模での攻撃であった。

攻撃は九月七日の朝と決められた。（私のメモでは七日だが、「戦没英霊の記録」『支那駐屯歩兵第三聯隊戦誌』では九月九日となっている。）右第一線が第三中隊、左第一線が第四中隊となっていた。両中隊の境界線は、茶陵、界首墟、安仁を結ぶ道路である。当面の敵は、第九戦区、第二七集団軍の第四四軍であった。

真夜中に出発した。境界の道路との距離を保つことで、方向をまちがえないように注意して進んだ。

夜明け前、敵前二、三〇〇メートルまで近づいた。ここで中隊を散開させ、さらに敵陣地直前の突撃発起位置まで接近しようとしているとき、突然敵の機関銃が火を噴いた。前方と側方からで、私の周辺の指揮班でもたちまち何人かが、「やられた」と言って倒れた。敵の射撃はあらかじめ標定してあったようで、正確であった。黎明攻撃は失敗したのである。

そのうちに突然、右胸の外側（右側胸部）を鉄板でバーンと叩かれたような衝撃を感じた。やられたな、と思ったが、そのときは無我夢中だった。現在の中隊の置かれている苦境をどう打開するか、そのことで頭がいっぱいだった。かたわらにいた野村准尉は、周辺に伏せている兵たちから、次々に手榴弾を取り上げて敵にむかって投げている。兵一人一発ずつ手榴弾をもっているのだが、みんなは手榴弾を投げるのでもなく、射撃するでもなく、ただ伏せているだけなので、野村一人が阿修羅のようにふるまっていたのだ。

このままでは全滅だ、何とかしなければ、と私は焦った。そして「擲弾筒、撃て！」と命じて、野村に「擲弾筒とともに突っ込もう」と指示した。野村は「ここにいたんじゃ全滅です」と言い、周囲の兵に「いいか、突っ込むぞ」と励ましの声をかけ、なおも手榴弾を投げていた。

やがて敵陣地に数発の擲弾筒が炸裂した。野村も私も「突っ込め！」と声を出し、周囲の兵たちも立ちあがって、敵陣地に駈け登った。頂上の塹壕に飛びこむまでは、何も考えていなかった。手榴弾と擲弾筒の効果があり、わが突撃に敵は逃げ出したらしく、二、三人の逃げおくれた敵兵が射殺されただけだった。

頂上陣地を占領し、敵の逆襲に備える警戒の配備をしてから見ると、左隣りの第四中隊は攻撃に失敗したらしく、わが中隊は敵中に孤立していた。少し落ち着いてから、あらためて胸を探ってみると、右胸の脇の下に傷口があり、出血しているが、ほかに傷口はない。つまり貫通でなく盲管のようだ。近寄ってきた野村に「俺は胸をやられた。盲管のようだ」と伝えた。彼は大声で衛生兵を呼び、三角巾で応急の繃帯をしてくれた。

そして「隊長殿。胸は絶対に動いてはいけません。安静第一です」と念を押した。胸部の負傷は、へたに動かすと内出血で窒息死する例が多いからだ。だが私は、負傷してから突撃をしているので、もう手遅れかもしれないと思った。

それからの昼間中は、ずっと壕のなかに横たわっていた。敵の目の前に担架で後送するわけにはいかないからだ。これは期せずして安静を保っていたことになる。じっとしていながら、いろいろと思いをめぐらせた。負傷したことについては、じつは内心ホッとしたというのが事実である。隣りの第二大隊では四人の中隊長が戦死している。私の中隊でも二人の小隊長が死傷した。中隊長だけが無傷でいるのは、何となく気がひけるものだ。これで周りにも顔向けができる、という気持ちが湧いてきたのだ。

現在の戦況についても考えた。さきの夜襲直後の陣地守備のように、またこの山上で過ごすことになるのはやりきれない。しかし昼ごろになると、銃声もしだいに収まり、敵は遠く退却したようでもあった。占領した陣地の確保の目途は立ったのである。しかしこの戦闘でも中隊の損害は大きかった。戦死は内山軍曹以下五名、負傷も中隊長以下十数名で、中隊の戦力はますます低下した。作戦参加後の減耗はすでに一〇〇名をこえ、当初の兵力の三分の一になってしまった。この先も作戦はいつ終わるのか予測もつかないし、ましてこの戦争の終末にいたっては、まったく予想不可能である。結局いつかはこの中国のどこかで戦死することになるだろうと思うしかなかった。

野戦病院にて

その日の夕暮れ前に、野戦病院に収容された。病院といっても、聯隊本部の北方にあるただの民家で、特別の医療施設があるわけでなく、ただ床に患者を寝かせているだけであった。私を診察した軍医も、問診をしただけで、血清注射も、何の治療もするわけでもなく、「右側胸部穿透《せんとう》性盲管銃創」と病名をつけただけだった。もっとも治療しようにも、何の器具も薬品もなかったのであろう。負傷のさいには、破傷風とガス壊疽《えそ》の予防のために血清注射をすることになっている。ところがその血清も底をついていた。もっとも私の場合は胸の負傷で場所が心臓に近いので、血清注射ができなくても大丈夫だろうと軍医が話していた。結局私は野戦病院に入院したといっても、何の手当も受けなかったのである。

病院の状態は悲惨であった。徴発の実力をもたない病院の食糧事情は、一般の部隊以上に深刻であった。病院から出される食事は、うすいお粥に塩味をつけたものぐらいであった。塩だけは聯隊が茶陵で大量の岩塩倉庫を見つけたので不自由していなかった。ふつうの患者はとてもお粥だけでは足りないので、歩ける者は病院を抜け出して徴発に出る。そうはいっても、もう残っている物は何もない状態なので、刈り残された稲の穂を集めてくるのがやっとというありさまだった。なかには貴重品の煙草を物々交換の材料に使って、なにがしかの食糧と代える者もあった。

だから病院内での死者は非常に多かった。このことは一般の部隊にも知れわたっていた。中隊でも軽い戦傷者や戦病者を病院に送ろうとすると、迷惑をかけないようにするからこのまま隊に置いてくれと懇願されるのがつねだった。中隊にいれば戦友が面倒を見てくれるが、中隊を離れてはそうはいかないからであった。

聯隊の『戦誌』に載っている尾崎軍医(前出)の回想によると、茶陵駐留中の患者の大部分は栄養失調症であった。それにマラリア、結核などが重なると病気の速さが増してくる。かといって病院の食糧不足はいっそう深刻なので、患者は中隊を離れて入院するのを忌避した、という状態だった。そして戦死者の二倍もの人数が、茶陵陸軍病院での病死となっているという。病死が全部栄養失調死ではないが、多かれ少なかれ栄養失調に関係があることは確かである。

私が入院してからは、新しい当番の秋元上等兵が、毎日状況報告とともに食べ物の差し入れをもってきてくれた。病院では何の治療も受けなかったから、入院している意味がなかった。私はすぐに軍医に退院を申し出たが、もう少し様子を見てからということで止められた。

毎日のように病院で死者が出ているのを見て、ここが病院か、と思わざるをえなかった。だが、軍医だけを責めるわけにはいかない。病院にたいして食糧の補給をしないのが原因なのだ。このように補給を無視した作戦を計画したこと自体がまちがいだったのではないか、と考えるようになった。

五ヵ月前、ぬかるみのなかで苦闘しながら、歩兵部隊に自動車道路を構築しろという命令を出す軍の認識不足を怨んだのであった。そういえば、水田のなかで泥まみれになっているわれわれの現場を、一人の参謀も軍の当事者たちも訪れてはこなかった。実情は後方の司令部には伝わっていなかったのである。いまここの毎日餓死者を出している野戦病院の悲惨な実情を、作戦参謀は知っているだろうか。少なくともだれかは、第一線の視察にくるべきだろうと思った。それとともに兵の大半が栄養失調に倒れるのは、兵本人の責任ではなくて、補給を十分におこなわない軍の責任であること、そのような補給の困難さを承知していながら、作戦を計画し、実行した者にこそすべての責任があることを悟るべきだと思った。

さらにこの作戦は、はたして何のために始められたのか、そのことについても疑問をもつようになった。はるばる関東軍から増援されたわが師団は、湖南省の辺境のこんな山のなかで、作戦開始後半年以上たっても先の見込みもなく苦戦している。大陸縦断路の打通も、国民政府の打倒も、米空軍基地の覆滅、いずれの目的もいつ果たせるかわからない。太平洋の戦局はいよいよ不利で、作戦開始後の六月にはマリアナ諸島を失った。

ヨーロッパでも六月には、連合軍によるノルマンディー上陸が成功し、ドイツの運命も定まった様子である。作戦目的についても、戦争の将来についても、暗い予想しかできなかった。自分の未来もいつかどこかで死ぬ以外にないと予想せざるを得ないのである。

入院は、いろいろなことを考えさせる機会になったのである。とくに野戦病院の実態について考えさせられた。このままではまるで戦傷病者の墓場である。栄養失調でつぎつぎと死んでいくのを、手をこまねいて見ているだけなのである。前に野戦病院の護衛にあたったときも思ったのだが、病院というのは一地に定着してこその機能を発揮できるので、移動の手段、機動力をもっていない。そして何よりも一般の部隊のような戦闘力をもっていないから、自力で食糧を徴発する力に乏しいということになる。だからこの茶陵の場合のように、わが軍が敵に包囲されて補給が完全に途絶しているとき、野戦病院のような部隊には薬品や食糧の補給について特別の措置を講じなければ、機能不全に陥ることは目に見えているのである。こうした状況に置かれた軍医や衛生兵も気の毒だが、ここで無残に死んでいく入院患者たちの無念さは察するに余りがある。

関舗西側高地の攻撃

入院から一週間たった九月一四日、私は病院を抜け出して中隊に帰った。軍医が許可したのではないが、病院の実情からいって強く引き留めることはできなかったろう。帰ってみると、中隊長の復帰をみんなで喜んでくれた。

この一週間は、戦況は落ち着いていたようだ。先週占領した高地の線は、だいたい確保できたようだ。そこで大隊はもう数キロ前線を進めて、関舗西側高地の線を占領しようと企図していた。これはおりから収穫期を迎えていた稲を獲得するためで、この中間には実った水田があったからである。つまり食糧確保作戦の一面もあった。

攻撃は退院一週間後の九月二〇日ごろとなった。中隊は右第一線となって予定の地点まで進出した。このときの中隊の兵力は、六〇名ぐらいに減っていた。

この一帯の高地は、いままでの戦場だった茶陵西側の高地に比べると、はるかに標高も高く急峻だった。たどり着いた高地の頂上から眺めてみると、前面の高い一つの高地にだけ敵兵が見える。陣地というより監視哨かもしれなかった。

とりあえずこの前面の高地を占領しようと考えた。その任務は、いままであまり戦闘の前線に立たず損害も少なかった第三小隊に命じた。三宅准尉が後送されたあと、第三小隊長は若い後平曹長に代わっていた。心細そうな後平を呼んで、あの高地を奪えと命じ、中隊はここから全力で支援すると言った。配属の重機関銃と中隊の軽機、擲弾筒をこちらの高地に並べて準備していたのである。

後平小隊は前面の高地をよじ登りはじめた。当面は敵の姿も見えず、一帯は静寂であった。部下を先行させて、中隊長は後方から眺めていることに、私はうしろめたさを感じていた。負傷直後のために、弱気がきざしたのかもしれない。中隊長は第三小隊の先頭に立つべきだったのに、臆病風にふかれてしまったという自責の念にさらされながら、固唾を呑んで双眼鏡をのぞいていた。

第三小隊が頂上まであと二、三〇メートルのところまで登っていったとき、それまで無人だった頂上に二、三人の姿があらわれた。「撃て！」という号令と同時に、照準を定めていた機関銃が火を噴いた。だが頂上にあらわれた敵はそれにひるまず、手榴弾を投げて姿を消した。「やられたかな」と一瞬どっきりしたが、爆煙は小隊の人影とは離れた場所にあがっている。「大丈夫かな」と心配しながらも見守っていると、一人、二人とわが方の人影が立ちあがって頂上に迫っていく。敵はその後は姿をみせない。手榴弾を投げた数人を残して主力は退却しており、残った数人も投げたあとすぐに退いていったのだろう。

まもなく「第三小隊、敵陣地占領！」と叫ぶ声が頂上から聞こえた。私は機関銃分隊にただちに射撃中止、前の高地への前進を命じた。ところがそれにつづいて、頂上から「逆襲！」という叫び声がつづいた。恐れていた事態がおこったと私はあわてた。すぐに「指揮班、第一小隊、前へ」と命じて手前の高地を駈け下りた。

後で考えるとこれはまちがいで、もし本当に逆襲を受けて占領した高地を取り返されたのなら、よく状況を見定めてから対策を講ずべきだった。やみくもに飛び出しては、かえって事態を悪化させるかもしれないのだ。幸い逆襲というのは誤りで、恐怖心にかられた一人の兵の錯覚だった。

占領した高地にたどりついて見ると、ここは付近でもっとも高く、見晴らしもよいのでここを確保することに決めた。そこで後方高地に残っている中隊主力も呼びよせ、大隊長に報告した。この地域の戦闘は、これで終わりだった。敵は遠く退却したようで、この後は姿を見せなかった。

結局九月二〇日からの関舗西側高地帯の攻撃は、この戦闘だけで終わった。このころわが第十一軍の主力は、衡陽を占領した後その西方の洪橋の会戦で中国軍を撃破し、九月中旬全県を占領して広西省に進出しつつあった。茶陵周辺でわが師団を脅かしていた中国の第四四軍も、後方に退いて陣地を築きはじめていた。このためわが聯隊の当面の状況も、小康状態に入りつつあった。

戦闘を終えると、大隊はさっそく食糧確保のための稲刈りをはじめた。中隊も割り当てられた地域の稲刈りを開始した。ここで本領を発揮したのは、農民出身の兵たちである。彼らが嬉々として指導にあたり、刈り取りから脱穀、風選と慣れた手つきで作業がすすめられた。とくに彼らを喜ばせたのは、農具が日本のものとそっくりであることだった。千歯扱きや唐箕などはとくに似ていると彼らは感心していた。唐箕《とうみい》という名前からいっても、似ているのは当然だろう。

湖南省の米作地帯に入ってからは、農村の風景が内地そっくりだということで、故郷を思う兵たちを喜ばせていた。「ああ、あの山もあの川も、まるで故郷だ、そっくりだ」という歌詞の湖南進軍譜が、いつのまにか歌いつがれていたのもこのころだったろう。

ただこの地域は、後日の知識によれば中国共産党の聖地である井岡山《せいこう》に近かった。内戦の跡をとどめるトーチカの残骸などが山中に残っており、どことなく荒廃した雰囲気があった。農家もたいへん貧しそうであった。だいたいこの井岡山一帯は、湖南省を流れる湘江と、江西省を流れる贛江との分水嶺となる標高一千メートルから二千メートルにいたる丘陵地帯で、山の間に耕地が散在し、革命根拠地にするのに適した要害の地だった。茶陵周辺の戦闘でも、ひと山ずつを攻略していかなければならなかったように、守るのに便利で攻めるのに困難な地形だったのである。だから大軍に包囲されたわが聯隊がもちこたえられたのも、その後に攻勢に転じたときには周囲の高地にたいして、一つずつ困難な攻撃をくりかえさなければならなかったのも、この地形に原因があった。

茶陵の滞陣

戦況が一段落した一〇月初めから、四四年いっぱいは、大きな戦闘はなく、もっぱら滞陣状態がつづいた。最大の課題は食糧の確保で、栄養失調との戦いが中隊長としての最大の関心事だった。主食は収穫した米と芋、調味料としては押収した塩でなんとかなったが、副食とくに動物性蛋白が不足していた。この地域は第三、第十三師団の戦場となって以来、数ヵ月間日本軍、中国軍の双方がさんざん荒らし廻ったあとなので、徴発に出かけても目ぼしい成果はなかった。このためほとんど全員が栄養失調に陥った。戦闘による損害はなかったが、マラリア、脚気、栄養失調症などによる戦病死が、この期間には激増していた。

われわれが茶陵周辺に滞在している間に、第十一軍の主力は遠く広西省に進んでしまった。一〇月中旬、第十一軍の後方に残っていた師団を集めて、新たに第二十軍が編成され、第二十七師団も、これに加えられた。第二十軍は粤漢線南段の打通と、遂川、南雄などの飛行場群の占領を準備するのが任務であった。

一〇月一八日、はじめての補充要員が到着した。中隊には将校として吉次中尉、栗原中尉の二名、下士官と兵も約五〇名が配当されてきた。吉次、栗原の両氏は大正時代の一年志願兵で、年齢は四九歳と四八歳、日中戦争に一度応召していて今回は二度目の召集とのことでご苦労さまのことである。一人は神経痛とかで杖をついている。中隊長の私の二倍以上の年配なのである。

下士官と兵は、中隊に約五〇名が配分された。補充兵が主で、若干の予備兵が加わっていた。現役兵に比べてもともと体力が劣っているうえに、岳州、長沙、衡陽、安仁と行軍してきたとのことで、途中の給養不足で栄養失調の一歩手前だった。それでもこの補充員の加入で、中隊の戦力は充実したのである。

この期間は、次期作戦に備えての休養と訓練に充てられた。人員だけでなく、装備も補給品も到着した。補給品のなかには、粉味噌などの調味料のほかに、煙草や菓子などまでが少量ながら含まれており、珍しがって分配したものである。

私にとって嬉しかったのは、ひさしぶりに内地の新聞が読めたことであった。七月の東条内閣倒壊、小磯内閣成立や、八月の連合軍パリ入城の記事で、戦争の将来が悲観的であることをいっそう強く感じた。新来の栗原中尉が、小磯内閣に入閣した二宮治重文相（陸軍中将）が何かやってくれそうだと期待する、と話してくれたが、私は二宮中将そのものを知らなかった。そのほかにも両中尉の話題に私がつきあえないことが多く、社会経験の差や新聞を読めないことからくる常識の不足を感じることが多かった。

行動の間は新聞が読めないので、情報はもっぱらラジオに頼っていた。国際情勢や戦況を知りえたのは、通信隊の無線傍受によってであった。河北省での駐留時代は中隊事務室にラジオが備えられており、新聞も日が遅れてではあるが中隊単位で入手できた。そこで幹部は内外情勢についての一応の知識を仕入れることも可能だった。一号作戦に参加してからは、ラジオも携行できず新聞も入手できなかったので、情報入手の手段は無線機で、ＮＨＫの短波放送や、敵国の対日宣伝放送を傍受することであった。私の中隊が単独行動をしたときには通信分隊を配属されていた。必要な通信は一日一回くらいなので、もっぱらラジオの傍受をさせていた。私は自分の関心が強かったこともあって、情報の入手に努力していたほうであり、ヨーロッパや太平洋の戦局にも相当に通じていた。それでも通信傍受の情報には限度があり、新聞をひさしぶりにまとめて見ることができたのは嬉しかったのである。

次期作戦の準備

滞陣中は次期作戦に備えて訓練をせよということだった。訓練といっても初年兵教育のような基本教育をする余裕もなければ、そうした教育が実戦に役立ちそうもなかった。それよりも実際に必要なのは行軍力だと考えた私は、もっぱら訓練のための行軍をおこなった。この行軍は徴発をかねたものとした。もう茶陵の周辺には、何も徴発できる物は残っていないことは前に述べたとおりである。そこで中隊として行動し、それまでに日本軍が荒らしていない遠距離まで出かけることにしたのである。

主に出かけたのは、黄石舗や永新への途中であった。永新の西南方には共産軍発祥の地である井岡山があり、茶陵も最初のソビエト区となったところである。そうした名残りは周辺に残っていた。丘の上にはところどころに崩れかけた堡塁の残骸が残っており、内戦の名残りをとどめていた。市街も村落も戦火の被害を受けたためか、荒廃しているという印象があった。

徴発の成果は、茶陵からの距離に比例し、遠く離れるほど収穫は多かった。茶陵に半年間釘づけになっている日本軍が、いかに飢えたハイエナにひとしい存在であったかがわかるだろう。

この滞陣間に処理したことは、戦死者の遺骨の還送であった。華北での警備のころは、戦死者の数も少なく物資も豊富だったので、山のような薪を集めて豪勢な火葬をした。だが一号作戦が始まってからは、薪を集めたり、火葬に時間をかけたりする余裕がなくなった。京漢作戦が烈しい行軍の連続で始まってからは、火葬の余裕がないので、戦死者の腕一本を切断して携行し、滞在することになったさいにそれを火葬して後送した。湘桂作戦に入ってからはその余裕もなく、また後送しようにも後方の兵站線が確保されていない状況なので、とうとう指一本を持ち運ぶことになってしまった。それでも在隊の死者はなんとかできたが、問題なのは野戦病院へ送ってからの死者だった。おそらくは遺骨や遺品が帰ってこないという問題は、病院での戦病死者について多く発生していたのであろう。戦後になって、遺骨が帰らないという苦情を聞いたが、それにはやむをえない理由があったのである。

こうしてわれわれが次期作戦準備をしている間にも、世界情勢や戦局は激しく動いていた。ヨーロッパでは、西部戦線では連合軍がフランス全土を解放してドイツ国境に迫りつつあった。九月にはドゴール将軍のフランス臨時政府が樹立され、連合国の承認を受けた。東部戦線でもソ連軍の進撃が急で、ポーランド、ルーマニア、ハンガリー、ブルガリア、ユーゴスラビア、アルバニアなど東欧諸国の大部分が解放され、ソ連軍はドイツ国境に迫っていた。戦局の帰趨はもはや決定的となっていた。

太平洋の戦局も急転回しつつあった。マリアナの敗戦後、大本営は捷号《しょうごう》作戦計画を樹て、本土、南西諸島、台湾、フィリピンの線に米軍が来攻したとき、最後の決戦をおこなうとしていた。四四年一〇月米軍はフィリピンのレイテ島に来攻し、大本営は捷一号作戦の発動を命令した。しかしレイテ沖の海戦で、聯合艦隊の主力が潰滅し、陸海軍とも特攻戦法に頼るほかなくなり、フィリピンの運命も定まった。そして四四年一一月には、マリアナ基地からのB29が、はじめて東京を空襲したのである。

こうした状況は、大陸打通作戦の意味が完全に失われてしまったことを示している。最後の唯一の作戦目的とされたのは、在支米空軍基地の覆滅だが、マリアナ基地が本土空襲の絶好の基地として完成したことで、その作戦目的をむなしいものとした。戦後に『戦史叢書』などによって得た知識によれば、この時期に大本営でも、一号作戦続行の可否についての論争があったとされている。たしかにいまになって考えてみれば、戦局のこの段階で、この大作戦を続行する意味は完全になくなっているといってよい。しかし大本営の服部卓四郎作戦課長や、支那派遣軍の作戦参謀は、本作戦続行の意志を変えなかった。それはみずから計画立案した大作戦の構想に酔っているか、いまやこの戦場でしかできなくなった、自由に駒を動かして作戦を進める快感に浸っていたのか、としか考えられないのである。地図の上に駒を動かす兵棋演習の感覚で、五〇万もの大軍が動かされたのがこの作戦であった。しかしこのような経緯は第一線には何もわかっていない。中隊長の私でさえ部下に説明するために、米空軍基地覆滅の意義があることを強調しなければならなかったのである。

しかしそうした事情は、情報の乏しい前線の部隊にわかるはずがない。ただわれわれとしては、新作戦には大いに期待をもっていた。それは日本軍にとって未踏の土地に、先頭を切って侵入することへの希望と期待であった。そうなれば、豊富な物資にありつけるだろうという、さもしい欲望なのである。まだ日本軍に荒らされていない地域ならば、どんなに巧妙に隠匿してあっても、食糧を探し出すことができる。歴戦の兵たちは、隠匿物資を発見することに無類の勘をもっていた。だから兵たちも、これからの作戦が未踏の地であることを知って、目を輝かせたのである。

Ⅲ　遂贛作戦

遂贛作戦の開始

第十一軍が遠く広西省に進攻していった後、四四年八月に第六方面軍が新設された。その隷下には第十一軍と広東の第二十三軍、武漢の第三十四軍が置かれた。わが第二十七師団は方面軍直轄となっていたが、一〇月に湖南省地区に第二十軍が新設されるとその隷下に入り、新作戦(師団内では遂贛作戦と呼んでいた)を準備することになった。

一一月二六日支那派遣軍から第六方面軍に作戦実施の命令が下り、さらに方面軍から第二十軍に命令が下されて、作戦の実行が決まった。それによると第二十軍の主力は、第二十三軍と協力して、四五年一月中旬粤漢線南段の打通を図る。一方第二十七師団は、一月一〇日茶陵から行動をおこし、蓮花、永新を経て遂川、贛州《かんしゅう》に向かい、その地の飛行場群を覆滅するという計画であった。わが第二十七師団は単独で江西省に進攻し、日本軍未踏の贛南地方(江西省南部)に作戦するのである。

新作戦を前にして、全員に冬服が支給された。迫る冬を控えて、錦州出発いらい夏服の着たきり雀だったので、これは大いにありがたかった。これは師団経理部と兵站の努力のたまものである。私自身は大行李に預けてある特攻行李(将校用の荷物を入れる行李で、大隊の大行李が駄馬に積んで運ぶもの）のなかに、冬服一着が入れてあり、それに着換えた（羅紗《らしゃ》のこの服は丈夫で長もちし、内地まで着て帰り、戦後は学生服の代わりにしていた）。問題なのは靴で、将校用の華奢《きゃしゃ》な靴は長途の行軍には不向きだった。ここで私は兵用の軍靴に履き換えた。

ここで私は、新しい軍服に、兵站からの補給品のなかにあった大尉の襟章《えりしょう》を着けた。私たち第五五期生は、四四年一二月一日付で、大尉に進級していたのである。少尉が一年、中尉が二年という早い進級で、二二歳で大尉になったことになる。昔の軍縮時代には、「桃栗三年、柿八年、何某大尉は一三年」と歌われるほど進級が遅かったのに比べれば、異様な早さである。これも幹部不足のためだったのだろう。

聯隊は茶陵に集結し、師団の主力として一月一〇日前進を開始した。めざすのは、まず湖南・江西省境の万洋山脈を越えて蓮花である。師団の右翼は支駐歩一、左翼はわが支駐歩三で、支駐歩二は別行動である。聯隊はまず第二大隊を前衛として出発した。われわれは本隊で、聯隊本部の後から、のんびり行軍隊形で進んだ。

一月一二日、省境の山岳地帯にさしかかると、前衛は敵の抵抗に遭ったらしく、烈しい銃砲声が聞こえた。それからは連日、敵の小抵抗がつづき、前方で銃声が絶えなかったが、前進は遅滞することがなかった。一六日前衛と代わった第三大隊は、省境の最後の天険での抵抗に遭い、第十二中隊長以下の戦死者を出したが、これを突破した。

一月一九日ごろ、わが軍は蓮花を占領した。聯隊主力は半年前にここを通って茶陵に至っているので初めてではないが、別行動をとっていたわが中隊にとっては未知の土地である。しかしゆっくり街を見物するまもなく、すぐに次の目的地である永新にむかって出発した。当時われわれがもっていた地図は、大縮尺のしかも大さっぱな地図で、現地とは大違いの場合が多かった。蓮花・永新間も、谷沿いに道路が走っているはずなのに、途中で何度も山越えをしなければならなかった。

永新には一月二二日ごろに着いた。第二大隊は師団命令でここに残って、側面からの敵の反撃に備えることになり、聯隊主力は目標の遂川にむかってただちに出発した。

永新の南には、万洋山脈の支脈の塩山という山がそびえている。地図上では曲線二つぐらいの低い山にすぎないが、実際には雪を戴いた日本アルプス級の山脈であった。ここでわが第三中隊は、左側衛となって東方を警戒しつつ、本隊の東側を前進することになった。図上で命令されたのは、たしか白沙塘という部落に東方から迂回して本隊に合する経路であった。これからまた中隊の単独行動がはじまった。

地図は不完全で、頼りにならなかった。日本軍が使っていた中国奥地の地図は、明治時代に測地班や探偵といった人たちが、生命がけの苦労をして作ったものである。だがなかには、地元民に聞いただけで、これからむこうに何里行けば、何という村があるというのをそのまま図上に示したようなところもあって、きわめて不正確であった。距離が何分の一か何倍に変わったり、ないはずの山や川が突然あらわれたりするのである。

地図はあてにならないので、磁石で方向を見定め、塩山を左から迂回してそのむこう側に出るようにと、進路を定めて前進した。しかしその行程は、峻険な山を越す道であった。とにかく人の通った路があるのを頼りに、山越しにかかった。道はしだいに嶮しくなり、一つ頂きを越すとまた次の頂きがあらわれるという、本格的な登山となった。私は方角さえまちがえなければと、磁石を片手に先頭を進んだ。中隊は一日中苦闘して、夕刻に谷あいの地図にない部落に着いた。

驚いたことに、この山間の部落には住民がそっくり残っており、しかもわれわれを歓迎してくれるのである。言葉は通じないが、どうもわれわれを中国の他の地方の軍隊と思っているらしい。とにかく今夜はこの部落に泊まることにして、宿営準備にかかった。ところが突然、部落民がいっせいに姿を消した。われわれが日本軍だと覚って、あわてて逃げ出したのである。われわれとしては彼らに危害を加える気はなく、私はわざわざトラブルをおこさないように注意をしたのだが、彼らの恐怖心を宥《なだ》めることはできなかった。だが兵たちにとって、部落民が消え去ったことは、思うままに徴発ができ、食事や宿泊の準備ができるので都合がよかったのだろう。

この部落は酒造りの部落であった。いたるところに特大の甕《かめ》があり、透明の強い酒が貯蔵されていた。日本軍を酔っぱらわせて、夜中に襲ってくる策略かもしれないから、飲むのは適量にと注意した。

茶陵滞在中に、私の当番は補充兵の秋元上等兵に代わっていた。その秋元が「隊長殿、酒風呂が沸きましたから入って下さい。暖まりますよ」と言う。見ると大甕の一つが据えられて、なかにはあたためた酒が満たされている。せっかくの好意なので、この酒風呂に入ることにした。四〇度ちょっとぐらいの温度で、入ってみると、雪の山で冷えた身体は心地よく暖まった。ただしあがってから、強い酒の香がなかなか抜けなかった。酒風呂に入ったというのは、わが生涯で唯一の経験となった。

無事に翌朝を迎え、ふたたび雪と氷の山道を進んだ。結局二日間かかって、命令された図上の白沙塘とおぼしき地点に着いた。大隊主力も図上の本道を進んで、同時ごろこの地に着いていた。本部の人たちの話だと、主力の進路はもっとすごい山で、三〇〇〇メートル級の高山だったという。それは大げさにすぎるとしても、地図にはない高い山が存在していたのは確かである。山越えの途中で酒の部落に一泊し、一日遅れとなったわが中隊も、本隊とさして変わらずに無事到着したことになった。

遂川挺進隊

塩山の嶮を突破してその南方の白沙塘にようやく集結した一月二四日の夜、わが支駐歩三は師団から「遂川挺進隊」となり、挺進して遂川の飛行場を占領、破壊せよ、という命令を受けた。米軍機の空襲を避けて、連日夜行軍をつづけ、うんざりしていたわれわれは、この任務に奮い立ったといってよい。聯隊はただちに行動をおこし、翌二五日には前衛の支駐歩一を追い越して南下した。それからも強行軍をつづけ、二日後の二六日夕には、遂川北北西二四キロの下鏡に着いた。ここまでも登り下りの多い山道で、馬の部隊は難渋していた。

下鏡で第一大隊は、聯隊長から遂川挺進隊のそのまた先遣隊として、遂川に挺進することを命ぜられた。大隊長市川少佐は、馬を残置し、機関銃と大隊砲は分解して人力で運ぶように命令した。とにかく軽快な行動力をもって、一日行程の遂川まで突進しようというのである。

市川定一少佐は、徴兵からの叩き上げの少尉候補者出身でこのころ四四、五歳、私が聯隊旗手時代の聯隊副官、中隊長となったときに直属の大隊長で、たいへん関係が深かった。当時はずいぶん年寄りに感じたが、自分がその年齢になってみると、そうでもないのである。年齢にふさわしく着実で慎重、悪くいえばことなかれ主義とも見えた。その市川少佐が、この晴れの舞台で、決然として飛行場への突進の処置をとったことに、思わず感心した。

二七日の夕から、挺進隊の先遣隊であるわが大隊は、遂川への突進を開始した。尖兵中隊はわが第三中隊である。私は先頭の尖兵と同行し、進路をまちがえないように誘導につとめた。遂川までの間は、起伏の多い丘陵地帯の間を道路が縫うように走っている。両側の丘に敵陣地があるかもしれないが、側衛を出すと迷い子になるおそれがあった。少しは危険だが、道路上を進むことにして、方向を誤らないようにしたのである。

翌日の夜明け前、もう二〇キロは歩いたろうから、飛行場は近いと思ったころ、敵の警戒兵と衝突した。道路の右側から射撃を受け、すぐに応戦すると敵は退却した。このまま突進すると、郾城のときのように主陣地に突っこんでしまうかもしれない。野村准尉の忠言でいったん停止し、周囲を警戒しながら状況を大隊長に報告した。右側の丘には一小隊を上げて警戒にあたらせた。市川大隊長はすぐに尖兵の位置まで前進してきていっしょに状況を偵察した。

地図が不完全なうえに、飛行場の形態も状況も不明で、いまどの辺にいるのかわからない。大隊長は今日は昼間も行進をつづける決心で、尖兵を第一中隊に交代した。今度はわが中隊は大隊の後尾で、一個小隊を後衛尖兵として出発した。大隊長は尖兵の第一中隊とともに前進するとのことだった。

しばらく進むと、前方で激しい銃砲声がした。尖兵の第一中隊が敵陣地と衝突した様子である。われわれは、尖兵中隊の後方の部落に入って待機した。そのうちに第一中隊が部落に後退してきた。大隊長の命令によれば、大隊はまさに遂川飛行場の一角に突入しており、今夜攻撃前進を開始して、飛行場を占領する、という。右第一線は第二中隊、左第一線は第三中隊で、ただちに今夜の攻撃を準備せよとのことだった。

このあたりはいくつかの小部落のほかに、兵舎らしい建物もあった。部落の一つで休養と準備を整え、日が暮れてから命令された地点へ中隊を展開させた。そこから私は右隣りの第二中隊に連絡に行き、中隊長の大神茂大尉と協議して、郾城のさいのようにバラバラにならないように注意することにした。

その帰り途、小さな部落のはずれで、一人の若い中国兵に大声で話しかけられた。彼は部隊が後退するときに取り残されたらしく、寝呆けていたのかもしれない。何を言っているのかわからないが、私のすぐそばまで近寄ってきた。私は無言で、軍刀を抜いて、彼の肩に斬りつけた。しかしあわてていたのか刃が立たず、彼が厚い綿入れの服を着ていたこともあって、恥ずかしいことに軍刀は跳ねかえってしまった。結局彼の肩を殴りつけたことになった。その中国兵は、日本軍であることに初めて気づいたらしく、大声をあげて泣き叫びながら逃げ出した。これはだれにも見られていなかったので、話しもしなかった。これが遂川における私の、唯一の白兵戦である。

飛行場から県城へ

左第一線としての攻撃準備位置に中隊を展開させているうちに、一月二九日の朝が明けてきた。地形もしだいに明瞭になってくる。どうやらわが隊は、遂川飛行場の東北角に突っ込んでいるらしい。そして飛行場周辺の丘陵にも部落にも敵の陣地が見える。わが軍はその一角に突入したので、敵も不意を突かれてあわてているらしい。やみくもに撃ってくる。わが方も大隊砲や機関銃も展開して、射撃をはじめた。そのうちに続行していた第三大隊も、右側の丘の敵陣地に取りつきはじめた。

そこで偵察してみると、はるか彼方には広大な滑走路が横たわっている。そして右側、すなわち山側には丘の上に点々と敵陣地が築かれている。左側、すなわち川側には、倉庫らしい建物がつづき、そこにも配兵しているらしい。さらに滑走路の両側近くには、飛行機の掩体のような築造物がみえるが、そこにも敵がいるかもしれない。遮蔽物《しゃへいぶつ》の何もない滑走路に飛び出すのは危険だが、中隊に示された攻撃目標はまさにその真只中だった。私はこの状況下では、なるべくすばやく滑走路を横切って、南側の倉庫群に取りつく以外にないと考えた。それにしてもまず滑走路の手前の敵陣地を突破しなければならない。この陣地はトーチカ状の堅固なものだった。大隊砲と機関銃が協力してくれる

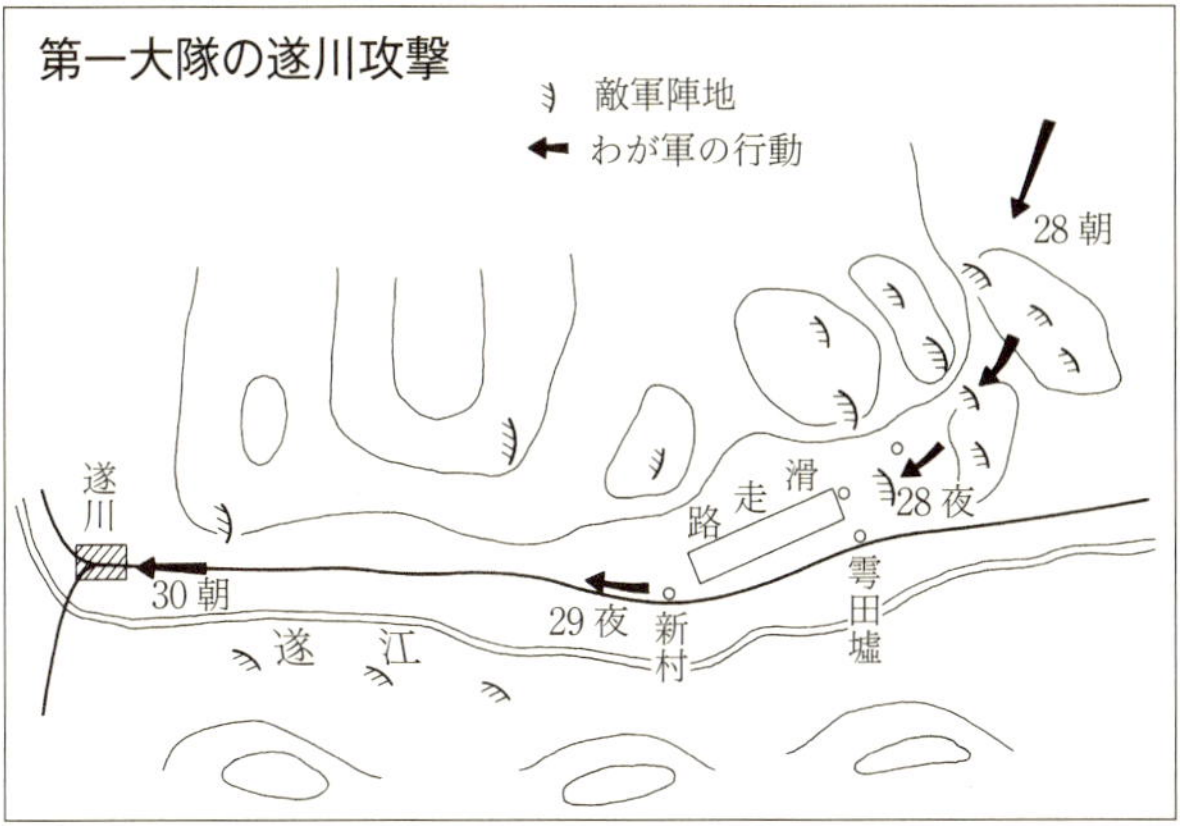

ことになり、この攻撃をするために各小隊にトーチカ一つずつを割り当てて準備をした。

準備がほぼ整った正午ごろ、大隊から攻撃前進の命令が下された。大隊砲と機関銃が火を噴き、中隊も擲弾筒と軽機関銃の火力を敵の陣地に集中した。この攻撃は準備した火力の効果があらわれて、敵の陣地がある丘の一つ一つを占領していき、夕刻までに滑走路手前の陣地のすべてを奪取できた。この戦闘では、茶陵出発いらい初めての戦死者と負傷者が数名出たのだが、士気は旺盛だった。今度の作戦の目標とされていた飛行場を目の当りにしていたからである。

夕方に大隊命令で、飛行場東北の小川沿いの部落に集結した。ここで今朝攻撃に出発するさいに残置してきた背嚢を取り寄せたり、死傷者の収容と後送の処置をしたりした。今日の攻撃で、飛行場一帯の敵は退却したらしく、夜は静かで、ひさしぶりに休息ができた。

翌一月二九日は、遂川飛行場の掃討に費やした。わが中隊は滑走路南側の倉庫群の掃討をおこなった。もっとも大きな成果は、使い残りの爆弾であった。これはわれわれの手に負えないので、後で工兵隊に処理してもらうことにした。あと若干の食糧の残りがあった。少量のものは、報告するより先に発見者の腹に収まってしまったものもあったらしい。あとになってからある兵が、このアメリカの石鹸はさっぱり泡が出ないというので、みるとそれはチーズだったという笑い話もある。とにかく日本軍が迫っていくと、爆弾も食糧も置きっぱなしにして、さっさと転進していく米空軍の機動力と豊富な物資とには驚かされた。前進飛行場であるこの遂川の場合も、滑走路を作るだけでなく倉庫や宿舎を建て、十分な補給物資を蓄積してから飛行機を進出させるのである。引き揚げると決まれば、運べない物資は惜し気もなく捨てていく。その物量の豊富さには圧倒されるばかりである。このときも使い残りのレーション(携帯食糧)をいくつか目にした。それはパンや肉、野菜のほかにデザートまでついた豪華なもので、日本軍の携帯食糧が固い乾パンだけなのに比べると、とても同じ種類の食べ物とは思えない違いだった。これだけ比べてみても、勝敗は明らかだといえるだろう。残留物でいちばん多かったのは爆弾だった。運ぶのが危険だという理由もあったかもしれない。だがこれだけ多量の爆弾を平気で残していける余裕が敵にはあったのである。

二九日の夜は、滑走路南西の部落に泊まる予定で準備していると、急に命令がきて遂川県城の攻撃に加わることになった。わが第一大隊が飛行場の占領をしているとき、第三大隊が県城攻撃に向かっていたが、敵の抵抗が強くて苦戦をしている様子である。第三大隊は北側の山の手を進んでいるので、第一大隊は南側の遂江の河岸沿いに進むことになった。大隊長は、河岸沿いの平坦な舗装道路を進むのは危険と考え、遂江を渡って南岸沿いに前進しようとして渡河を命じた。ところが川は幅一〇〇メートルもあって水深も深く、徒渉はできない。舟は一艘しか見つからないので、結局第一中隊だけが南岸に渡り、第二、第三中隊は大隊本部とともに舗装道路沿いに敵火を冒して進むことになった。

夜間とはいえ平坦で真白な舗装道路の上はよく見通せる。両側には敵が待ちかまえていて、前進は容易ではない。はじめ尖兵は第二中隊で、大隊本部、第三中隊の順だったが、敵火が烈しいなかで第二中隊が道路の右側に伏せている間に、道路の左側を進んだ大隊本部がいつのまにか追い越してしまった。道路の左側を進んだ第三中隊も、大隊本部の左側、道路と遂江との間に散開して前進した。舗装道路と河という明確な目標があるので、道に迷うことなく遂川県城に向かっていった。

敵火のなかを進んでは止まり、進んでは止まりしているうちに、道路沿いの部落に着いた。適当な遮蔽物としてこの部落に入ると、このころから敵弾がいっそう激しくなった。そして夜明けがきた。薄明りのなかにしだいにはっきり見えてきたのは、数百メートル先のまさしく県城の城壁である。完全な夜明けの前に、突入しようという判断だろう。大隊本部から突撃命令が下った。右の第二中隊、中央の大隊本部、左の第三中隊が、いっせいに突撃に移った。

走り出すと街の前面に小さな川があった。それを越して市街に飛びこんだ。とにかく建物のなかに入らなければ、明るくなって敵火に曝露することになっては大変だという思いだった。そこが遂川県城の一角だったのだ。だからわが中隊が遂川一番乗りだと思いこんでいた。三〇年後に市川大隊長の書いた文章を読むと、大隊本部が先頭に立って県城に一番乗りをしたと述べている。おそらく第二中隊もそう思っているだろう。つまりみんながいっせいに市街に突入したのだ。

しばらくして大隊本部から「第三中隊は中央道路の南側、市街の南半分を掃討せよ」という命令が届いた。さっそく各小隊ごとにまとまって行動するように指示し、掃討にかかった。敵はわが軍の突入に先立って、遂江南岸に退却したらしく、市街は無人だった。市民もすべて逃げ去っていた。しかし前日までは日常生活が営まれていたらしく、食事の用意がそのまま残されていた家もあった。とくにみんなを喜ばせたのは、菓子屋だった。焼きたてのクッキーに似た支那菓子が大量に残されており、ひさしぶりに甘い菓子にありつくことができた。

県城東側入口近くの表通りには、英語の看板を掲げた、米軍人相手らしい小ぎれいな飲食店があった。酒類も残されており、農村出身の兵たちは見たこともない食べ物もたくさんあった。第三大隊も後から入城してきた。一月三〇日の夜は、ひさしぶりに遂川の城内でゆっくり休むことができた。そのうえたくさんの御馳走にもありつけたのである。

遂川県城は、われわれが初めて占領した、日本軍にとっての処女地であった。それにわが隊の進撃が速かったので、住民が避難する時間的余裕がなかったのであろう、豊かな都市民の生活の匂いがそのまま残されており、住民はなにもかもおいて身体だけ逃げ出したという感じをありありと見ることができた。食事の仕度がそのままでまだ温かい食べ物が残っていたり、敷きっぱなしの蒲団がまだ暖かったりした。いままでの荒廃した農村地帯の民家とは、まったく様相を異にしていたのである。

贛州から新城へ

遂川を占領した後の師団の次の目標は、江西省南部の中心都市であり、米空軍基地のある贛州《かんしゅう》であった。今度は支駐歩一が贛州先遣隊となってわが聯隊を追い越して前進し、わが大隊は師団の直轄となって後衛の任務を果たすことになった。

後衛といっても後方から追尾してくる敵はなく、のんびりした行軍であった。この贛南地方は一九三〇年代前半の国共内戦の舞台で、さして豊かではないが、蔣介石の新生活運動の発祥の地らしい清潔さが農村にも見られた。大隊は二月初めごろ贛州を通過したが、城内には相当の人通りがあり(ただし全員が男)、それが全員そろって藍色の長い裾の支那服を着ていた。これも新生活運動の徹底の結果かと驚かされた。

大隊は二月九日新城に着いた。大隊はさらに大庾《たいそう》(南安)に向かったが、わが中隊だけはここに残って、聯隊本部の直衛となった。新城には工事途中の広大な飛行場があった。街はほとんど無人で、一部は焼失していた。中隊はここで一週間を過ごしたが、最大の関心事である食糧は、それほど苦労はしなかった。日本軍に荒らされていないので、徴発の成果が相当にあったのである。

第三大隊が新城に着いたので、中隊は聯隊本部直衛の任務を解かれて、大隊に復帰することになり、二月一五日中隊単独で新城を出発した。大隊が先着している大庾までは三五キロあるが、これを一日で踏破して夕方に大庾に到着した。

大庾は別名を南安ともいい、江西省西南端の広東省境に近い県城である。中国軍の兵站基地だったらしく、兵站病院が残っており、多量の衛生材料が手に入った。とくにマラリアの予防薬である塩酸キニーネの糖衣錠が大量に入手できたことは、日本軍にとって大助かりであった。補給が途絶えキニーネがなくなってからは、マラリアは大脅威であった。栄養失調で体力が衰えているうえにマラリアにやられると、衰弱して死にいたることが多く、戦病死の大きな原因になっていた。ここでキニーネを大量に入手したことは、多くの生命を救ったことになったのである。またここはタングステンの大産地で、その鉱山や精錬工場もあった。現在の日本にとって、タングステンはぜひ必要な資源であり、その入手も作戦目的の一つだと聞かされていたが、宝の山に入りながらどうにもできないのである。資源を手に入れても、それを内地に運ぶ手段が皆無だった。

押収物資でおおいに役立ったのは、五〇〇〇トンもの玄米が集積されていたことである。籾《もみ》のままでなく脱穀して保存されていたのは、軍用だからであろう。おかげで主食の心配はしなくてもよくなった。

大庾での衛生材料の獲得で一息ついたとはいえ、日本軍にとって深刻だったのは衛生材料の補給の途絶であった。戦闘に直接の関係がないという理由で衛生材料の補給は重視されないが、その不足がどれほど人命を奪い、ひいては戦力を低下させたかは計り知れないものがある。マラリアの特効薬であるキニーネがなくなったことは、それまでに大量のマラリア患者を発生させ、多数の死者を生み出した。また負傷者の手当に必要なガス壊疽《えそ》や破傷風の血清の不足も深刻な問題であった。手や足の負傷者が血清不足のため、嫌気性の菌の感染症を起こしやすくなっていた。これにかかった場合は、早期に壊死した部位を切断しなければならない。ところが手術をするための麻酔薬も不足していた。それでも生命にかえられないので、麻酔をかけずに手や足の切断手術をおこなった場合もあった。こうした状況のなかで負傷者の看護をしなければならなかった軍医は、気の毒だったというほかはない。

大隊の大庾駐在が長引いたので、住民を呼び戻し市街を復興させる措置がとられた。大隊本部直轄の復興隊が作られ、その二代目の隊長に、わが中隊付の栗原中尉が任命された。栗原中尉は二宮治重文相に期待すると言って私を戸惑わせたように、右翼的な考えをもっているとともに、なかなかの中国通であった。住民を宣撫《せんぶ》する復興隊長には適任だったといえる。住民もしだいに戻りはじめ、商店も再開され、物資も出回りはじめた。何よりもびっくりしたのは、われわれの使用した儲備券《ちょびけん》が法幣《ほうへい》より高く通用したことである。(儲備券は汪政権の儲備銀行の発行する銀行券。漢口で北京政権の連銀券と交換され、給料も儲備券で支給された。法幣は国民政府側の四大銀行券。)

ここに滞在中の二月下旬、聯隊長の小野修大佐に広東の第二十三軍司令部付(新設の旅団長要員)としての転任が発令された。小野大佐は私が聯隊旗手として、また中隊長として仕えた上官で、かならずしも尊敬できる隊長ではなかったが、いろいろの思い出がある人物で、広東でまた再会することになる。小野大佐はわが隊が補修に加わった新城の飛行場から、広東に赴任したそうである。

三月に入って師団は、広東の第二十三軍の隷下に入り、広東の東方の恵州にむかって南下することになった。これは米軍の中国大陸上陸に備えるためで、いままでの西向きの作戦から一八〇度転換して、東向きの作戦準備をすることになった。このころフィリピンは完全に米軍の手に落ち、次は沖縄か、台湾か、それとも中国東南岸に米軍が上陸するのではないかと予想されていた。支那派遣軍も東向きに大転換をはかろうとしていたのである。

三月中旬から、師団は恵州へむかって南下をはじめた。大隊は師団の最後尾となって出発することになり、連日のように各部隊が大庾を通過していくのを見送った。師団の経路は大庾を通って広東省に入り、南雄、始興を経て韶関（曲江ともいう）に至り、さらに恵州をめざすのである。約一ヵ月の大庾滞在の間、治安は回復し、住民も帰来して戦火から復興しつつあったこの街とも別れるのである。

Ⅳ　中国戦線から本土決戦師団へ

歩兵学校への転勤命令

三月二〇日ごろ、私のもとに歩兵学校教導隊付に転補するという電報が届いた。日付は三月一一日ごろの発令で、到達するのにだいぶん時間がかかったようである。私にとっては寝耳に水だった。いつ終わるかわからないこの戦争、しかも戦略のしろうとが見ても勝利の可能性がまったくなくなったこの戦争で、生死をともにしてきた部下たちに囲まれながら、いつかは死ぬのだろうと考えていた。内地への転勤など、いまさら思ってもいなかったことだった。

それに苦楽をともにしてきた同僚や部下たちを残して、私一人が日本に帰ることには、うしろめたい気持ちを抱かざるをえなかった。だから歩兵学校というのは仮の命課で、どこかの島の守備隊にでも行くことになるのだろうと、周囲に話したのだった。事実この命課は、本土決戦のために新設される機動師団(決戦師団)の大隊長要員であって、短期間の大隊長教育をするためのものであることが、あとになって判明した。

さて歩兵学校のある千葉まで帰ってこいと命ぜられても、江西省の西南隅からどうやって帰るのか、容易なことではない。いままでの兵站線である衡陽、長沙、漢口というルートは、すでに師団の南支軍(第二十三軍)への転属で打ち切られてしまっている。そこでとりあえず広東まで出て、そのあとのことを考えることにした。幸い聯隊が南雄、韶関を経て恵州まで行くので、適当な地点まではいままでどおり中隊に同行しようと決めた。華北いらい生死をともにしてきた中隊の下士官や兵たちに別れるのが辛かったことも理由であった。

中隊長の職は、先任の中隊付の吉次中尉に引き継ぐように聯隊本部から命じてきた。聯隊長の小野大佐はすでに離任しており、後任の森田庄作中佐はまだ着任していないので、これは副官の津金大尉の計らいだったのだろう。中隊長でなくなった私は、広東まで当番兵を同行してくれるという中隊の好意で、秋元上等兵をつれていくことになった。

師団主力は支駐歩二を贛県の守備に残し、三月一三日に出発して広東省に向かった。師団の通過後、支駐歩三の主力も三月一九日に新城を出発、師団を追って南下していった。第一大隊はこれらの部隊をすべて見送った後、師団の最後尾として、三月二〇日大庾を出発した。その日に江西、広東の省境の梅関嶺を越え、広東省北端の県城南雄に着いた。ここにも米軍飛行場があったので、第四十師団が占領したのだが、市街は破壊されずに繁栄していた。

この行軍は前に師団司令部や山砲などの特種部隊が歩いているので速度が遅く、のんびりした行進だった。中隊長としての責任がなくなってしまったので、私自身も呑気に歩けるはずだったが、さまざまな思いが頭のなかをめぐって、複雑な心境での行軍となった。いままでの苦労の思い出、後悔やくやしさが次々と浮かんできた。何の用事もない閑な行軍なので、いろんなことを考えたのかもしれない。

大隊は三月二五日、韶関から一日行程の周田墟という部落に着き、ここで三日間の大休止をした。ここで新聯隊長の森田庄作中佐が着任した。私は挨拶はしたが、森田中佐は不愛想な応待しかしてくれなかった。もう用のない人間だったからであろう。

師団が去った後贛県に残った支駐歩二は、日本軍が手薄になったのを知って奪回をめざす中国軍の激しい攻撃を受け、苦闘をつづけていた。そこで師団はわが支駐歩三に長駆贛県に引き返して支駐歩二を救援するよう命じてきた。そこで聯隊は、第一、第二大隊をもって贛県に向かい、いままで歩いてきた道を急いで反転することになった。

大隊が引き返してしまうので私は同行するわけにはいかない。幸い衛生隊が韶関に向かうというので、それと同行することにした。衛生隊は湖南省でわが中隊が何度か護衛したことがあるので、隊長以下と顔なじみだった。衛生隊の隊列の後尾について、三月三一日に韶関に着いた。ここから先は自分で算段をしなければならない秋元との二人旅である。

韶関は第二十三軍の兵站基地であり、兵站司令部があった。そこに出頭して広東への便を尋ねると、ちょうど北江を下って広東へ行く船の便があるという。それに便乗を依頼したが、昼間は米軍機の妨害があるので、航行は夜間だけで今夕出発だと知らされた。

兵站という言葉は、作戦軍にたいして必要な軍需品を供給・補充することの総称であり、兵站線、兵站地などとして使われた。兵站地は兵站のための要地で兵站地区司令部(同支部、出張所)が開設されているところで、通行人馬の宿泊、給養などを扱っていた。

私のような旅行者は、行く先々で兵站司令部(略称兵站)の世話になったのである。補充員や部隊への追及者も、兵站の管轄下にあった。

四月一日の夕、軍直轄の水路輸送隊の船に乗って韶関を出発した。北江は珠江の支流だが、思ったより大きな河で、両岸が何も見えないなかを船は快適に進み、翌朝広東の埠頭に着いた。華南地方も米空軍の制空権下にあり、河川の航路は昼間は利用できなくなっているのが実情であった。この日(四月一日)は沖縄本島への米軍上陸の日であり、戦況は日本にとって絶望的となりつつあった。私の日本までの旅も、前途多難というほかはなかったのである。

四月二日午前、広東に着くと埠頭の近くの兵站司令部に出頭した。そこで秋元の宿泊と原隊復帰までの輸送を依頼した。また私はとりあえず今日の宿を偕行社にとってもらい、軍司令部に出頭することにした。世話になった秋元とも、ここで別れることになった。くれぐれも身体を大事にして生きて帰れよと言葉をかけたのが最後となった。その後秋元は原隊に戻った後、長江への北上作戦中に地雷を踏んで両脚を失い、戦傷者となって帰国したのであった。

それから私は軍司令部に直行した。最初に参謀部に赴いて申告をすると、作戦担当らしい少佐参謀が、第二十七師団の状況をいろいろと質問した。私は第一線の中隊長の立場から、補給上の要望をくわしく述べ、とくに弾薬では擲弾筒の榴弾、装具では軍靴が欲しいと注文した。行軍につぐ行軍のため、軍靴の消耗はひどく、徴発した布製の支那靴を履いている兵が多かったのである。

長期間の補給不足と徴発の困難とで、栄養失調がひろがっており、兵員の損耗の最大原因が戦病死であるという実情を話すと、参謀は驚いていた。第二十七師団が隷下に入ったのだから、軍の参謀は直接部隊を視察するなりして、もっと実態を把握すべきだと思った。

参謀部を出たところで、聯隊の先輩の森垣英夫少佐にばったり出会った。森垣さんは陸士の五〇期生で、私の四代前の第三中隊長、私が少尉として赴任したときは歩兵砲中隊長だった。河間に駐屯していたので顔を合わす機会が多く、種々の世話になった。その後に陸大に入って聯隊を去って以来の、三年ぶりの再会である。彼は第五航空軍の参謀としてここにいるということだった。これは運のよい邂逅《かいこう》で、彼は私の赴任のために、飛行機をなんとか都合してやろうと約束してくれた。

そこから軍の経理部へ出かけた。父がニューギニアから南支軍の経理部長に転任したことは手紙で知っていたので、参謀部から電話をかけた。父は驚いたようだが喜んでいるのがわかった。経理部へ着くと、父は待ちかねていたが、第一声が「やせたのう」であった。二年前に滄県で出会ったときは、私は退院後でぶくぶく太っていた。いまは二年間の作戦の連続と栄養失調で、やつれはてていたのである。

経理部長室でしばらく父と話しあった。父は湘桂作戦の戦闘司令所から帰ったばかりで、まだ作戦中の昂奮から醒めていないようだった。しかし戦争の見透しについて質《ただ》すと、「もうあかん」と言い、早く戦争をやめたほうがよいという意見だった。たしかに昨四月一日には米軍が沖縄本島に上陸し、戦局はもはや絶望的となっていたのである。

宿泊は父の官舎に泊めてもらうことになった。そこで飛行機の連絡を待つのである。早めに経理部長官舎へ行ってみると、それはすばらしい洋館で、白い服のボーイが連絡があったのか出迎えてくれた。案内された客室は風呂もベッドも初めて見る立派なもので、私は驚くばかりだった。夕食は今日は特別だからと父に外へ連れ出された。それは日本料理屋で、上品なおかみに接待されながら、これも私にとって初めての豪華な料理を御馳走になった。夜のベッドの寝心地も初めてのすばらしさ、翌朝の朝食はさきのボーイが用意してくれたコーヒー、卵料理、パンの洋風で、これも初めての経験だった。経理部長はずいぶん贅沢な生活をしているのだと感じた。これは民間人の邸宅を接収したものだという。

父の官舎で数日を過ごした後、四月一〇日前後のころ第五航空軍より明日の飛行機に便乗させるという連絡があった。南京行とのことで、偵察機なので荷物は最小限とのことだった。父は留守宅あてにさまざまなおみやげをもたせようとしてくれたが、結局父からもらったボストンバッグ一つに、私の荷物を含めて全部収めることにし、大部分は残すことにした。

翌朝司令部の車で飛行場へ送ってもらい、偵察機に乗りこんだ。飛行機に乗るのは生まれて初めてである。操縦士から「大尉殿、後方の見張りをお願いします」と、半ばおどかしのように頼まれた。制空権は米軍にあり、昼間の飛行は生命がけなのであろう。飛行機は低空を飛んで、無事に昼ごろ南京に着いた。途中は私にはどこを飛んでいるのか、さっぱりわからなかった。南京の飛行場からは、総軍(支那派遣軍のこと)の司令部に直行した。

参謀部で申告をすると、一人の参謀が話を聞きたいといって、地図をもって別室へつれこんだ。そして彼は私に、第二十七師団はいまの恵州からまた長江沿岸へ北上させることになるのだが、どの経路を通ったらよいのか意見を聞きたいというのだ。兵站参謀か作戦参謀かわからないが、ずいぶん見識のない質問だと思った。私は即座に第一線部隊の希望としては、絶対にいままで日本軍の通ったことのない経路がよいと答えた。もちろん食糧の徴発のためにはいままで荒らしていないところがよいという意味である。

これも参謀が実情を知らないことのあらわれで、たまたま転勤のため戻ってきた中隊長に話を聞くのではなく、前線に出てつねに実情を視察し実態を把握しているべきなのだ。私は一年間の作戦行動中、総軍のでも、軍のでも、師団のでも、一人の参謀も見たことはなかった。この私の意見を受け容れたのかどうかはわからないが、第二十七師団は恵州から反転して北上し、贛州から吉安、南昌と戦いつづけながら江西省の中央を突破して、九江へ向かっているときに降伏を迎えたのであった。

四月一一日南京から汽車で上海に着いた。上海では偕行社に宿泊して、飛行機待ちをすることになった。仲居さんから、「いつ飛行機が出るかわからないから、外泊なんかしてはいけませんよ」と釘をさされた。上海の市内では、物価の高いのに驚かされた。儲備券は目方で計って取り引きするほど値打ちが下がっていた。中国人はもう日本の敗北は時間の問題だと見ているようだった。

この間にも沖縄では激戦がつづいていた。陸海軍ともさかんに特攻機をくり出し、その戦果が華々しく報道されていた。日本の飛行機にたいする米軍の警戒も、当然厳重になっているであろう。上海から沖縄の近くを通って福岡へ飛ぶことは、きわめて危険なことと言わなければならない。非武装で速度の遅い輸送機が、いつ飛ぶのだろうか。あてのない日々が、上海の偕行社でつづいていた。

ある朝、それは四月一九日だったが、まだ眠っているうちに、「大尉さん、飛行機が出ますよ」という、けたたましい仲居さんの声に起こされた。飛行場に着くと、日航機が待っていて、あわただしく乗りこんだ。五〇人ぐらいの席は満員になっていた。

飛行機はレーダーを避けるためか、低空で海の上を飛んだ。米軍機に見つかったらそれまでだと観念しながら、ただ無事を願うばかりだった。奇跡的ともいえる飛行が事なく終わって、昼ごろ福岡の板付飛行場に着陸した。四年ぶりで、思いもよらず日本の土を踏んだのである。戦地に残した仲間たちに申しわけないという気持ちと、無事に帰れた喜びとが交錯した心境だった。

決戦師団の大隊長

福岡でもまず兵站に出頭して千葉までの乗車証を受け取った。歩兵学校が千葉の四街《よつかい》道《どう》にあるのは知っていたので、目的地を千葉としたのである。電報命令を受けてからもう一ヵ月近くも経っているので、遅れついでに途中で家族のもとに立ち寄ることにした。東京は空襲を受けているので、たぶん母や妹たちは奈良県高田の伯父(母の兄)のところに疎開しているだろうと思い、そこを最初の行き先にした。福岡から大阪まで汽車で、大阪から高田まで電車で、二日がかりで伯父の家に着いた。予想がはずれて、母や妹たちはまだ東京にいるということで、一泊して東京に向かった。

汽車は混雑しており、乗客の様子も殺気立っていた。これが空襲下の日本の姿なのだという感慨をもった。途中の食事もままならないので、高田の伯母が弁当を作ってくれたので助かった。汽車が東京に近づくと、三月一〇日の空襲の跡が生ま生ましく残っている、全体に陰惨な感じがする首都の姿だった。

四月二二日朝東京駅に着き、省線電車で中野駅に向かった。山の手一帯は、まだ空襲被害を受けていなかった。中野駅から歩いて自宅に着いた。玄関を開けて、「ただいま」と声をかけると、まず二番目の妹、それから母が出てきて、いずれもびっくりした声をあげた。それから無事を喜びあい、私は父から託された母への手紙などを渡した。

家のなかはがらんとしていた。大事な家具は国立《くにたち》の先の谷保の農家に預けたとのことだった。また奈良へ疎開する予定で、荷物も少しずつ送っているという話だった。食糧事情は悪く、荷物を預けている農家からときどき芋などを分けてもらっているということだった。

自宅に一泊し、翌四月二三日には、四街道の歩兵学校へ出頭した。学校本部の人事掛の下士官の話では、私は本土決戦のため新編成される機動師団の大隊長要員で、歩兵学校でその要員教育を受けることになっていたそうである。だがその教育期間はとっくに終わっていた。

もともと日本の戦時動員の欠陥は、人員の面に重点があって、動員の基礎となるべき国力、経済力の造成がおろそかにされていたことにあった。人の動員だけならば、一枚の召集令状でできるのだが、兵器、弾薬、資材などをはじめとする膨大な軍需動員のためには、それを可能にする工業力を中心とする国力が必要である。だがその国力がきわめて不十分でありながら、世界一の経済大国アメリカに挑戦したのだから、戦時動員は人ばかり集めて、兵器も弾薬も、その他すべてが間に合わないというありさまだった。それでも人を集める部隊の編成だけは先行していた。

レイテ決戦が断念され、フィリピン喪失が決定的になった一九四五年初頭、大本営は本土決戦準備に取りかかった。一月二〇日大本営は、「帝国陸海軍作戦計画大綱」を策定し、本格的な本土決戦計画を樹てはじめた。陸軍についてのその概要は、四五年二月二八日発令の第一次兵備で、とりあえず関東軍から二個師団を内地に転用するほかに、沿岸警備師団一八個(うち朝鮮二)などを動員する大規模なものであった。さらに四月二日には第二次兵備が発令された。これは決戦師団八個の動員をふくむもので、米軍上陸にさいし機動によって上陸部隊に決戦を挑むための師団として、要員の素質も、編成装備も最も優れたものとされた。私はこの第二次兵備の決戦師団の一つである第二百十六師団の大隊長要員だったのである。つづいて五月二三日発令の第三次兵備で、決戦師団八個、沿岸警備師団一一個などを動員した。このため本土には四五個師団、一五個独立混成旅団、その他戦車、重砲など多数の部隊を含む三〇〇万もの大軍が編成されることになったのである。だがこの大兵団は紙上の計画であって、その兵器、装備はまったくお粗末であった。後述するように人間だけ集めても、それは戦力とはいえないのが実情だった。私は部隊に着任してからその実情を知ってがっかりしたのである。

私は歩兵学校から当面の下宿と食糧の手配を受け、二、三日待機させられた。そのうえで四月二七日、第二百十六師団隷下の歩兵第五百二十四聯隊大隊長の辞令を受け取った。この聯隊は、現在姫路で編成中とのことだったので、すぐに姫路に向かって出発した。東京を発ってから横浜、名古屋、大阪、神戸と、空襲の跡が生ま生ましい都市の惨状を目にしながら、二度目の東海道の旅となった。

四月二九日、姫路に着き、市の北郊練兵場の隣りにある兵舎に着いた。ここはもとは第十師団の歩兵第三十九聯隊の兵舎で、木造の戦前からの兵舎のたたずまいが残っていた。休日なので聯隊長以下の幹部は出勤していなかった。週番司令に挨拶したら、大隊副官の中浜中尉があわてて出勤してきた。そして私のために用意してあった下宿に案内された。下宿は金光教《こんこうきょう》の姫路教会で、市の繁華街の真中にあった。

翌日聯隊に出勤して聯隊長以下に挨拶した。聯隊長はまだ若い四一期の片岡太郎中佐だった。どこかで聞いた名前だと思ったら、一九三四年の士官学校事件(十一月事件)に関係して停職になった人物だった。第一大隊長は五三期の三田少佐、第二大隊長は五四期の藤林大尉、第三大隊長が私で、いずれも二〇歳代の若い現役将校だった。これが決戦師団という売り物の一つの中身だったのである。だが私の部下の五人の中隊長も大隊副官も、幹部候補生出身の予備役の中尉だった。日本陸軍の予備役幹部の補充制度としては、当初は一八八三年に創設された一年志願兵制度があった。この制度は官公立中等学校以上の卒業者で、志願により在営中の費用を自弁する者は、在営期間の三年を一年に短縮し、予備役少尉に任命する制度であった。一九二七年の兵役法制定にさいし、一年志願兵を廃止して幹部候補生制度が設けられた。幹部候補生は、将校補充の甲種と下士官補充の乙種に分けられ、費用自弁制や在営年限の短縮制は廃止され、甲種は陸軍予備士官学校で教育を受けることになった。一年志願兵出身の将校よりは、はるかに資質が向上したのである。しかし徴兵で現役にとられ、学歴があるので将校や下士官に任用された予備役幹部であることには変わりはなかった。中隊長クラスの幹部は、日中戦争で一回召集され、召集解除でいったん帰郷したあとで、再度の召集を受けたという年配者たちだった。それでも戦地で補充にやってきたのが、大正時代の一年志願兵出身の将校だったのに比べると、まだ若いといえるが、聯隊のなかの現役将校は聯隊長と大隊長だけで、他の幹部は全員予備役である。下士官、兵もとても決戦部隊とはいえず、補充兵や国民兵を多数抱えていた。

決戦師団の名に値いしなかったのは人間だけでなく、むしろ装備であった。編制は従来よりははるかに火力重視となっていて、大隊は四つの一般中隊、機関銃中隊、迫撃砲中隊からなっていた。一般中隊は四つの小隊からなり、第一ないし第三小隊は一般小隊、第四小隊は機関銃小隊であった。一般小隊は軽機関銃をもつ一般分隊三と重擲弾筒三をもつ第四分隊からなっていた。中隊の機関銃小隊は重機関銃一をもつ二つの分隊からなっていた。大隊の機関銃中隊は戦銃隊二小隊と弾薬小隊からなり、重機関銃八をもつことになっていた。迫撃砲中隊は指揮小隊、戦砲隊、中隊段列からなり、一二センチ迫撃砲四をもつことになっていた。編成表上の大隊の合計人員は一二一一名、馬一八五頭、小銃五六七、重擲弾筒三七、重機関銃一六、軽機関銃三六、迫撃砲四という従来から比べると相当の火力装備があるはずであった。一般中隊でも重機関銃二挺をもち、大隊に重機関銃一六挺、一二センチ迫撃砲四門があることになっているのである。

ところがこの火力装備は、紙の上だけのことだった。大隊の実情は、あるはずの迫撃砲も機関銃も未装備ということで現物は到着していなかった。まして弾薬もないので、実弾射撃の訓練などできるはずはなかった。

さらにこの決戦師団の編成装備で問題だと思われるのは、いまだに馬に頼っているという機動力のなさだった。重機関銃は駄馬に積んで運ぶのだし、一二センチの迫撃砲も輓馬《ばんば》で引っ張るのだ(駄馬は背中に荷物を積む馬、輓馬は大砲や車を引っ張る馬)。大隊の行李も馬編成で、大隊には二〇〇頭近い馬があることになっていた。だがその頭数も揃っていなかったし、何よりも問題なのは大部分を占めている召集馬の素質だった。日中戦争以来の動員につぐ動員のため、日本中の農家の馬は底をついていた。本土決戦のための大動員で、残っていた馬を根こそぎ召集したのであろう。病馬や老馬、体格劣等の馬など規格はずれの馬が大部分だった。多くの馬は、訓練をまったく経ていないので、駄載のための鞍《くら》を置こうとしたり、牽引のため車輌につなごうとしたりすると、嫌って大暴れをした。それを扱う兵たちが、また馬などに触れたこともない都会の召集兵なので、馬に慣れるまでがたいへんで、馬部隊の訓練は容易ではなかった。決戦のための機動師団だというのに、その機動力を馬に頼っているのでは、米軍の圧倒的な砲爆撃にさらされては決戦場に辿りつけそうにもないのが実情であった。

さらに対戦車砲も爆雷もなかった。爆雷を抱いて戦車に体当たりする訓練はしていても、その爆雷がいつ渡ってくるのか見当もつかなかった。要するに決戦師団といってもとても決戦の名に値いしない編成、装備だったのである。とくに装備の遅れがはなはだしかった。

そういう事情もあって、この聯隊の士気はかならずしも旺盛だとはいえなかった。何よりも食糧事情が悪いため、兵たちの健康も十分に保たれなかったのである。演習といっても、せいぜい爆薬を抱いて戦車に見立てたリヤカーに飛びこむ程度のもので、とても必勝の信念など湧いてくるはずはなかったのである。

本土決戦のための機動師団として編成された部隊だというのに、私たちには肝心の上陸してくる米軍についての知識は何もなかった。大隊長以上の現役将校が、士官学校でも歩兵学校などの実施学校でも、教育されてきたのは対ソ連軍戦法であった。予備役将校たちの予備士官学校の場合でも同様であったろう。だから米軍について、その歴史をはじめ、現在の兵力、装備、戦術などについて、何も教えられていなかったし、参考にする資料も配布されていなかった。『戦史叢書』の『本土決戦準備』(全二巻)によると、四四年八月に大本営指示として「島嶼守備要領」が示され、さらに四四年一〇月には参謀本部(教育総監部)から上陸防禦教令(案)が出されたことになっているが、これもわれわれの隊には渡っていなかった。もっともこれは南方での島の防衛について示したものであったろう。また堀栄三『大本営参謀の情報戦記』によると、大本営の情報部で、堀参謀らが研究した成果を「敵軍戦法早わかり」として刊行し、各部隊に配布したと書かれているが、これも目にした記憶はない。つまりわれわれの機動師団は、上陸してきた米軍にたいし、機動によって立ち向かい決戦するということになっているのだが、その米軍とどう戦うのかについての指針はなかったのである。

ただわかっているのは、制空権が敵にあるうえに、その火力装備も圧倒的であるということだった。だから決戦の場面まで無事にたどりつけるかどうかが問題であった。また戦場においても猛烈な砲爆撃にさらされるのをどう防ぐかも問題であった。沿岸防禦の部隊ならば、地下に洞窟を掘って立てこもるという手があるが、機動師団ではどこで戦うのかわかっていないのでそれもできない。そうした状況なので、「必勝の信念」などもてるはずがなかったのである。

それに聞こえてくる戦況は日ましに絶望的となっていった。五月早々ドイツが降伏し、日本だけが戦いつづけることになった。沖縄戦も敗北が決定的で、次は本土上陸が予想された。五月に入って米軍機の本土空襲は激しくなり、東京、大阪などの大都市が灰燼《かいじん》に帰した。そして空襲は地方都市に及んでいった。この第二百十六師団は、京都、大阪師管の編成なので、幹部や兵士たちの自宅が次々に焼き払われていったことも、士気低下の原因となっていた。

こうした絶望的な戦況のなかで、日本の指導者たちはひたすら「一億玉砕」「皇土死守」を叫んで、本土決戦へ邁進《まいしん》していた。六月八日の御前会議が本土決戦のための「戦争指導の基本大綱」を決定し、それにしたがって内閣に独裁権を与える戦時緊急措置法と、全国民を戦闘隊に編成するための前提としての国民義勇兵役法が公布された。サイパンや沖縄で一般人を巻きこんだ悲劇をさらに大規模にくりかえそうとする本土決戦が迫っていたのである。

七月三日夜、姫路もB29約八〇機による空襲を受けた。聯隊兵舎は、市街からは練兵場を隔った北側にあり、被害を受けなかったが、私の下宿は全焼した。その夜教会の師である下宿の主人は留守で、主人の妻、姪の学生、お手伝いの三人の女性と私が在宅していた。空襲がはじまると、焼夷弾は市街の四周にまず落とされ、市民は逃げ場を失うというやり方だった。私は三人の女性をつれ、軽装で逃げ出して、周囲が焼けているので、まず練兵場へ向かった。これは正解で、無事に避難できた。しかし私は下宿に置いてあった荷物全部を失った。

練兵場までくればひとまず安心なので、ここで市外の親類へ行くという三人の女性と別れ、わたしは聯隊に向かった。聯隊の兵舎は無事で、焼けつつある市街へ救援隊を出そうとしているところだった。

結局この空襲で、姫路市は一挙に市街の大半を焼失した。軍隊に被害はなかったが、焼け跡に残った兵舎で士気の喪失は免れなかった。悠々と編隊飛行で焼夷弾を落としていくB29にたいして、日本軍は応戦する一機もなく、対空砲火もゼロだった。まったく無抵抗で米軍機の蹂躙にまかせているありさまでは、本土決戦の運命も見えているのは、だれの目にも明らかだった。

敗戦を迎える

米軍の本土上陸は、この年の秋に九州、翌年春に関東と予想されていた。第二百十六師団は、九州防衛の第十六方面軍の決戦のための機動師団として、熊本平野に展開し、米軍が南九州のどこかに上陸した場合にその上陸地にむかって機動する計画であった。ところがそれは計画倒れだった。近畿地方の各地で編成中の師団は、八月になってやっと九州にむかって転進することになった。しかし聯隊にチフスか赤痢が発生したので輸送が延期になった。熊本県北部の山鹿《やまが》・来民《くたみ》地区に集結し、一部は機動のための道路構築をしているはずの聯隊は、姫路の兵舎で漫然と時を過ごしているなかで敗戦を迎えたのである。

ポツダム宣言の内容は、省略したものが新聞に小見出しで報ぜられた。そしてこれを「黙殺する」という鈴木首相の談話が大きく報道された。広島への原子爆弾投下も、「新型爆弾」で「相当の被害」とだけ報じられ、原爆であることは秘せられていた。原爆投下以上に衝撃だったのはソ連の参戦だった。八月九日未明、対日宣戦布告とともにソ連軍は満ソ国境を突破して侵入してきた。関東軍の主力が南方に転出していることを私は知っているので、これで戦争は敗北だと感じられたのである。

戦局が最後の段階にさしかかっていることは想像できた。八月一一日になると通信隊が傍受しているサンフランシスコ放送などで、日本の降伏申し入れが報道されていることを知らされた。下宿が被災したあと、私は郊外の地主の家に移っていた。そこの主人の弟が新聞記者をしており、下宿に戻ると主人(銀行員だったと思う)が、弟の話として日本が降伏するそうだが本当か、と私に尋ねた。私はそんなことはないでしょうと答えたが、内心はやはりそうかと不安でいっぱいになった。

しかし本土の決戦準備はいままでどおりに動いていた。聯隊の九州への輸送は八月一六日から始まることにきまり、私の第三大隊は最後尾で二〇日前後に出発することになっていた。

八月一五日昼、聯隊の幹部は本部に集合して、天皇の放送を聴くことになった。前の晩から降伏のニュースは秘かに流れていたが、やはり信じたくない気持ちが強かったのである。天皇の声は雑音がまじって聴きとりにくかった。しかし「忍び難きを忍び」などという言葉がところどころわかったので、私はポツダム宣言受諾だとわかった。集まった多くの人も敗戦の予感をもっていたはずで、降伏の放送と判明したはずである。

聯隊長の片岡中佐は放送が終わったあと、短い訓示をした。別命があるまで従来どおりの方向で進むというもので、明日からの九州への出発は予定どおりということだった。敗戦、降伏という事実は、時間が経つにつれ明らかになった。兵士たちの動揺も大きかったにちがいない。だが当座は、とにかく軍隊としての秩序は保たれていた。

翌日聯隊主力はあわただしく九州へ出発していき、私の大隊だけが残された。新聞とラジオは、堰《せき》を切ったように敗戦の実相を報道しはじめた。一〇〇〇人以上の部下をもつ大隊長として、敗戦という事態にどう対処すべきか迷うばかりだった。師団長も聯隊長も九州へ発ってしまって、指揮を仰ぐ上級者にはまったく連絡がつかなかったのである。そこで私は独断で鉄道当局に要求して臨時列車を編成させ、八月一八日に九州へむかって出発した。あとで考えれば、何もわざわざ九州へ行かなくても、姫路で復員の手つづきをしてしまえばよかったのだが、そこまでの考えはおこらなかった。部下の中隊長たちのだれ一人も、そうした意見を述べなかった。まだ戦争中の軍の威光が残っていたのか、鉄道も素直に私の要求をいれて、列車を仕立ててくれた。

姫路から熊本まで、一日以上かかった。関西の各地出身の兵たちにしてみれば、戦争が終わったのに故郷から遠ざかっていくのは不安だったのだろう。すでに姫路にいるときから動揺がはじまり、脱走者が出るようになっていた。列車の途中で逃げ出す者もあった。やっとの思いで熊本に着くと、聯隊本部は熊本平野北方の温泉町山鹿にあり、私の大隊にはその東方のこれも温泉のある来民町が宿舎として配当されていた。結局この来民の町で、半月近くを過ごすことになった。

九月の初めになって、ようやく武装解除と復員の命令がきた。武器を返納したうえで、部隊は姫路まで輸送し、そこで復員するというのであった。大隊本部の置かれていた来民の小学校の校庭で、大隊全員を集めて武器の返納と大隊旗の焼却式をおこなった。私が皆は故郷に帰って祖国の復興につくすようにとの訓示をし、副官が大隊旗に石油をかけて火をつけた。終わってから大隊長室としていた校長室に戻ると、校長先生が部屋に入ってきて、「御心中お察し申し上げます」といってぽろぽろと涙をこぼした。何の感想もなかった私は一瞬虚をつかれた感じを受けた。天皇の詔書放送からはじまり、九州への転送、武装解除、復員というはじめての経験を、大隊長として責任をもって対応しなければならず、涙を流すということはなかったので、校長先生の落涙に驚いたのである。

聯隊は姫路へ輸送されることになっていたが、交通事情が悪く列車の目途が容易に立たなかった。待ちかねた兵たちのなかから脱走者が次々に出るようになった。もはや軍隊としての統制もとれなくなってきたのである。九月一七日ようやく熊本から列車で出発したが、おりから西日本一帯を襲った枕崎台風に遭遇することになった。線路が不通になって復旧が遅れ、下関から姫路まで三日もかかった。

九月二三日姫路で聯隊は復員した。内地の各部隊は、被服や食糧など山のような荷物を分配して復員し、悪評を受けていた。わが部隊は長途の輸送のあとの解散なので、解散する兵士たちに支給する荷物は何もなかった。しかし兵たちは故郷へ近づいたので一目散に家族のもとに帰っていった。

兵たちを送り出したあと聯隊長以下の幹部には、復員関係の書類を作る仕事が残っていた。聯隊本部付下士官の一人が加古川上流の滝という町に縁故のある旅館があるというので、そこにこもって書類作りをすることになった。新設部隊なので復員関係の書類作りは、簡単に終わった。この町を流れている加古川では、滝を飛び上がろうとする鮎を網ですくうのが名物だという。おりからそのシーズンだったので、私も試みて一尾をすくった。

一〇月初め復員業務も終わって聯隊幹部も解散した。私は本籍が奈良県だったので、奈良聯隊区司令部付の命令を受けて奈良の司令部に出頭した。そこには何の仕事もなく、予備役編入だから、もう家に帰れということだった。もはや用ずみで、これで軍との縁も切れたのである。

奈良市から同県の南葛城郡葛城村の金剛山の麓の高鴨神社に向かった。祖父（母の父）がこの神社の神主をしており、母と妹がそこに疎開していたからである。私が帰ってくると母は一冊の郵便貯金通帳を渡して、あなたの給料は全部ここに入れてあるから、これで学校へ行き直しなさいといった。戦地にいる間は、本俸はすべて留守宅渡しだったので、四年間で五〇〇〇円ほどの金額がたまっていた。これは戦前では相当の価値があった。そこで私は単身上京して、大学受験の準備をすることにした。母は疎開にさいし、家は懇意にしていた近所の人に貸しており、その家の一部屋を使わせてもらうことにして、とにかく東京に行くことにしたのである。

こうした間に敗戦の現実は急速に具体化していった。九月の臨時議会で敗戦の経緯が報告されたのにつづいて、戦争の実態が次々に明らかにされていった。とくに米軍が言論報道機関をつうじて真相の暴露をはかったことも効果があった。戦犯の逮捕がつづき、戦争責任が問われはじめた。軍人として戦局の実相にはある程度通じていたつもりだったが、全般の状況を知るとともに、いかに無謀な戦争であったかがわかるようになった。それとともに私が強く感じたのは、天皇の戦争責任である。

敗戦の現実を聞かされたとき、私は天皇は自殺するのが当然だと考えた。敗戦の責任をとる形で、多くの軍人や政治家が自殺していた。最大の責任者であり、多数の国民を死地に駆り立てたのは天皇である。天皇の名のもとに私の友人も部下も死んでいった。私自身も、いつかは天皇のために死ぬことを覚悟していたのだ。それなのに、一片の「詔書」で「朕ハ茲ニ国体ヲ護持シ得テ忠良ナル爾臣民ノ赤誠ニ信倚《しんい》シ常ニ爾臣民ト共ニ在リ」と言ってケロッとしている。多数の臣民が天皇のために死んだことをどう思っているのだろうか。こうした気持ちから、天皇その人、さらには天皇制にたいする批判が強くなっていったのである。

終節　歴史家をめざす

一九四五年一二月半ばごろ、奈良県金剛山麓の祖父の神社から、大学受験をめざして単身上京した。一二月一日に奈良聯隊区司令部から予備役編入の辞令が出て、軍との関係は完全になくなった。降伏にともなって陸海軍は解体されることになっており、これで私も名実ともに軍人でなくなったのである。このころから、陸海軍学校卒業者に大学受験の資格を与えるという報道が新聞に載るようになった。陸海軍省は文部省にたいして、陸軍士官学校、海軍兵学校の卒業者を、翌四六年四月から、大学へできるかぎり入学させるよう要望しており、この件について文部省や各大学が問題にしていたのである。

四六年度の大学入学については、四六年二月二一日文部省令で「昭和二十一年度大学入学者選抜要項」が発令された。この要項では大学志願資格の今回かぎりの措置として、陸軍士官学校などの旧軍関係学校の卒業者にも資格を与えるとしている。ただし軍関係学校卒業者の入学者数は、当該大学の学生総定員数の一割以内とするという但し書きつきであった。なおこの要項で、初めて女子にも官立大学の門戸が開かれたのであった。

また戦時中の臨時措置として、高等学校の修業年限が二年に短縮されていたが、これを従来の三年制に戻したため、四六年春には高等学校の卒業生はいないことになっていた。このため各大学の募集人員も大幅に減らされることになり、四六年度の大学入試は、白線浪人(高校を卒業した浪人)の救済試験なのだといわれた。

こうした動きに対応して、旧陸軍では、大学進学をめざす若い将校のための予備学級を開いていた。東京では世田谷の三宿《みしゅく》に、旧陸士の教官などが教師になった予備校が設けられていた。私が上京したのは、ここに入って受験勉強をするのも目的の一つであった。

上京するのは八ヵ月ぶりであった。東京駅から省線電車で中野駅に向かったが、山の手一帯は五月の空襲の被害を受けて惨憺たる光景に変わっていた。中野駅の南口からは焼け野原のむこうに新宿の三越や伊勢丹が見えた。中野から歩いていく道の両側も焼け跡で、近づいていくとわが家の一角だけは焼け残っていた。家の六畳の洋室が私の部屋であった。翌日に三宿の旧軍人用の予備校に赴いて編入の手つづきをした。予備校に通ってみると、その主要科目は英語だった。生徒はほとんどが軍服を着ていた。途中から入った私は、容易に他の連中になじめず、通学にも不便なので、すぐに欠席がちになり、年が変わるとやめてしまった。

四六年一月四日、GHQの軍国主義者の公職追放の命令が出た。旧正規将校の全員が追放に該当するものとされた。これでわれわれの前途は多く制限されることになったが、大学受験の気持ちに変わりはなかった。一月中に二番目の妹が上京してきた。彼女は女子美術大学の学生で、復学のためだった。わが家を借りていた加藤さんは、自分の家も焼け残っていたので、まもなくそちらに戻った。母と三番目の妹も帰宅したがっていたが、東京への転入制限にひっかかって、六月ごろまでは上京できなかった。

こうして妹と二人での東京の生活がはじまった。もっぱら食糧難との戦いで、私は谷保の農家まで芋の買い出しに出かけたり、奈良の母のところへ行って、疎開の荷物を運ぶのと米をもち帰ることをくりかえした。受験勉強はほとんどしなかった。というよりは、各大学の入学試験の要項が容易に決まらなかったし、準備のしようもなかったからである。大学を受験するといっても、いったい何をめざすのか、ということについて、ようやくその方向が固まりはじめたのがこのころである。

敗戦の直後から、戦争の実相を明らかにするという報道がさかんに流されるようになった。四五年九月四、五日の第八八臨時議会は、東久邇《ひがしくに》内閣による戦争責任追及報告のための議会だとされたが、実際の内容は戦争責任ではなく、敗戦責任追及であった。この議会での下村定陸相の報告は、陸軍の責任を国民に詫びるというもので、たいへん感動的であった。しかしそれはもっぱら陸軍の専横と国政干与の責任を反省するもので、戦争責任そのものには触れていなかった。ＧＨＱのマスコミ操作もあって、しだいに戦争の実態が明らかにされていく。それは当事者である私にとっても初めて知る事実の暴露であった。とくに四五年一二月初めから始まったNHKラジオの「真相はこうだ」という番組は衝撃的であった。

「戦争の真実を明らかにしたい」という気持ちは、戦争に疑問を抱いていた戦争中からもっていたが、敗戦と真相の暴露という戦後の動きのなかで、いっそう強まった。そして歴史か政治、とくに歴史を念頭において受験勉強を考えていた。母は神戸の母の伯父が東京帝大の文科を出ながら出世できなかった例をあげて、文科は駄目だからと医者をすすめていたが、私はその方向は考えなかった。

二月中ごろになると、そろそろ私立大学の入学募集要項が発表されはじめた。私の志望校は東大だったが、どこかの私立大学も受けておこうと思い、試験科目の都合なども考えて、早稲田大学の政経を選んで願書を出した。

二月一七日金融緊急措置令が公布、即日断行された。従来の円は新円に切り替えられ、旧円は三月三日で流通禁止となる。預金は封鎖され、一世帯一月三〇〇円しか引き出せないというインフレ抑制の措置である。だがこれは、結果としては庶民の預金を取り上げるという意味しかもたない政策であった。私の場合は四年間の戦争中の将校としての俸給の全部が、一冊の郵便貯金通帳に入っていたのがフイになったのである。何かのアルバイトをしなければ食べていけないという生活が、いやおうなしにはじまった。

二月下旬に早稲田大学の入学試験があり、私は合格していた。東大の入試はまだなので、相当の出費だったが、入学金と半年分の授業料を払って入学の手続きをした。東大の入試の件はようやく三月中ごろになって発表され、募集人員は平年の三分の一、試験は四月一五、一六の両日、試験科目は学部によって異なるものとなっていた。文学部は外国語と作文で、私にとって何とかなりそうだったので、迷わず文学部史学科を志望した。

四月一五日の東大入試は、論文は何とかなると思っていたし、自信のなかった外国語はごく初歩的な問題だった。受験生のほとんどが、勤労動員などでレベルが低かったからであろう。とにかく東大も合格した。入学は五月一日からだった。

この間にも世の中は激動しつつあった。延期されていた総選挙は四月一〇日に実施された。大選挙区制限連記制のこの選挙は、政界に大きな変動をもたらし、鳩山一郎の自由党が一四一で第一党になり、進歩党九四、社会党九三、協同党一四、共産党五、その他という結果となった。幣原首相は少数与党となりながらも居座りをはかったので、自由、社会、協同、共産の四党による内閣打倒共同委員会が結成された。以後五月二二日の吉田内閣成立までの一ヵ月間の政治的空白期が発生する。私の大学生活はこの激動のなかで始まった。

大学に入ったころの私の関心は、戦争の実態、とくに開戦責任の解明であった。なぜあんなひどい戦争をしたのか、その責任はどこにあるかという問題である。終戦直後にベストセラーになった森正蔵の『旋風二十年』を読んだのがはじめで、このころ次々に発行される暴露物を買いあさった。陸軍省兵務局長だった田中隆吉の『敗因を衝く』や『日本軍閥暗闘史』などの内部告発もの、馬島健『軍閥暗闘秘史』のような軍部批判もの、政治評論家の岩淵辰雄の皇道派寄りの軍部官僚批判の数々の論稿などをこのころは読みあさっていた。

大学の講義は数が少なかったが、出ると決めたものにはかならず出席した。坂本太郎助教授の「国史概説」は、中身は古代史とくに日本人の生成史だったが、記紀神話を否定して「魏志倭人伝」を取り上げ、さらに人類学、言語学など周辺諸科学の成果に学ぶというそれなりに新鮮な内容であった。

大学へ入学早々ながら、私にはアルバイトをする必要があった。そのとき国史の一年先輩の帯金豊君から、東京裁判の弁護団の資料集めの話が舞いこんできた。帯金君は府立六中では私の四年後輩で、風間先生の教え子だった。風間さんは戦後は教員をやめて、五月はじめに開廷した東京裁判の弁護団の事務局長をしていたのである。風間さんから話があって、帯金君は私を探してきたのだということだった。そこで二人で市ヶ谷の弁護団事務局を訪れた。

ここはかつての予科士官学校の校舎である。正門にはいかめしいＭＰが立っている。

その検問を通って地獄坂を登る。これは陸士の生徒の命名で、外出から帰ってこの坂を登れば地獄の責苦が待っているという意味である。風間さんから命じられた仕事の内容は、各官庁を廻って弁護用の資料を集めてくることだった。

資料集めのために訪れた各官庁の対応は、きわめて不親切であった。かつての同僚たちの弁護のためだというのに、まるで弁護団に協力するのは、戦犯の仲間入りをするかのように嫌がっているのがありありとうかがわれた。どの役所も一年前には、「鬼畜米英」だとか「聖戦完遂」だとかいっていたくせに、いまはすっかり口を拭って「民主主義」、「平和国家」を声高に叫んでいる。そして戦犯への協力などできるものかという態度である。親切に対応してくれたのは復員局だけだったが、これは当然であったろう。

弁護団長は清瀬一郎氏で、事務局を実際に統轄していたのは陸士三六期の大越兼二憲兵大佐であった。この人は中野学校の教官や憲兵司令部の総務課長をしていた人で、戦後も軍再建派の中枢に位置していたのである。こうした中心人物の思想の影響もあってか、事務局の雰囲気は見るからに反動的であった。はじめからこの裁判は勝者の復讐だ、日本は正しかったという態度で一貫していた。またしだいに事務局に出入りするようになったグループに東大法学部緑会の「東京裁判研究会」と名乗る集団があった。このグループも、このころの東大には珍しく右翼的で、大越大佐のお気に入りのようだった。

社会主義思想の影響を強く受けはじめていた帯金君や私は、こうした雰囲気になじめず、しだいに東京裁判から足が遠のいていった。そのうえ私たちの雇用主の風間さん自身が、事務局を大越さんたちに乗っ取られた形で、あまり熱意を示さなくなった。もともと科学的歴史学をめざした人にとって、この反歴史的な空気に我慢ができなかったのであろう。いま考えれば、絶好の現代史史料収集の好機であったこのアルバイトも、まもなくやめてしまったのである。

そのうちすぐに夏休みがきた。夏休み中に特別研究生の山口啓二さんの肝煎りで、学生のために古文書の読書会が計画された。場所は史料編纂所のなかにある学生の読書室で、先生は中世史の宝月《ほうげつ》圭吾先生と、史料の古文書の専門職である三成《みなり》さん、それに山口さんという豪華なメンバーであった。教材は東寺百合文書《とうじひゃくごうもんじょ》であったと思う。ところがひどい食糧難、生活難のさなかで、最初は七、八人いた受講生が一人減り二人減りしてとうとう私一人になってしまった。熱心な三人の先生に申しわけなくて私は休むわけにいかなくなり、とにかく頑張ってつづけることにした。この講習会のおかげで、私の中世文書読解力は目に見えて向上した。

このころ、夏休み直前だったか、石母田正氏の『中世的世界の形成』という本が伊藤書店から発行された。山口さんのすすめでこの本を研究室で一括購入し、夏休みの勉強に読むことになった。私にとってこの本がはじめて深い感銘を受けた専門書となった。石母田さんがこの本を執筆したのは戦争の最中で、そのため左翼用語を使わず、著者本人によれば奴隷の言葉で書かれている。その内容は東寺領の伊賀国黒田庄《くろだのしょう》の形成と崩壊のあとを文書史料でたどりつつ、日本の封建社会成立の法則性を明らかにしたものである。九月に入って国史研究室で、助手の井上光貞さん、特研生の山口さんの指導で『中世的世界の形成』の週一回の読書会が開かれた。戦時中の言論抑圧のなかにも、未来を見すえて歴史への確信を失っていなかったこの本に、学生たちはひとしく感銘を受けた。私も同じように共感をもち、黒田庄と同じく東寺百合文書の影写本のある若狭国太良《たらの》庄《しょう》の文書を読んだりしながら、研究対象には中世史を選ぼうかと考えたりしていた。

この読書会は唯物史観を身につけるための入門の会となった。そしてこの会に集まった学生たちがさらに会を発展させて、のちに東大歴史学研究会と名乗ったのである。この会は翌四七年の東大五月祭には、戦争と平和の展示会を開いた。この展示のための共同作業をすることで、会員の親交はいっそう深まった。そして青村真明君を中心にして学生たちで、はじめての唯物史観による日本歴史の通史として『日本歴史読本』を分担執筆し、四八年夏に大地書房から出版した。この本はベストセラーになったが、ヤミ会社の出版社が倒産して印税は入らなかった。この本には坂本太郎先生が序文を寄せて、「後生畏るべし」と書いてくれた。これは後生《こうせい》おそるべしではなく、「ごしょう、かしこまるべし」だと解釈されたので、かならずしも内容をほめたものではないそうである。私はこの本のなかで、中世の部分を分担して執筆した。恥ずかしいような内容だが、これが活字になったはじめての歴史の文章である。

またのちに『日本歴史学講座』と題した論文集を刊行するための講演会を四七年秋に開催した。この講演依頼のため担当となった青村君と私が、羽仁五郎、服部之総の両氏をはじめ、石母田正、遠山茂樹などの諸先生を訪問した。どの方も、戦争が終わってから初めて訪ねてきた学生だといって歓迎され、講演の件は快諾された。

この訪問に味をしめた私は、田無《たなし》の羽仁さん宅や吉祥寺の石母田さん宅をその後もたびたび訪れた。そして学生の無遠慮さから、時局についての感想を聞いたり、研究対象の相談をもちかけたりしていた。なかでも中世史の石母田さんのところにはたびたび押しかけて、食糧難の時節にもかかわらず御馳走になったり、お酒を飲みながら時間を忘れて終電がなくなり、吉祥寺から中野の私の家まで歩いて帰ったこともある。

そのなかで私の研究テーマの相談にたいし、石母田さんは以下のように述べられた。「ぼくの時代はきびしい弾圧のもとだった。そのなかで自分を見失わないために、歴史のなかに逃げこんだのである。だがいまのぼくがもっと若かったならば、歴史のなかに逃げこむのではなく、歴史を作る側に立つだろう。」つまり歴史を変革する側に立って、現代史を選ぶといわれたのである。この石母田さんの言葉には深い感銘を受けた。同じようなことを羽仁さんからもいわれた。このときの講演会で羽仁さんの演題は「現代史」であったが、羽仁さんは「諸君、歴史は述べるものでなく作るものである」と猛烈なアジテーションを語ったのである。

両先輩のすすめもあって、私の現代史を選ぼうという気持ちはしだいに強くなった。決定的となったのは、四七年冬に東大協同組合出版部の編集員になったことである。ここで最初にした仕事は、石母田、遠山氏をはじめ、藤間生大《とうませいた》、鈴木良一、井上清などの新進の学者に原稿を依頼した『日本史研究入門』であった。どの方も戦時中の蓄積がたまっていたようで、執筆を快諾し、締切り前に原稿が集まった。編集者としてはこんな楽な仕事はなかった。

この出版部で、日本現代史の通史を出そうということになり、四八年初めにそのための研究会を組織することになった。集まったのは私のほかに、文学部の荒井信一君、経済学部の生野重夫君、医学部の長坂昌人君などで、チューターには山口さんの紹介で井上清さんを依頼した。井上さんは当時は疎開していた本の置き場がないということで、その蔵書を出版部の一隅に運んで、研究会の資料として利用した。

この現代史研究会は、あまり効率のよい活動はできなかった。それは荒井君も私もこの前後から学生運動に参加して、そちらのほうが忙しくなったことも原因であった。四八年全国の一〇〇校以上の国立学校の大学、高専が授業料値上げに反対する統一ストライキを六月二六日に決行した。荒井君も私もそのための全国オルグとして各地を飛び廻っていたのである。この統一ストを契機に、全国国公立学校自治会総連合(国学連)が結成され、秋にはこれと私学連とが合体して全学連の結成にいたる。学生運動の草創期であって、国史の東大歴研は、国史学科の研究室協議会(研究室の自主運営機関)の設置に力をつくし、これが文学部の自治会成立の母胎になり、さらに東大自治会中央委員会結成に発展した。これが国学連、全学連の中心となったのだが、そのことは別に研究史料や回顧録があるので省略する。

四八年の夏休み、荒井君と私など現代史研究会のメンバーは、伊豆の戸田《へだ》海岸にある東大の寮に合宿して、出版部の「現代史」の草稿をまとめることにした。昼間はもっぱら水泳の練習、夕方は岬を一廻りするか小舟を漕いで、戸田の部落まで出かけて酒を仕入れてきて、夜はそれを飲むという生活をした。そのなかでとにかくまとめた原稿は、井上さんに見せたらボツになった。井上さんの批判は、君たちの原稿は一行のなかに「的」という字が二つも三つもあって、きわめて抽象的だというのであった。結局「現代史」は井上さんが一人で書き直すということになった。そしてできあがったのが、『日本現代史1　明治維新』という名著である。

この夏休みの前後から、私の卒業論文のテーマがようやくまとまりはじめた。日本現代史とくに戦争への転機となったと考えられる二・二六事件を対象としようと考えはじめたのである。そこで二・二六事件関係の真相ものの記事を集めたり、国会議事堂のなかにあった憲政資料室に出かけて「陸軍省統計年報」を調べたりしはじめた。また歴史学研究会の現代史分科会の会合に顔を出したりしていた。

活動を再開していた歴史学研究会（略称歴研）には、現代史の専門家はほとんどいなかったようである。一九四八年の秋に、歴研と早大歴研とが共同主催で、早稲田のキャンパスで日本歴史学講座を開いたが、そのとき現代の部分に適任者がいないということで、私に「日本ファシズムの形成」という演題が割り当てられた。いくらなんでも学部の学生が講演をするのは不遜なふるまいだと思われると辞退したが、ほかに人がいないからと強引に引き受けさせられた。当日は背広を着て出かけ、準備中の卒論を種に二時間の講演をすませたが、汗顔の至りだったというほかはない。

卒論作成にかかった四八年の一二月は、歴研や自治会の活動などで超多忙であった。提出期限ぎりぎりの一二月の後半は徹夜をつづけて、ようやく二〇〇枚足らずの卒論「日本ファシズムの形成」を書き上げた。これは二・二六事件をおこした青年将校たちが農村の出身で、同じ農村出身の兵士の窮状に同情し、社会変革をめざしたのだとする当時の通説に反対した論旨である。すなわち首謀者の青年将校たちの大部分は少将以上の高級軍人の子弟で、天皇制の危機に敏感に反撥して革命運動の抑圧を図ろうとした反革命のクーデターであるとしたものである。この論文に手直しをしたものを雑誌『歴史学研究』に連載して、私の最初の研究業績となった。

こうして私の現代史研究者としての第一歩が踏み出された。その後もいくつかの波乱があったが、それからの歩みについては「戦後五〇年と私の現代史研究」と題して、『年報日本現代史』創刊号(一九九五年)と同第二号(一九九六年)に連載したので省略する。

【付録】

ある現代史家の回想

藤原彰の遺品のなかに、手をつけかけていた原稿がいくつかございました。これは、その一つで、自伝を書きついでゆくことを考えていたようです。このまま見すごすのも心残りで、活字にしていただきました。未完成ではございますが、藤原が生きた軌跡の一つとして、お納め下さいませ。（藤原妻子）

一　史学科の学生として

一九四六年五月一日、私は文学部史学科の新入生として、東京帝国大学に入学した。この年の国立大学入試は、戦争の終結によって異例のものとなっていた。戦時中の臨時措置によって在学年限を三年から二年に短縮されていた高等学校が、四六年二月の勅令第百二号で三年制にもどることになり、この春には高等学校の卒業生がいない。文部省は二月二一日、文部省令として「昭和二十一年度大学入学者選抜要項」を発令し、大学志願者の資格を、高等学校卒業者で現に大学に在籍していない者、男女専門学校の卒業者、高等師範学校、女子高等師範学校の卒業者、陸軍士官学校、海軍兵学校等の軍学校卒業者などと改めた。つまり四六年度の大学入試は、いわゆる「白線浪人」(高等学校を卒業しながら大学に入っていない者)の救済であるとともに、はじめて女子に門戸を開いたこと、および陸海軍学校卒業生に入学資格を与えたことに特徴があった。ただしこの要項には備考として、「軍関係学校卒業者の入学者数は当該大学の学生総定員の一割以内」とするといういわゆる一割条項がついていた。また高等学校卒業生がいないという この年の特殊事情から、東大の採用定員は例年の三分の一になっていた。このため文学部の場合、志願者数は入学定員の五倍になっていた。
一九四一年七月に陸軍士官学校を卒業した私は、四年間中国戦場で小隊長、中隊長として戦闘を体験した後、本土決戦のための機動師団の大隊長となって敗戦を迎え、一二月一日予備役編入の辞令を受取っていた。この間の経過については『中国戦線従軍記』(大月書店、二〇〇二年七月)に書いた通りである。

軍職を離れた私は、そのときまだ二三歳であったので、大学を受験して再出発しようと考えた。私が戦地にいた四年間の将校としての本俸は、留守宅渡しになっていた。母はその全額を郵便貯金にしており、帰国した私に通帳を渡して、「これでやり直しなさい」といってくれた。およそ五千円余り入っていたその通帳をもって、私は大学入試準備のために単身上京した。ただしこの通帳は、四六年二月の金融緊急措置令により封鎖された上、超インフレによってその全額がほとんど無価値になってしまった。

私が歴史を学ぼうと考え、東大の文学部史学科を選んだ理由は、さきの『従軍記』に述べた通りである。四年間の戦場生活で、戦争の矛盾とくに戦争が中国の人民を苦しめる以外の何ものでもないことを痛切に感じ、また日本の戦争遂行が、過誤にみち、国民と兵士の無駄な犠牲を強要するものだったことを感じたからである。そして、このような誤った戦争を、何故おこしたのか、その原因を究明したいと考えて、歴史を学ぶことにしたのである。

大学の一年生として本郷の東大キャンパスに通いはじめた四六年五月は、戦後日本にとっても画期的な変動期であった。四六年四月一〇日には、新選挙法によるはじめての衆議院議員選挙がおこなわれ、女性にも選挙権が与えられた第一回のこの選挙の結果、自由一四一、進歩九四、社会九三、協同一四、共産五、諸派三八、無所属八一議席となった。過半数を得た党はなく、進歩党だけが与党の幣原喜重郎内閣が、反対する自由、社会、協同、共産の四党からなる幣原内閣打倒共同委員会によって四月二二日内閣総辞職に追いこまれ、以後一ヵ月にわたる「政治的空白期」がつづいていた。そうした政治の混乱期に、私の大学生活がはじまったのである。

新しい学問を身につけようという意欲に燃えていた私は、講義にはなるべく多く出席するよう心がけた。その中でとくに新鮮に感じたのは、坂本太郎助教授の「国史概説」だった。国史概説とはいうものの、坂本先生の講義は、一年かかっても古代を出ることはなかった。しかし、陸士で習ったのが平泉澄《きよし》直系の精神主義者の国史で、忠臣義士列伝のような内容だったのに比べると、「魏志倭人伝」にはじまる日本人の形成史には、目を開かれた思いがした。

講義がはじまって間もなく、帯金豊君が風間泰男先生からの伝言だといって私を訪ねてきた。この風間さんは、私が府立六中に入学したときに、東大国史を卒業したばかりの新任教師として着任、私の一年、二年、三年のクラス担任をしてくれた先生であった。

また、「歴史学研究会」の創立時のメンバーでもあった。この先生が、戦後、東京裁判の弁護団の事務局長になり、資料収集のアルバイトを求めていたのである。伝言を伝えにきた帯金君は、六中のときは私の四年後輩でやはり風間先生の教え子、東大国史では私の一年先輩であった。

弁護団の事務局は、市ヶ谷の東京裁判法廷の一角にあった。ここはかつて私が一年間学んだ陸軍予科士官学校の校舎であって、当時の大講堂が法廷になっていた。極東国際軍事裁判は、この年の五月三日に開廷したばかりで、弁護団もまだ十分に陣容が揃っていなかった。弁護団長は清瀬一郎氏であり、弁護団の実務は、大越兼二憲兵大佐が取りしきっていた。大越大佐は、憲兵司令部の総務課長や中野学校の教官をしていた人物で、たいへんな実力者だった。

帯金君と私とは、風間さんの六中のときの教え子で、国史の学生だということで、日本政府の各官庁を廻って弁護のための資料を集めてくるように言いつかったのであるが、当時は二人とも日本の現代史についてなんの知識もなく、またそもそも戦時中の日本について学ぶべき業績は何も発表されていなかった。だから弁護団の資料集めといっても、何を集めたらよいのか、かいもく見当がつかなかった。それに、訪ねた先の官庁の対応も、まったく不親切であった。弁護団に協力するのは戦犯の仲間入りをすることになるとでもいうような態度で、およそ協力の姿勢がなく、不愉快な思いを重ねた。今から思うと、現代史研究のためには絶好の機会だったのに、残念なことに二人ともあまり熱意が持てなかった。

それに加えて、弁護団の実権が次第に団長の清瀬弁護士や大越大佐の手に握られるようになった。とくに大越大佐は、日本の戦争は正しかった、この裁判は勝者の復讐であるという態度で一貫していた。そしてその庇護をうけた「東京裁判研究会」と名のる東大法学部の右翼学生の一団を出入りさせるようになっていた。こうしたことで、風間さんも帯金君や私も、次第に熱意をなくし、このアルバイトも、惜しいことに数ヵ月でやめてしまった。

東大に入学したての私には、陸士卒業者以外の友人はなかった。陸士卒業者は、一般の学生からは何となく疎外されていたので、仲間たちで集まることが多かった。その仲間たちで、回覧雑誌を作ることになり、『交流』と名づけて三号まで発行している。その第一号に私は恥かしいことに恋愛小説を書いて、皆にからかわれた。またその中の相良、下山田など数人で、マルクス主義の勉強会を開いて、ごく初歩的な『共産党宣言』や『空想から科学へ』を読んだが、数回のうちに私以外は皆やめてしまった。国史の学生たちとつきあうようになったのは、四六年の夏休み前後からである。そのきっかけもやはり読書会であった。

四六年六月に伊藤書店から、石母田正著の『中世的世界の形成』という本が出た。国史の研究室では、特別研究生の山口啓二さんの世話でこの本をまとめて購入し、山口さんと助手の井上光貞さんの世話で、秋からこの本の読書会をやることになった。

それに先立って、この夏休みに、史料編纂所の学生読書室で古文書の講習会が開かれた。これは学生に中世文書の読解力をつけようという趣旨ではじめられたもので、先生は、中世史の宝月圭吾先生、史料の古文書の専門職の三成さん、それに山口さんが加わった豪華なメンバーであった。ところが折からの食糧難、生活難のため、はじめ七、八人いた受講生は一人減り二人減りし、とうとう私一人になってしまった。三人の先生の熱心な指導で、私は休むに休まれなくなり、一人でみっちり講習を受けることになった。こうして国史の学生の中では古文書がいちばん読めるといわれるようになった。

夏休みが明けると、国史研究室では『中世的世界の形成』の読書会がはじまった。戦争中のきびしい言論統制下にありながら、歴史にたいする確信を見失わず、その法則性を明らかにしようとしたこの本には、参加者一同深い感銘を受けた。そして読書会が終った後も、国史学科の学生たちの集まりはつづき、のちのち「東大歴史学研究会」に発展していったのである。

一九四七年の東大の五月祭には、このグループで戦争と平和の展示会を開いた。これは私が現代史にかかわりをもつはじまりとなったものだが、その準備の共同作業の中で、グループの結束はいっそう固くなった。そして、共同して唯物史観にもとづく日本の通史を書こうというはなしに発展、リーダー格の青村真明君を中心に、日本史を分担執筆した。私はそのうち中世の部分を担当し、もっぱら石母田さんの本を頼りにしながら平安末期から鎌倉時代までの通史を執筆した。この本は坂本太郎先生に序文を書いてもらって、ヤミ屋上りの大地書房という出版社から刊行し、ベストセラーになった。ただしこの本屋はすぐに倒産したため、印税が入った覚えはない。

今になってこの本を見ると、私の文章は「草ぶかい東国」とか「歴史を切り拓く」とか、石母田さんの本から借りてきた生硬な言葉が並んでおり、汗顔の至りだが、とにかく活字となって売れたのである。

これに味を占めた学生の研究会では、四七年の一〇月から一一月にかけて、大学の教室を借りて日本歴史の連続講演会を開いた。戦争中は逼塞《ひっそく》していた左翼の歴史家たちを招いて全一〇回の講演会を催したもので、私は青村君とともに講演依頼を担当した。羽仁五郎氏や服部之総氏をはじめ、石母田正、藤間生大、鈴木良一、遠山茂樹などの中堅から新進の歴史家たちである。どの先生からも、戦争が終ってから訪ねてきた初めての学生だといって歓迎され、講演も快諾された。

羽仁さんは、この年四月の第一回参議院議員選挙に当選した直後で、意気軒昂たるものがあり、「私が参議院にいるかぎり、日本の将来は任せてくれて大丈夫」と言われたのには驚いた。

服部さんは、戦時中の花王石鹼の仕事のつづきで、上野駅前にあったヤミの石鹼会社の社長をしていたが、訪ねた時は不在で、社員が「なんで、社長に講演の依頼？」といぶかったのが意外だった。その後会社が倒産して、服部さんは歴史家に復帰したのである。

この講演会は成功して、その内容は翌四八年に学生書房から東大歴史学研究会編『日本歴史学講座』として刊行されている。

吉祥寺の石母田さんのお宅は、私が中世史に惹かれていたこともあって、たびたび訪れた。戦後の食糧難の時代だったのに、無遠慮に御馳走になり、時間を忘れて終電がなくなり、吉祥寺から中野まで歩いて帰ったこともある。何回目かに石母田さんは、専攻についての私の質問に答えて、「あのころは自由に物が言えなかったため古い時代に逃げこんだのだが、今なら迷わず現代史をやっただろう」と言われた。羽仁さんが「現代史」と題した講演の中で、「諸君、歴史は書くものでなく、作るものである」と述べられたことにも刺戟をうけ、私は次第に中世よりも現代を研究対象にしようと思いはじめていた。

現代史に取り組む直接のきっかけは、四七年暮に東大協同組合出版部の編集員になったことである。この出版部は後の東大出版会となるのだが、このころは戦没学生の手記『はるかなる山河に』、さらに『きけわだつみのこえ』を出して業績は好調だった。この出版部で、日本の現代史の研究会を組織し、その成果を刊行しようという計画がもちあがり、私がその担当となった。そこで現代史研究会づくりをはじめ、文学部の荒井信一君、経済学部の生野重夫君、医学部の長坂昌人君などが参加者となった。研究会のチューターには、山口啓二さんの紹介で、井上清さんになってもらった。井上さんは田園調布の松岡洋子さんの家に間借しており、疎開先の本を持ち帰る場所がないということだったので、出版部の一室にその本を送ってもらって、研究会で利用させてもらうことになった。

この研究会は、あまり成果を挙げることができなかった。というのは、荒井君や私が学生運動で忙しくなっていたからである。四八年春から、国史の学生たちが中心になって、国史学科運営協議会を作り、さらに文学部の学友会を自治会に改組、この自治会が先頭になって、東大学生自治会中央委員会を結成した。四八年六月二六日、授業料値上げに反対する国立大学高専百二十校の統一ストライキを組織したが、この全国ストのオルグのために、荒井君も私も、全国を飛びまわっていたのである。

それでも研究会では現代史の草稿をまとめることになった。四八年の夏休みに伊豆の戸田にある東大の寮に、荒井君や私たちが合宿した。この合宿は、昼間は水泳の練習、夜になると湾を一廻りして戸田の町から仕入れてきた酒を飲むという生活で、やっと仕上げた原稿の出来栄えは、とても本になるようなものではなかった。井上さんの評は、君たちの文章は一行の中に「的」という字が二つも三つも並んでいて具体性に乏しい、という手厳しいもので、この草稿はボツになった。そして井上さんが一人で全部を書き直すことになった。そのはじめの成果が『日本現代史1　明治維新』という名著である。

この前後から、私は卒業論文の準備にかからなければならなかった。羽仁さんや石母田さんの励ましを受けて、私は中世史ではなく現代史を選ぼうと決めていたのだが、それには若干の勇気が必要だった。板沢武雄さんが追放された後、国史学科の唯一人の専任教授となった坂本さんは、「五〇年以上経過した時代でなければ、利害がからんで客観的な評価ができないから、歴史研究の対象にならない」と、国史概説の講義で教えていた。四八年三月卒業の永井秀夫君が自由民権運動を卒論に書いたとき『東大新聞』が「明治維新以後がはじめて国史の卒論になった」と記事にしたくらいである。そうした中で、まだ一〇年ほどしか経っていない二・二六事件を対象とするのには、決断が必要だった。

私は四七年末ごろから「歴史学研究会」(略称、歴研)のアルバイトをはじめていた。再建された歴研の活動は世間の注目を浴びていたが、その中でも現代史を重視して現代史分科会を発足させていた。私もこれに参加したのだが、専門の研究者はほとんど存在せず、この分科会は意気込みだけで、あまり活動はできていなかった。そうした中で四八年一一月に歴研は早大歴研と共催で、「近代日本の形成過程」という一〇日間の連続講座を開いた。私はその中の一回分として、「日本ファシズムの形成」という講演を引受けさせられた。服部之総、井上清、遠山茂樹といった錚々たるメンバーに交って、学部学生の分際で講演をするという向う見ずの行動をしたのである。もちろん私は、はじめはその任でないと断ったのだが、人がいないからといって無理に引受けさせられた。それほど現代史には人が不足していたのである。当日は慣れない背広を着て、学生には見えないようにして出かけた。講演の中身は、準備中の卒論を土台にして「日本ファシズムの形成」という演題になんとか辻褄の合うような話をしたのだが、今でも汗顔の至りである。

結局卒論は、四八年一二月二五日の期限ぎりぎりに、二、三日徹夜をして辛うじて間に合わせた。題は「日本ファシズムの形成」という一〇〇枚余りの論文で、ほとんど史料の見られないころなので、真相ものの記事をかき集めたり、「陸軍省統計年報」などのようやく見ることのできた材料を使っている。これを書き直したのが私の最初の論文「二・二六事件(一)(二)」(『歴史学研究』一九五四年三、七月号)である。これは、当時の通説が、二・二六事件を起した青年将校は農村の没落しつつある中間層(中小地主)の出身で、農村恐慌に苦しむ貧農出身の兵士に同情し、社会変革をめざしたものだ、とするのに反対したものである。私の説は、事件を起した将校たちは、少将以上の高級軍人の子弟たちで、天皇制の特権階級であり、彼らは革命の危機に反発して、反革命のクーデターとして事件を起したのだ、というのであった。

国史《こくし》の卒業試験は口答試問が重視されている。三人の試験官は、坂本太郎先生が「六国史《りっこくし》の名前をあげなさい」「五畿七道の名を言いなさい」という二問、宝月圭吾先生が「京枡というのは何ですか」、岩生成一先生が「白糸貿易について説明しなさい」という、いずれも初歩的な質問であった。私にとっては簡単だったのですら答えると、「君、案外知ってるね」という評だった。学生運動ばかりやっていても初歩的な知識はないだろうと思われていたのであろう。結局卒論の内容については何一つ聞かれなかった。恐らくは読んでもらえなかったと思われる。

二　現代史に取組む

ちょうどそのころ歴研は、岩波書店に委託していた編集事務を自前でやることになり、四九年一月、岩波の小売部の二階の一角に書記局を開設していた。卒業を目前にしていた私は、この書記局の初代の責任者になった。いわば歴研に就職することになったのである。

歴研は、活動の全盛期ともいう時期であった。四九年二月には歴研主催の歴史教育にかんする公開討論会を開き、これを契機にして「歴史教育者協議会」(略称、歴教協)が設立(四九年七月)された。五〇年七月には地方史研究について連絡会議を開き、これを機に「地方史研究協議会」が発足(五〇年一一月)した。会自体、四九年五月の大会では「各社会構成における基本矛盾について」の公開討論会を開き、その報告を『世界史の基本法則』(岩波書店、一九四九年)として刊行した。翌五〇年の大会では「国家権力の諸段階」を統一テーマとし、その報告を『国家権力の諸段階』(岩波書店、一九五〇年)として刊行した。両報告ともベストセラーに数えられる売れ行きで、こうした歴研の活動は、学界にも大きな波紋をひろげた。

会の活動が盛んになるにしたがって、事務局も多忙になった。事務局には私の他に学部一年生の斉藤孝君がいたが、会誌の発送など二人で手の足りないときはアルバイトを頼んだ。五〇年一〇月からは、会員への連絡用に『歴史学月報』を創刊した。これは神保町交叉点近くの町の印刷屋に頼んだのだが、たちまち「歴」だの「的」だのの活字が足りなくなった。印刷屋のおやじさんが「これからも毎月やらせてくれるのなら思いきって活字の鋳造機を買う」といって、私たちの特別の注文に間に合わせてくれた。月報の創刊によって、ただでさえ多忙となっていた事務局の仕事がまた増えることになった。その上、月刊となっている月報の記事が集まらず、私と斉藤君とでたびたび埋め草用の原稿を書かねばならなかった。

一九五〇年には、累積していた歴研の岩波書店にたいする債務が増え、書店の中に同居していた事務局が追い出されることになった。私は、神保町近辺を探しあるき、神田日活の裏にあった木造の鯨井ビルの二階を借りて、事務局を移転した。これが歴研が独立の事務所を持った最初であった。

この四九年から五〇年にかけて、現代史の分野での歴研自体の活動はほとんどなかったといってよい。この間に私が熱心に加わっていたのは、代々木のML研究所(マルクス・レーニン主義研究所)で開かれていた帝国主義研究会であった。この会は一年足らずで尻切れとんぼになってしまったが、井上清、鈴木正四《まさし》、宇佐美誠次郎氏らが中心となり、日本帝国主義の解明をめざしていたもので、荒井君と私、さらに法学部の石田雄、今井清一君らが請われて参加した。荒井君の記録によると、私はほとんど毎回のように戦争や軍事についての報告をしているが、これも他に専門家がいなかったためだろう。おかげで、ずいぶん勉強になった。

この会でも、実証的な歴史研究よりも、このころ注目されていた政治論争が話題になることが多かった。いわゆる「志賀、神山《かみやま》論争」である。これは神山茂夫が戦時下に執筆し四七年に民主評論社から出版した『天皇制に関する理論的諸問題』を、志賀義雄が「アカハタ」紙上で批判したことからはじまった、戦時下日本の国家権力の形態についての論争であった。神山は、三二年テーゼに依拠し、日本は天皇制絶対主義の国家であるとし、これをファシズムだというのは天皇制にたいする闘争を放棄する危険があるとしていた。これにたいして志賀は、独占資本の発達にともない、天皇制が帝国主義権力としてファシズムの役割を演じたのだとし、神山の絶対主義の反動的強化であるという説を批判した。この志賀、神山論争については、双方に多くの応援団が加わった。戦前からすでに日本をブルジョア国家だとしている労農派の人びとは、当然独占金融資本の暴力的独裁であるファシズムだとしていた。ML研究所のメンバーの多くは、天皇制がファシズムの役割を演じたのだとして、天皇制ファシズム論を支持していた。

私はこの論争を整理して、『歴史評論』の一九五〇年五月号に「日本現代史研究の歩み」を書いた。現代史研究の歩みと題しながら、この論争整理しかしていないのは、私の能力不足にもよるが、他に現代史についての研究成果がほとんどなかったことの現れでもある。

戦後間もないこの時期は、知識人の間では、戦争に抵抗した日本共産党の権威と影響力がきわめて大きかった。歴史学の分野でもその影響が深刻であった。五〇年のコミンフォルム(国際共産党情報局)の日本共産党批判をきっかけとして、日本の党は国際派と民族派に分裂し、歴研は強く民族派の影響を受け、五一年の大会テーマは「歴史における民族の問題」、五二年のそれは「民族の文化について」をかかげている。歴研のこのような傾向を批判して、井上さんを中心とする現代史の部門は、これはナショナリズムに他ならないと真っ向から反対していた。

両派が激突したのは五一年五月の大会であった。まず五月一九日の総会で、五大国平和協定への呼びかけを決議するかどうかで激論が交わされ、議決にいたらなかった。翌日の大会では、民族問題をめぐって対立し、現代史若手の犬丸義一や藤田省三などの諸君が、歴研主流派を民族主義だと攻撃した。

私は五〇年の大会から委員に選ばれ、五一年大会でも再任されて委員兼書記となっていたが、五一年の大会後しばらくして、共産党本部文化部の役をしていた松本新八郎氏から突然呼び出された。松本さんは、石母田正さんや藤間生大さんと同じく渡部義通氏の門下の中世史家であり、たぶん共産党の歴研にたいするお目付役だったのだろう。私にたいして、歴研をやめるようにと要求したのである。その罪状は、国際派の側に立って歴研主流に反対したからだということである。おかしな話である。れっきとした学術団体で、しかも総会で決定している人事を、政党である共産党が横からとやかく言うのは、筋違いもはなはだしい。だがこの時期は、歴研にたいする共産党の威光は決定的であった。私は有無をいわさずに解任された。これはすなわち歴研書記を解雇されたことをも意味していた。しかたなく私は、書記局の仕事を、同じ現代史の今井清一君に譲った。今井君は、政治的にはニュートラルだと思われていたからである。

大学を卒業し歴研書記という職を得たばかりの私は、早々に失業してしまったのである。そのころ私は、大学で一年下の佐藤蓁子とつきあっていて、近く結婚しようと考えていたのだが、職もないのに結婚もできない。そこで母の友人の伝手で新聞界の大御所である御手洗辰雄氏を訪ね、朝日新聞と東京新聞への紹介状を書いてもらった。折から五二年春の分の就職活動期だったが、御手洗さんの紹介状は絶大な効果があり、私は両新聞社とも合格した。ところがその後、両社の人事部長から鄭重な手紙があり、貴方は公職追放令に該当しており、司法当局に照会したところ、新聞社に入社することは疑義があるということなので、残念ながら採用はできないということだった。つまり公職追放令は、教職にも新聞出版界にも適用されることがはっきりし、私の前途は大きく限られることになったのである。そこでまた母の知人の世話で、五二年はじめから新設の朝日火災という保険会社に勤めることになった。これは損害保険部門をもっていなかった野村財閥が作った後発の火災と海上の保険会社であった。

五一年九月にサンフランシスコ講和条約が結ばれた。歴研現代史部会では、講和発効を前にして『太平洋戦争史』を刊行しようということになり、東洋経済新報社からの出版が決まり、準備がはじまっていた。私はそのメンバーに加えられ、昼間は保険会社の社員、夜間は現代史の執筆という生活がはじまった。もと軍人だからということで、私は太平洋戦争史の中でも軍事の分野を担当させられた。

太平洋戦争史の研究会には、三笠宮の紹介で服部卓四郎氏に来てもらった。私は服部氏に、「なぜ対米英戦争に踏み切ったのか、勝算はあったのか」というかねてからの疑問をぶつけた。服部氏は、「ドイツの勝利を誤信していたのだ」と、正直に告白した。

原稿の執筆は、苦労はしたが大へん勉強にもなった。だがそれにしても時間が足りない。私の分担部分の入稿は遅れがちであった。東洋経済の担当者は江口朴郎先生の教え子の小谷君で、「ぜったい会社に来てはいけない」と言ってあったのに、ついに会社にまで催促にやってくるようになった。受付からの「藤原さんに東洋経済の方が面会です」という電話を聞きとがめた課長が、「若いのに内職をやっているのか」と言うのには困った。東洋経済に株のことでも書いていると思われたのだろう。

『太平洋戦争史』の第一巻は五三年一〇月に刊行にこぎつけ、翌年全五巻が完結した。一巻から三巻までは遠山さんと藤井松一君が原稿の整理にあたり、たいへん苦労したようである。四巻と五巻は、会社をやめて時間の余裕ができた私が引き受けた。これでとにかく、戦争の時期を全体的に記述したはじめての通史が出来たのである。

『太平洋戦争史』に参加して、会社勤めと執筆との両立はむつかしいことを痛感したので、五四年四月から東京都立大学の人文学部と千葉大学の文理学部で非常勤講師をつとめることになったのを機会に、思い切って五四年三月末で朝日火災に辞表を出した。こうして私の長い非常勤講師の時代がはじまった。

一九五二年から五三年にかけて、歴史学界ではいわゆる民族派が全盛であった。石母田さんを理論的指導者とし、松本、藤間などの渡部門下生たちや、若手では歴研委員の網野善彦君らが中心で、「国民の歴史学運動」が展開されていた。『歴史評論』が「村の歴史・工場の歴史」を提唱するなど、この運動は若手歴史家に大きな影響をあたえていた。しかし現代史の分野は、国民の歴史学運動にまきこまれることはなく、『太平洋戦争史』の研究と執筆に専念していた。そして、これが私の軍事史研究、戦争史研究の出発点になった。まったく先学者のいないこの分野を割り当てられ、否応なしにトップ・ランナーとして走らなければならず、史料収集をはじめ、すべての面で開拓者としての苦労をしなければならなかった。

会社をやめて文筆業に入った一九五四年は、たいそう多忙であった。『太平洋戦争史』の第四、第五巻の編集を担当し、たんなる加筆訂正だけでなく、相当の部分を新しく書き直さなければならなかった。また岩波書店の『思想』編集部が主催した日本軍国主義の研究会にも参加した。この研究会は思想史の人が多かったが、私は軍事史の専門家ということで、次々に論文を割り当てられた。「日本軍国主義の戦略思想——一八八六〜八九年の軍制改革を中心として」(『思想』一九五四年一一月号)、「確立期における日本軍隊のモラル——日露戦争後の典範令改正について」(『思想』一九五五年五月号)はその成果である。

五四年五月の歴研大会で、私は「ファシズムの諸問題」という報告をした。これは会社をやめて早々で、準備の時間も十分にとれなかったのだが、今井清一、藤田省三両君との共同報告で、原稿もそれぞれに分担し、私が代表して読み上げた。戦後の日本を新たなファシズムだと規定した藤田君の分担の部分は大いに注目を浴びた。

この一九五四年は、世界史の上でも日本の情勢の面でも、大きな転換期であった。この年五月ベトナムではベトナム人民解放軍(ベトミン)がディエンビエンフーのフランス軍を降伏させてフランスのベトナム支配に最後の打撃をあたえた。フランスに代ってアメリカがベトナム支配の前面に立ち、朝鮮につづいてベトナムが戦場になった。

こうした戦争状態にたいして、平和をめざす運動も世界的に展開した。ベトナム関連の一八ヵ国が参加したジュネーブ会議では、ベトナムからのフランス軍撤退、カンボジア、ラオスの独立、ベトナム統一のための二年以内の選挙の実施などを決め、アメリカはジュネーブ会議から脱退した。一方インド、中国などによる平和五原則の提唱など、平和への動きも強まっていた。

日本においても、五四年は平和運動の大きな転機となった。三月アメリカによるビキニ環礁での水爆実験があり、日本の漁船が被爆した。これをきっかけに原水爆禁止運動がたかまり、「原水爆禁止署名運動全国協議会」が結成され、五五年八月には第一回の原水爆禁止世界大会が開かれた。全国各地の米軍基地反対運動も大きなひろがりをみせ、平和と護憲の民衆運動が発展し、五三年四月、五五年二月と選挙のたびに社会党、とくに左派が進出し、五五年選挙ではついに護憲派が憲法改正阻止に必要な三分の一を確保した。

こうした内外の情勢は、当然のことながら歴史学界にも反映した。五一年、五二年の大会で「歴史における民族の問題」、「民族の文化について」と民族の問題を取り上げ、実践面でも国民の歴史学をめざす運動がさかんであったのにたいし、五三年の歴研大会は「世界史におけるアジア」をかかげ、近代の部で井上清、野沢豊氏が報告し、五四年大会では「歴史と現代」という題をかかげ、近代で私が「ファシズムの諸問題」を報告するなど、いわば反主流だった国際派にも出番が廻ってきた。

五五年七月日本共産党の第六回全国協議会(六全協)は、武装闘争の自己批判と再出発を表明し、平和と統一の方針をかかげた。歴史学界も、その影響を受け容れた。歴研書記を解任されて以来、歴研とは縁を切ったつもりでいた私も、五八年には井上さんと一緒に歴研委員となり、会の企画した現代史の公開講座の講師となるなど、会の活動に復帰した。

三 『昭和史』のころ

五五年早々に、岩波の新書編集部にいた中島義勝君から、戦争の時期の日本の通史をまとめないかという話が、私と今井清一、藤田省三の三人にもちかけられた。三人だけでは知名度がないので、遠山茂樹さんを中心とすることにして、四人の研究会がスタートした。途中で藤田君が抜け、三人で執筆をはじめることになり、五五年の夏休みに集中して書くことになった。

私は五二年の二月に結婚し、戦後に土建屋の重役になっていた父が建ててくれた家で二人で暮していたが、この家を執筆のための合宿所にした。夏の暑いさなかに、今井君と二人で昭和期の通史を分担して執筆する、そしてお互いの執筆部分を交換して書き直す、という作業をくり返した。夜になると史料編纂所に勤めている遠山さんが立ち寄って、二人が書いた原稿に手を入れて肉付けした。夏休みの間に、通史は書き上げられ、題をどうするか、いくつかの案を家の長押にぶら下げて検討したが、元号をかかげることへのこだわりはあったものの、結局『昭和史』がすっきりしているということになった。

この『昭和史』は、五五年一一月一六日に発行され、発売いらい爆発的に売れた。増刷に増刷を重ねて、たちまち一〇〇万部を突破した。事実を実証的に記述するだけでなく、戦争は何故おこったのか、どうして止められなかったのかという、この時期の日本の最大の課題に真っ向から立ち向かった本だったからであろう。本が売れたため毀誉褒《きよほう》貶《へん》も多かった。『文藝春秋』が五六年三月号に載せた亀井勝一郎氏の批判をはじめとして、非難や批判も多く、いわゆる「昭和史論争」に発展していったのである。私としては、この時期の日本にとって決定的な問題は戦争であり、その問題を中心にすえたこの本の姿勢は正しかったと思っている。いろいろな注文は無いものねだりだと、反批判を書いたりもした。『昭和史』は四年後に全面的に書き直して新版を出したのだが、私には、情熱をこめた旧版の方がなつかしく思い出される。

『昭和史』の校正をしていた五五年九月に、とつぜん合同出版社から『日本近代史』の執筆の話がもちこまれた。これはスターリンの『経済学教科書』の出版で大いに当てた同社が、テキスト用の日本の近代史で二匹目のどじょうをねらったものである。井上清、鈴木正四両氏の名のもとに、藤井松一、藤田省三、藤原彰の三藤が手伝い、神田の旅館駿台荘に合宿していっきに書き上げることになった。明治を藤井、大正を藤田、昭和を藤原が書き、井上さんが全体を修正してまとめ、国際関係については鈴木さんが書くという分担であった。短期間に原稿を仕上げ、『昭和史』発行の二週間後の五五年一一月三〇日には『日本近代史』上、五六年五月三〇日には下として発行され、これまたベストセラーになった。戦争を否定するか、肯定するかは、このときの日本の大きな課題であった。平和問題、基地問題、原水爆禁止問題をめぐって国内の対立が激化している時にあたって、かつての戦争をどうみるかに、多くの関心が集まっていたのである。

『昭和史』と『日本近代史』を書いたことで、私は日本現代史の若手の執筆者として、ひろく名を知られることになった。とくに『昭和史』が大きな影響をあたえたこともあって、実力を伴わないのに知名度だけが高くなるという結果をもたらした。これは私にとってあまりよいことではなかった。

ただ印税が相当に入ったことは、定収入のない私にとって幸せであった。『昭和史』の印税で父の家のつづきに書庫を建て、夫婦で父母と同居することにした。両親がそろそろ年をとってきたことでもあり、長男の私が一緒に住むことにしたのである。

このとき建てた書庫は、当時の蔵書の二倍の一万冊を見当にして作ったものだが、五年で満杯になり、その後も本は増える一方で、ついに書庫は床まで本が積み重なる、「本の墓場」となってしまった。

四　軍事史を専門に

五四年に会社勤めをやめた私は、その後一三年間定職を持つことができなかった。大学の講座に「現代史」という部門は存在せず、市場は狭かったのである。この間私は、五四年から六七年まで千葉大の文理学部で「政治史」を、また五五年から五八年までと、六四年から六八年までの二回、東京都立大の人文学部で「市民社会成立史」、六五年から六七年まで東大教養学部で「日本現代史」、六六年から六七年にかけて東京教育大の文学部で「日本近代史」の、それぞれ非常勤講師をつとめた。非常勤講師の給料は時間給で、ほとんど問題にならないくらい安いので、この間の収入はもっぱら原稿料、印税であった。『昭和史』と『日本近代史』がベストセラーとなった他、井上さんの下請けで参加した読売新聞の『日本の歴史』が大いに売れたので、それらの印税が給料がわりになったのである。

この時期私は、こうした共著の執筆につづいて、東洋経済新報社の『日本現代史大系』の一冊として『軍事史』の執筆を依頼され、その準備に取りかかっていた。私は「軍事史」を一冊にまとめるについて、もっとも苦労したのは資料の不足である。私はこの分野の先学者として、中野在住の松下芳男氏を訪ねた。松下さんは戦前に多くの著作があり、五六年には『明治軍制史論』上下巻の大著を刊行されていた。私は軍人出身の先輩でもある同氏の教えを受けようとしたのである。ところが私の訪問にたいして松下さんは、「僕は資料のすべてを戦争で失ってしまった。今度の本は僕のすべてを全力展開してあるので、この本に書いてある以上のことは何もない」といって質問を封じてしまう。私の松下さん訪問は、この一回きりであった。

何かのきっかけを求めて国会図書館にも通った。ところが図書館の目録にある軍事史関係の本の大部分は貸出中で、借りることができなかった。考査係の桑原さんに問いただすと、これらの軍事関係の本は、防衛庁がどっさり借りていって返さないので、私も困っている、ということだった。つまり目録だけはあっても、実物にはお目にかかれないのである。米軍押収文書がまだ返還されていない時なので、第一次史料はきわめて不足していた。

結局、軍事史をまとめるために、『思想』に書いた何本かの論文を柱にして、その前後をつなげるという形で、ともかくも明治以降の日本の軍事の歴史をまとめ上げたのが、一九六一年に東洋経済新報社から刊行された『軍事史』である。

『軍事史』を刊行したことによって、私は軍事問題の専門家として認められることになった。そして軍事にかんする時事的な問題についての寄稿を求められるようになった。六一年から六二年にかけて、そうした論文をいくつも書いている。「自衛隊の変貌——現代史研究の視角」(『歴史評論』六一年一〇月号)、「クーデターと軍隊——要人暗殺計画の発覚」(『朝日ジャーナル』六一年一二月二四日号)「日韓会談の軍事的意味」(『現代の眼』六二年一月号)、「自衛隊の成長と変貌」(『世界』六三年一月号)などである。

この前後に私が関係したのは、青木書店から刊行した『戦後日本史』全五巻(六一〜六二年)である。

歴研は戦後ずっと岩波から会誌を刊行し、これを岩波から買って会員に頒布する形をとっていたのだが、その会誌代の債務が累積して多額になっていた。これは収支を考えずに会の活動に経費を使い、岩波への支払いが次第に遅れていったためである。この間に歴研委員の言動が岩波側を刺戟して感情的対立になり、一九五九年三月に岩波から会誌刊行をことわられてしまった。会誌の発行について、もとの委員兼書記であった私も責任を感じた。岩波への支払い滞納の責任者だった書記の古屋哲夫君と親しかったので、次の発行元探しに協力することになった。そして青木書店に話を持ちこみ、この年六月から発行することになった。このとき青木書店にたいしては、会誌を依頼するだけでなく、何か売れるような企画を会として考えるという約束であった。そこで会誌発行の見返りに、会として刊行する計画を立てたのが、現代史の分野で引受けた『戦後日本史』の刊行である。

『戦後日本史』は、私と古屋君が中心となり、『戦後政治史』の著書のあった政治学者の杣《そま》正夫氏を編集委員に依頼してスタートした。ところが、古屋君の人をくった態度が先輩の杣さんを怒らせ、私はその調停に苦労することになった。『戦後日本史』全五巻は、六一年から六二年にかけて刊行され、相当な好成績で版を重ね、青木にたいする歴研の面目は立ったのである。

五〇年代後半から六〇年にかけてのこの期間に、私は生活の手段として、『千代田区史』の編集、執筆に従事した。この区史は、一九五七年早々から編纂がはじまり、六〇年三月までに仕上げるという特急の仕事であった。編纂委員は、区長と親しい地理学者の飯塚浩二氏で、飯塚さんが日本近代史の遠山茂樹氏に応援を頼むという形ではじまり、地理の関根鎮彦氏と私とが委員に加わって、実質的な仕事をすることになった。

区史のために九段下の千代田区役所の一階に区史編纂室が設けられた。私と関根君、それに区役所側の担当者である鈴木昌雄氏、氷室綾子さん、加藤サワ子さんたちがこの室に出勤して仕事をはじめた。歴史関係の編纂委員には、和島誠一、松島栄一、杉山博、村井益男などの各氏、地理関係では入江敏夫、江波戸《えばと》昭などの各氏が名を連ねていたが、定職のない関根君と私とが専従の形でこの部屋に出勤した。

区史は全体を三巻に分け、上巻は原始、古代から中世、近世までとし、中巻は幕末から現代まで、下巻は現状把握にあてられた。上巻に和島、杉山、村井氏ら、中巻に遠山、松島氏と私、下巻は関根、入江氏ら地理関係者が分担した。ところが、区の計画では六〇年三月全巻刊行のはずが原稿が集まらず、計画は遅れに遅れた。とくに中巻は松島さんが全然書かないので、私がその分も書かされることになった。六〇年三月を過ぎると年度がかわって予算がなくなり、編纂委員の手当も出なくなったので、ただ働きをする破目になった。

このときは、六〇年安保問題の真っ盛りで、昼間は集会やデモに参加し、夜になると西神田の奥村印刷の出張校正室に出かけて、そこで執筆をするという毎日を送ることになった。そこで夕食をとり仮眠するというくり返しであった。『千代田区史』は、私にとっては定職のなかった一九五〇年代後半の数年間を支えてもらったアルバイトであった。とくに中巻は、一〇〇〇枚近い原稿を短期間で書いたという思い出がある。

一九六〇年六月一五日についての記憶も書いておこう。この日は千葉大の講義があった。午後一時から一時間ばかり話した後で、「今日はこれから国民会議の統一行動に参加するから」といって講義を中断した。駅に着いてみると、「先生、私たちも行きます」という学生たちが次々にやってきた。まるで学生をアジった形になってしまったのである。後に、六・一五事件で起訴された学生たちの中で多数を占めていたのが千葉大生だったことを知った。

六月一五日の国会前の集会では、「民主主義を守る全国学者研究者の会」の隊列に加わった。夜半になって全学連主流派の国会突入、警官隊の襲撃がはじまったころ私は地下鉄の国会議事堂前駅の構内にいて難を免れた。この警官隊の襲撃は、学者研究者の会に加えられ、山口啓二さんはじめ多数の負傷者が生じた。

六・一五事件を頂点として、安保闘争はしだいに下火になった。六月一六日政府は、マニラまで来ていたアイゼンハワー米大統領の訪日を、治安上の理由で断るという外交上の失態を招いた。一八日夜中の一二時、三三万人が国会を取り巻き、衆参両院とも開かれない中で、新安保条約は自然承認された。その後六月二三日に批准書が交換されて新安保条約が発効し、岸首相は退陣を表明、七月一九日池田勇人内閣が成立し、所得倍増、高度成長政策がスタートした。

この間の私は『千代田区史』の後始末に忙殺されていた。六〇年いっぱいはそのために使ったと思う。

その後の六〇年代前半は、『戦後日本史』に時間をとられた他は、歴研の活動とは縁のないところで過していた。また六三年に刊行された『岩波講座・日本歴史』に「太平洋戦争」と題した論文を発表している。それ以外には『文藝春秋』、『人物往来』、『潮』、『中央公論』、『丸』などという雑誌に数多くの雑文を書いている。

六〇年代前半のこの期間は、私生活では多事であった。六三年二月に父藤原藤治郎が伊豆の畑毛《はたけ》温泉で心筋梗塞で倒れ、一ヵ月間危篤状態がつづいた後に死去した。知らせを受けて東京から主治医と看護婦を伴って旅館にかけつけるなど、看病に費すことになった。父の葬式が終った後、母英乃が異状を訴え、診断の結果は胃癌であった。これは本人には告知しないで、二年間の入退院の後、六五年二月に死去した。さらに父の死と入れ代わるように、私の最初の子どもである長女素乃が六四年一月に誕生し、つづいて長男良太が六六年九月に生まれた。こうした家庭内の多事が、業績にも影響していたのかもしれない。

五　一橋大学へ

一九六六年の秋、静岡大学人文学部の小此木真三郎、五井直弘の両氏から、教授として招きたいという話があった。私のところでは六三年以降に両親を亡くした後、二人の子どもが生まれており、ちょうど妻の父が読売新聞を定年でやめるのを機に妻の両親を我が家に引きとって子どもの面倒を見てもらうことにしたところであった。そこで、単身赴任でなら静岡へ行けると思ってお引受けした。ところがその直後に一橋大学の佐々木潤之介君が突然我が家に来て、社会学部の教授として来ないかという話を持ちこんだ。静岡より一橋の方がさまざまな条件が良いので、一橋の方は喜んでお受けすることにし、すぐに静岡へ出かけて、おことわりとお詫びをした。小此木さんも五井さんも、「一橋なら仕方がない、まだ教授会に正式に出す前でよかった」と諒承してくれた。

だが、一橋大への就職はかんたんには進まなかった。六六年暮から六七年春にかけて、私の問題が学内で騒ぎになったのである。社会学部の教授会をすんなりと通った私の教授人事が、大学の評議会で異例の反対を受けることになった。私のポストは、社会学部の政治学の講座であったが、政治学に発言権を持とうとする法学部の教授会が大反対をしたのである。とくに直前の学長選挙で敗れた大平善梧教授や評議員の細谷千博教授が猛反対したということである。

結局私の人事は保留になり、四月から非常勤講師として、国立校舎の学部の授業と小平校舎の教養課程の授業の両方を担当することになった。評議会での「藤原問題」は、年度を越して争われ、一時は社会学部教授会は総辞職しようという話も出たそうだが、結局妥協して、私の人事は教授から助教授に格下げされ、六七年一一月にようやく発令された。結局、一九六七年度の私の講義は、前半が非常勤講師、後半は専任の助教授としておこなわれたことになる。そしてこのころの受講生の中から、六八年度の演習(ゼミ)の希望者が多く出ることになった。それが藤原ゼミの第一回生である。

この年は佐藤長期政権の三年目で、経済の高度成長がつづく一方で、経済発展に取り残された民衆の不満もたかまり、沖縄の本土復帰運動、ベトナム反戦運動が大きく発展し、大学でも学生運動が活発になりつつある時期であった。そうした時に私は、はじめて大学の専任教員となったのである。私が社会学部長の西順蔵教授に面会したとき、西さんは、「あなたは七〇年対策委員だといわれています」と言われた。安保条約一〇年目の期限がくる一九七〇年に学生運動が昂揚すると予想されており、その対策委員だというのである。のちにこの言葉は事実となった。

一九六八年四月、一橋大での私の最初のゼミは、一八人もの希望者があったが、ことわることもできず、全員採用することになった。

こうして一九六八年四月から、一橋大学の専任助教授として、講義と演習を受け持つ通常の教師生活がはじまった。演習(ゼミ)のテキストとしては、丸山眞男『現代政治の思想と行動』を選び、この本の各論文を一編ごとに各人に割り当て、一回に一編ずつ報告と討論をおこなう形式にした。丸山さんのこの本は、問題が多岐にわたり、日本近代政治史の重要な論点を多く含んでいるので、テキストとしては適当な選択であったと思う。以後も毎年このテキストを使うことにした。

この一九六八年は、学生闘争の激化のはじまりの年であった。一月に東大医学部に起った紛争は全学にひろがり、翌年一月の安田講堂事件に発展した。その他の大学、中央大、日大、早大など、全国一一五大学で紛争が発生した。一橋大でも、おくればせながら紛争がおこり、翌六九年には全共闘の学生による本館の封鎖がおこった。

六八年度に入ってきた私のゼミ生は、一年目こそ丸山さんの本を熱心に読み、夏休みの合宿や放課後の飲み会などで親しくなったが、翌六九年度のゼミ生一五人は、早々に一橋大の紛争、封鎖、授業停止という事態になったため、ほとんど勉強するひまがなく、ゼミ生の交流も十分にはできなかったと思う。

西学部長の予言はあたり、六九年四月から私は教授会で学務委員に選挙された。さっそく大学の紛争に直面することになったのである。しかも学生部長が封鎖が始まったとたんに病気で休んでしまい、委員の中で最年長の私が委員長として学生部長の代役をつとめ、封鎖学生との交渉その他にあたることになった。全共闘派が本館封鎖をつづけている一方で、民青の学生は自治会を堅守していた。折から政府が学生運動対策として、六九年五月に「大学の運営に関する臨時措置法案」を国会に提出した。これは紛争大学の閉鎖を含む権限を政府が与えるものである。全国の大学で反対運動が盛り上り、一橋でも自治会や教授会が反対を決議し、全学共同の反対デモをおこない、私は村松学長代行とともに国会を訪れ、各党に反対の意向を伝えた。この場面はテレビで全国に放映されて、すっかり有名になった。

大学で紛争対策に忙殺されているこの時期、学会活動でも私は重責を担うことになった。六八年五月の大会で、私は歴史学研究会の委員で編集長に選ばれた。太田秀通委員長の下で、編集長となった私は、大学紛争の余波を受けて歴研内の問題に悩まされた。その一つは、この年夏の学術会議会員選挙に井上清氏を推薦するかどうかの問題であった。井上さんはその長男が安田講堂に籠城していることもあって、東大正門前に封鎖学生にたいする連帯の挨拶を立看板に出して問題になっていた。委員の大半は民青系で、封鎖に同調するような人を推薦できないといって、歴研が推薦することに大反対をした。私は学問的立場から従来通り推薦すべきだと主張した。もう一つは東大西洋史の大学院生で、「ゲバルト・ローザ」の異名をとった柏崎千枝子さんの論文を掲載するかどうかの問題だった。委員の中には柏崎さんに殴られたという院生もいて、暴力派の論文を載せることに反対だと強硬に主張した。私は論文の客観的評価が掲載可なら載せるべきだと主張した。井上さんの件も柏崎さんの件も、私は少数派だったが、正論なので最終的には意見が通った。これは歴研編集長として政治に左右されずに集団的立場を優先させた正しい行動だったと、今でも信じている。

歴研の編集長は一年だけで、翌一九六九年五月の大会で、私は委員長に選ばれた。これは、太田さんの後任として予定されていた永原慶二氏が、一橋大経済学部長に就任しそうになり、学部長と歴研委員長の兼任は無理だというので、急に私にお鉢が廻ってきたからである。ところが実際は永原さんは学部長にならず、逆に私が社会学部長になることになり、私の忙しさは倍増する結果になった。

助教授に格下げされて一橋大に就職した私は、二年目の一九六九年一二月に教授に昇任した。折から一橋大も紛争の真っ只中であった。教授になるとすぐ七〇年四月に、学部教授会の選挙で一橋大学評議員に選ばれた。このとき社会学部では、六九年三月の教授会で学部長に選ばれた鈴木秀勇教授が、全共闘の学生に同調し、「評議会は犯罪機関だ」と称して学部長就任を拒否するという事件、いわゆる「鈴木問題」がおこっていた。学部長以外の評議員である南博教授も増淵龍夫教授も、紛争がはじまってから病気になって休んでいるので、社会学部評議員は一人もいない。大学全体の運営にもさしつかえる。助教授以下だけが出席している社会学部の教授会は、やむをえず都築忠七、竹内啓一と私の助教授三人を学部運営委員に選出し、運営委員が学部の代表として評議会に出席するという異例の措置をとった。運営委員の代表だった私は、評議会に出席するだけでなく、全闘委（「全学闘争委員会」の略）の学生との団体交渉に出席して吊し上げにあうなどの、ひどい経験をさせられることになった。

鈴木教授はその年の暮に自己批判書を提出して学部長の職に就いていたが、私が評議員に選出され、評議会に出席するようになると、やりにくくなったのであろう、病気を理由に学部長の辞表を出した。そこで私が俄かに学部長に選出されることになったのである。

大学では学務委員長、評議員、学部長、学会では歴研の編集長、委員長と超多忙だったこの時期ではあったが、学問的成果も相応にあげていた。一九六九年から七〇年にかけて大学の紀要『社会学研究』に「日本軍隊における革命と反革命」、有斐閣の『近代日本思想史大系』に「宮中グループの政治的態度」、「戦争指導者の精神構造」などの論文を書いている。「忙しいほど仕事ができる」というのは本当かもしれない。

六　現代史を組織する

一九六〇年代は、現代史にとっては退潮期であった。日本経済の高度成長にともなって、近代日本の経済発展を讃美する「近代化論」がひろがった。そして戦争批判を全面的に展開した五〇年代の私たちの仕事にたいする反発から、戦争を合理化、美化する動きがおこってきた。とくに旧陸海軍関係の膨大な史料がアメリカから返還されると、これを独占的に利用して朝日新聞社から、日本国際政治学会太平洋戦争原因研究部編『太平洋戦争への道』全七巻・別巻が六二〜六三年に刊行され、さらに、防衛庁防衛研修所戦史室編の『戦史叢書』一〇二巻が刊行をはじめ、これがイデオロギーを排した実証的研究の成果だともてはやされた。

こうした戦争肯定の歴史に対して、私たちの現代史を盛り立てることが課題となっていた。私は、一橋大に就職して広い研究室を持つことになったのと、大学の図書館が日本の「陸海軍関係の文書」のセレクトしたマイクロフィルムを購入したのを機会に、古屋哲夫、由井正臣、粟屋憲太郎などの諸君と、六八年の夏休みに、この文書のチェックリストを日本語訳し、『旧陸海軍関係文書目録』として二〇〇部を謄写印刷した。この頒布にさいして、私たちの集まりを「軍事史研究会」と名付けたが、これが現在の「日本現代史研究会」に発展したのである。私たちの作業は、このリストから、アメリカ軍に押収された史料に迫っていった。

まずはじめたのは、かつて歴研が編集して東洋経済から発行した『太平洋戦争史』の改訂である。旧版は、史料の点でも、論証が大ざっぱな点でも、朝日の『太平洋戦争への道』から批判の対象とされていた。私は六八年五月に歴研の編集長になったのを機会に、旧版を全面的に書き直して新版の『太平洋戦争史』を刊行しようと、そのための研究会を発足させた。この研究会には、由井、粟屋両君や宇野俊一君に加えて、京都の木坂順一郎、名古屋の江口圭一、徳島の鈴木隆史などの諸氏にも参加を依頼した。そして翌年度の文部省科学研究費の総合研究に「太平洋戦争の研究」と題して応募して採用された。『太平洋戦争史』全六巻は、青木書店から七一年から七三年にかけて刊行されたが、その全体を通史としてまとめるために私は、分担執筆をした各人の原稿に思い切った手入れをするなど、編集に相当の手間と時間を割いて努力したつもりである。そして刊行後も研究会は「日本現代史研究会」として、例会をもちつづけることになった。

現代史研究の組織化のために、もう一つはじめたのは、サマー・セミナーを恒常的に開催したことである。一九六九年正月、恒例として私の家に皆が集まった席で、由井君や粟屋君から、セミナーを開こうという話が持ち出された。さっそく我が家から各地の研究者に電話がかけられ、夏休みに湯河原温泉で現代史のセミナーを開くことになった。この時の報告は、江口圭一、佐々木隆爾の両氏と私とであった。出席を依頼したのは、論文だけで名前を知っていた木坂順一郎、鈴木隆史氏などであった。セミナーの席上、鈴木さんは、今回は藤原ゼミに招待されたと、皮肉な挨拶をしたが、実際、出席者一五名の半分は一橋大の私のゼミテンであった。

この六九年のセミナーはいわば準備会で、翌一九七〇年の夏休みには、中国史、西洋史関係の若い研究者にもよびかけ、第一回の現代史サマー・セミナーを開催した。このセミナーは、高尾山の薬王院に二泊三日の合宿をして開かれ、六〇名を越す参加者があった。会合では、中西功、江口朴郎の両先輩の記念講演のあと、「ファシズム論」、「統一戦線論」、「第二次世界大戦論」の三部門に分かれて報告と討論をおこなった。

このセミナーの成功は、現代史研究に一つの画期をもたらすことになった。六〇年代後半からの経済の高度成長にともなう反動的風潮のひろがりは、歴史学の分野、とくに現代史における反動攻勢を激化させていた。一方六八年いらいの大学紛争は、大学における学問研究の停滞を招いていた。大学院生クラスの若い研究者たちは、研究の方向性についての悩みを強く持つようになっていた。現代史サマー・セミナーは、このような問題意識に応えるものとなった。参加者は熱気にあふれ、その報告集『世界史における一九三〇年代』(青木書店、一九七一年四月)は、短い間に五刷を重ね、全国の現代史研究者に大きな反響を呼んだ。

こうして現代史研究の組織に努力している一方、私は、一九六八年以降、中野区から『中野区史昭和編』の編纂を委嘱されていた。これは都政史料館の田口さんの推薦によるもので、田口さんは、『千代田区史』編纂の時の私の仕事ぶりに眼をとめ、責任感にあふれていて任せて大丈夫と思ったそうである。中野区の総務部長が来宅されて、金は出すけれど口は出さないという条件で、スタッフの人選から本の内容まですべて一任するといわれ、承諾した。この仕事のために区役所の七階に一室をあてられ、区の職員二人が常駐して世話をしてくれることになった。

区史編纂のために、中村政則、栗本安延、粟屋憲太郎、市川亮一、芳井研一、山辺昌彦などの諸君の援助を頼み、六九年から仕事をスタートさせた。区史編纂室は、立地条件の良さから、それからの数年間、現代史研究の事務室の観を呈していた。

こうして仕事をつづけ、結局、本編三巻、資料編三巻の計六巻の大著になった。

一橋大の私の大学院ゼミは、六八年にゼミに入った学生が卒業する七〇年度からはじまった。この年第一回のゼミには、学部の一期生の芳井研一君が一人入ってきた。それに増淵龍夫ゼミの市川亮一君が参加し、他に東大大学院の粟屋憲太郎君が加わった。また国立在住の早稲田の助教授の由井正臣君も出席して、ようやくゼミの形をとることになった。このゼミでは、『西園寺公と政局』や『レーニン全集』の輪読をすることではじめたが、その後にはもっぱら各人の個別報告をすることに切り換えた。

このころ、安保再改定問題が佐藤内閣による期間の無期限延長の措置によってあっさりとかわされたため、目標を見失った全共闘派は、ますます過激となって、よど号事件(七〇年三月)や、浅間山荘事件(七二年二月)をおこしていた。こうした中で、大学に残って学問の道を進んだ大学院生たちは、問題意識も高く、その後の日本の学界を支える勢力に成長していった。私のゼミナールも、私が一橋に勤務しはじめた当初に出会ったのがこの世代にあたるが、その後の学界で中心的役割を果たしている。

七　『天皇制と軍隊』について

一橋大学に就職した当初の私は、いきなり学務委員として大学紛争に取り組まされ、さらに一九七〇年から七三年にかけて学部長に二期任ぜられるなど、紛争の時期の学校行政に携わってきわめて多忙であった。しかしその合い間を縫って書いた論文は、それなりに問題が鮮明に取り上げられていたと思う。六九年に大学の紀要に書いた「日本軍隊における革命と反革命」や、七〇年に『近代日本思想史大系』に書いた「宮中グループの政治的態度」や「戦争指導者の精神構造」などがそれである。後にこの時期のものをまとめた『天皇制と軍隊』(青木書店、一九七八年)が私の代表作となっているのも、こうした問題意識からであろう。

一九七三年に社会学部長を辞任した後、一九七五年八月にサンフランシスコで開かれた第二次大戦史研究国際委員会で「日本の政治と戦略」について報告することになった。報告は英文だったがペーパーを用意して行った。趣旨は、日本においては政治と戦略、つまり国務と統帥との分裂が致命的だった、ということであった。ところが、日本はナチスに匹敵する全体主義によって政治と戦略が一体化していたと思っていた欧米の研究者から、質問が殺到した。質問の言葉が理解できないので、もっぱら江口さんの教え子でカナダ在住の鹿毛《かげ》達雄君に答弁を援助してもらって、その場を切り抜けた。

サンフランシスコの会議終了後、同行していた粟屋君と二人で、一ヵ月間ワシントンに滞在し、公文書館や議会図書館の戦時期の日本関係史料を閲覧した。歴研で米軍押収文書の返還運動をしていた私は、戦時期の日本の研究はワシントンに行かなければできないことを痛感した。

この第二次大戦史研究国際委員会は、五年に一回の国際歴史学会の分科会の一つとして開催されたので、その後のブカレスト、マドリードの会の時も出席し、ついでにヨーロッパの観光旅行もした。

アメリカから帰ると、こんどは秋にモスクワでの日ソ歴史学シンポジウムで報告することになり、ソ連へ行くことになった。この日ソシンポは、二年に一回、日ソ交代で主催することになり、私は日本側の組織委員として、以後四年に一回訪ソすることになった。日ソシンポの会合は三日間だが、私たちは訪ソの度ごとに二週間、私費でソ連各地を旅行することにした。こうしてレニングラード、キエフ、オデッサ、クリミア、スターリングラードなど、ソ連の主要な場所を観光することができた。

またこのときの日ソシンポの後、私は単独でヨーロッパへ向い、イギリス、フランス、イタリアを旅行した。これは、紛争期の学部長の褒賞として如水会から海外研修旅行の費用が出たのを利用したものである。季節はクリスマス直前の十一、十二月で、旅行者は少なかったが、どこも空いているので旅行は快適だった。

第一回の日ソ歴史学シンポジウムの記録は、私が編者になった『革命ロシアと日本——第一回日ソ歴史学シンポジウム記録』(弘文堂、七五年)として刊行されている。

この七〇年代前半、私の個人的関心は天皇制にあり、いくつかの論文を書いている。「軍隊と天皇制イデオロギー」(『科学と思想』第七号、七三年)、「戦前天皇制における天皇の地位」(『現代と思想』第一五号、七四年)、「近代天皇制の変質——軍部を中心として」(『日本史研究』七五年三月号)、「天皇の戦争責任」(『歴史地理教育』七七年一月号)などである。

(未完)

原稿はここで終っているが、以後の活動を、「戦後五〇年と私の現代史研究(続)」(『年報日本現代史』第二号、一九九六年)により付記した。

七〇年代前半に、現代史研究の分野で、もう一つの問題であったのは、アメリカが押収した資料の返還と、公開を要求する運動である。戦争史の基本史料である陸海軍の文書がアメリカから防衛庁の戦史室に入ったまま、一部の人間以外には非公開で、とくに私を含めて四人の特定の人物には絶対見せないということを江口氏が書いている。それはともかく、新憲法のもとで、旧軍とは何の関係もないはずの防衛庁が、旧軍の文書を抱えこんで独占していることは筋違いのはずである。またアメリカにはなお厖大な量の押収文書が存在していることも、七〇年代のはじめには明らかになってきた。そこで現代史の研究者の中で、アメリカにたいして押収文書の返還を、また防衛庁にたいしては史料の公開を、要求する運動をおこそうという気運が七二年ごろにはもり上がってきた。

歴研は七二年九月号にこの問題についての座談会と紹介を載せている。そして七三年にはこの座談会のメンバーが中心になり、松本清張さんや丸山眞男さんなどにも呼びかけ人に入ってもらい、「アメリカ押収資料の返還・公開を要求する会」をつくって、要望書を外務省や学術会議などに提出した。また歴研が中心になり、日本歴史学協会を動かして、この問題についての二八の学会からなる学会連合をつくり、国立公文書館、各政党にも働きかけた。この運動の成果として、アメリカ議会図書館からの押収文書の返還が実現したこと、防衛庁官房長が国会の内閣委員会で史料の公開を約束したことがあげられよう。(中略)

七〇年代の後半に入ると、大学もやや落ち着きを取り戻し、私自身もようやく落ち着いて論文を書いたり、外国での学会で報告をしたりできるようになってきた。乱世の学部長をつとめた報酬としてか、七五年に一橋の後援会から短期の海外出張の旅費がでたことも幸いした。七五年八月のサンフランシスコの国際歴史学会のさいに、第二次大戦史研究国際委員会の共通テーマ「第二次大戦における政治と戦略」で、日本についての報告をしたのが、はじめての国際学会参加である。そのあとワシントンに廻って議会図書館を訪れたら、東洋部長のクロダさんが、私が史料返還運動をやっていることを知っていて、「ここにあるから先生方にお見せできるのだが、日本にお返ししたら、かえってごらんになれないかも知れませんよ」と笑いながら話してくれた。案の定その後、返還文書が国立公文書館に入ったら、「プライバシー」などと理由をつけて、相当の部分が非公開になってしまったのである。

この年は一一月にモスクワの日ソ歴史学シンポジウムでも、第二次大戦についての報告をした。それがきっかけで、その後の日ソシンポジウムに皆勤し、四年に一回ずつ訪ソすることになった。モスクワのあと一人で西ヨーロッパを廻り、ミラノでは私のところへ留学していたバロータ君がセットした、ボッコーニ商科大学でのファシズムの研究会で報告をしたりした。

はじめての論文集『天皇制と軍隊』を出したのは七八年である。また若い研究者を集めて、社会運動や民衆生活の通史として、『日本民衆の歴史』を出したり、同じく論文集として『体系日本現代史』全六巻を刊行したりした。こうした現代史関係の論文集や叢書、資料集などの編者としての仕事は、この後次第に多くなるのだが、同時にこのころから、社会的な発言を求められることも多くなり、時事論文のようなものの執筆も増えるようになった。

一九七五年は、戦後日本史の上でも大きな転換期であったろう。七一年のドルショック、七三年のオイルショックで日本の高度成長がとまり、世界は同時不況に陥った。この中で、三木内閣は合理化、減量化政策をすすめ、これに便乗し大企業は徹底したコスト軽減をすすめた。政府が先頭に立って国民的危機感を煽ることで、労働組合の戦闘力を奪い去った。七五年一一月のスト権ストの敗北いらい、労働運動の右傾化は一挙にすすんだ。合理化に成功し、国際競争力を増した日本企業の製品は、自動車を先頭に世界市場を制し、七〇年代後半の日本は、世界同時不況を抜け出してひとり安定成長をつづけることになった。

一方、七五年四月のサイゴン陥落は、アメリカの軍事力の低下をみせつける事件であった。この後アメリカは、ひとり経済発展をつづける日本にたいし、応分の軍事負担を強く求めるようになり、毎年の防衛折衝で常に防衛費の増額が課題となるようになった。七八年の日米防衛協力のためのガイドラインは日本の役割強化の象徴である。要するに七〇年代後半は、右傾化、軍事化がすすむのである。

こうした状況の下で、戦争史、軍事史についてだけでなく、有事立法制定問題やガイドラインと日米防衛協力体制についてなど、時事問題についての評論執筆の機会が多くなった。軍事史を専門にしてきただけに、軍国主義復活を思わせるような事態の展開を、黙って見ているわけにはいかないという切迫感を持ったからである。これら時事論文のいくつかは、八二年に『戦後史と日本軍国主義』に収録した。

一九八〇年代に入ると、現代史研究が現実の政治課題とかかわりを持つことがいっそう多くなり、私自身にとってもそのような活動にかかわることが増えていった。枚数がなくなったので、その中で南京事件と沖縄問題についてだけ述べることにする。

一九八二年七月、日本の教科書検定が中国、韓国の抗議を受けて国際問題化したのをきっかけに、南京大虐殺論争が再燃した。鈴木善幸内閣の宮沢喜一官房長官談話が、「政府の責任で是正する」と約束したのを、外国の内政干渉に屈伏した軟弱外交だと非難する右翼や保守派が、軍事大国化をめざす次の中曽根康弘内閣の下で勢いを強めた。そして南京大虐殺を虚構だと主張する議論が、また『文藝春秋』や『正論』を賑わせるようになったのである。これにたいして、虐殺を論証する側には、前から早稲田の洞富《ほら》雄さんや朝日の本多勝一さんが奮闘しているだけだった。教科書裁判の重要な争点の一つでもあるこの問題に、現代史研究者としても取り組むべきではないか。こうした考えから、八四年三月に発足した南京事件調査研究会に私も加わることになったのである。

この会には、洞、本多両氏をはじめ、日本現代史、中国現代史の研究者、それに家永裁判の弁護士たちが加わり、幹事には一橋大の助手の吉田裕君がなった。そして発足いらい月一回の研究会をつづけ、八四年一二月には私が団長になって調査団をつくり、南京に赴いた。まだ南京にはどこの虐殺記念碑もなく、江東門の現在の記念館の遺骨発掘現場には、礎石が一つおいてあるだけだった。南京歴史学会と私たちとの交流会で、日本には虐殺否定論の大きな流れがあることを知って、中国側はびっくりしたようだった。中国側で研究が進展したり、壮大な記念館を建てたりするのには、私たちの会の結成と調査団の訪問が大きな刺激になったように思う。

南京事件調査研究会の活動は、会としての刊行物の他にも、洞、本多両氏や、笠原十九司《とくし》、吉田裕、それに私も個人として著作を出し、学問的には虚構説、まぼろし説を完全に粉砕したと思う。ただ南京事件は、ドイツにおけるアウシュヴィッツの場合と同じように、日本軍の残虐行為、日本の戦争犯罪の象徴的な出来事となっている。それだけに、否定派も執拗に反撃をくりかえし、まぼろし説破産後は不法殺害の数はそんなに多くないから大虐殺は誤りだとする少数論に頼って、論難をやめないので、研究会の役割もまだ終らないで、現在までつづいている。

月に一度、専門を異にする人たちが一つの目的で集まるこの研究会は、和気藹々《わきあいあい》とした雰囲気を持っていた。名古屋から江口圭一、水戸から石島紀之、新潟から古厩《ふるまや》忠夫などの各氏が、遠路を厭わず毎回出席されたのも、この会の雰囲気と、終ったあとの懇親会が楽しみだったからでもあったろう。

同じころに、もう一つ「沖縄戦を考える会」という研究グループを発足させた。八二年の歴史教科書検定で、沖縄における日本軍の住民虐殺の記述が削除させられたことが、問題の発端であった。この事件で、沖縄の世論は沸騰したが、本土での反響はほとんどなかった。それは沖縄戦の受けとめ方が、他府県ではほとんど他人事のような状況だったからでもあった。そして八七年一〇月の沖縄国体への昭和天皇の出席が予定され、それで沖縄の戦後を終りにしようという流れが作られつつあった。

これでよいのだろうか、沖縄在住の歴史家の研究や、沖縄県民の体験記だけでなく、本土に住む歴史研究者も自らの問題として、沖縄戦に取り組むべきではないか、こう考えた私の呼びかけで、八六年六月に「沖縄戦を考える会(東京)」を発足させた。沖縄にすでに考える会があったので、私たちの会はカッコづきで(東京)ということにしたのである。この会には高嶋伸欣、江口圭一、山田朗、纐纈《こうけつ》厚、林博史の各氏と私の六人が参加し、林君が幹事となった。数年後に沖縄の考える会のメンバーから、こちらはもう会活動はしていないので、(東京)はとってくれといわれ、その後はただの沖縄研と名のっている。

八七年秋の天皇の沖縄訪問前に、一応の成果を出そうということで、この会も短期間に精力的な研究活動をし、八七年に二冊の共著を出した。私は八六年に一橋大を定年で退職したので、このころは比較的研究会や執筆にも時間が割けるようになったこともあって、超特急で本が出来たのだが、共同研究者の皆さんには随分無理をお願いしたことになった。

この沖縄研も、月一回の例会をその後ずっとつづけている。そして高嶋、林の両氏の活躍もあって、研究対象は沖縄だけでなく、マレーシア、シンガポールとだんだんに東南アジア全体にひろがっていき、次第にアジアでの日本軍の虐殺研究会のような観を呈するようになった。そして会員も、フィリピンやインドネシアの専門家、捕虜や戦犯問題の研究者などにひろがっていった。

九〇年代に入って、戦争責任や戦後補償が大きな問題になってきているが、沖縄研の会員の中の多くの人々が、こうした課題にかかわり、市民運動の中でも活動的な役割を果たしておられるのである。

私の現代史研究にとっての戦後五〇年は、多くの優れた仲間たちに恵まれたといってよいであろう。私自身の仕事は大したことはできなかったが、友人、同僚たちに恵まれて、現代史そのものは、草創期から現在まで発展してきた。そして現在の日本にとって、不可欠の研究分野としての地位を、ようやく得ることができるようになったということができよう。

解　説

吉田　裕

本書は、日本近現代史研究の開拓者だった藤原彰氏(以下、著者)の従軍回想記である。著者は、一九二二年七月二日に、陸軍主計少将・藤原藤治郎の長男として東京で生まれた。府立六中をへて、一九三八年一二月に陸軍士官学校(予科)に入校、一九四一年七月に同校の本科を卒業している(第五五期生)。父の藤治郎については記録が見当たらないが、第一〇期の主計候補生として一九一四年九月に陸軍経理学校に入校し、一九一六年五月に同校を卒業していることが確認できる(柴田隆一・中村賢治『陸軍経理部』芙蓉書房、一九八一年)。著者によれば、「軍人としては常識に富み、柔軟な思考の持ち主」だった。一九四五年四月に著者が中国戦線で面会した時にも、戦争の見通しについて「もうあかん」と明言している。

士官学校卒業後の著者の軍歴を簡単に見ておきたい。参照したのは、本書、著者の勤務校だった一橋大学の「人事記録」、秦郁彦編『日本陸海軍総合事典[第二版]』(東京大学出版会、二〇〇五年)である。本書では中尉への進級は一九四二年一〇月一日付となっているが、「人事記録」、『日本陸海軍総合事典[第二版]』に記載された日付に従った。「人事記録」は、名誉教授号付与の際の参考資料として、私の手元に残されているものである。国立大学では、教官の人事記録の中に軍歴が含まれていることを初めて知り驚いた記憶がある。軍歴は次の通りである。

一九四一年一〇月一日、少尉任官(満一九歳)、第一一七師団支那駐屯歩兵第三連隊付
一九四三年三月一日、中尉に進級
同年四月二七日、支那駐屯歩兵第三連隊第三中隊長
一九四四年一二月一日、大尉に進級
一九四五年四月二七日、第二一六師団歩兵第五二四連隊第三大隊長
同年一二月一日、予備役編入

この間、著者は華北における治安粛正戦、満州における対ソ警備、一九四四年四月に開始された大陸打通作戦に参加したのち、本土決戦のための大隊長要員として帰国し、第五二四連隊の大隊長となっている。軍歴を見て気づくのは、満一九歳と三カ月という若さで少尉に任官していることである。情勢が緊迫化する中で士官学校の教育が短縮化されたことの結果だが、大部分の兵士より年齢が若い将校の誕生ということになる。ま

た、進級の速さにも驚かされる。少尉任官後、一年五カ月で中尉に進級、中尉任官後、一年九カ月で大尉に進級している。これをアジア・太平洋戦争期の首相、東条英機陸軍大将と比較してみよう。一八八四(明治一七)年一二月三〇日生まれの東条は、一九〇五年三月に陸軍士官学校を卒業し(第一七期)、同年四月に少尉に、一九〇七年一二月に中尉に、一九一五(大正四)年六月に大尉に任官している。少尉任官後、約二年八カ月で中尉に、中尉任官後、約七年六カ月をかけて大尉に任官していることになる。東条のようなエリートコースを歩んだ軍人と比較しても、この時期の下級将校の進級の速さが際立っている。ちなみに、一九三九年の将校の定員と現員を見てみると、将校全体では予備役将校の召集などによって定員をかろうじて満たしている。ところが大尉、少佐クラスでは定員二万五九六一人に対して現員は一万一四二二人であり、定員充足率は四四％に過ぎない(大江志乃夫監修・解説『支那事変大東亜戦争間 動員概史』不二出版、一九八八年)。その後の定員・現員数は不明だが、少佐、大尉は第一線での損耗が激しい大隊長・中隊長要員である。そこに大きな欠員が生じているために、大尉への進級が早められていると考えられる。

それでは著者はどのような将校だったのだろうか。東京生まれの著者は、父の蔵書の文学全集を読みふけり読書のために図書館にかよい詰める文学少年だった。そのため士官学校でも幼年学校出身者や質実剛健で軍国主義に凝り固まったタイプの同級生とは肌合いの違いを感じていた。「帝国陸軍」の主流とは微妙な距離感を保っていた存在である。少尉任官後もその距離感には変わりがなかった。本書からは、軍務に精励する真面目で勇敢な将校でありながらも、日本が掲げる戦争目的や戦争の大義には少しずつ懐疑的になっていったことが読み取れる。その懐疑の念は部落の「燼滅《じんめつ》」を命じる連隊長や拷問を命じる大隊長などの言動に対する疑問から発し、同僚の初級将校や軍医との内輪の話し合いによって深まっていった。著者によれば、中国との戦争に決定的な疑問を持つようになったのは、華北に駐留中の一九四三年三月、津海道永清県《しんかいどうえいせいけん》に出動した時の体験を通じてである。この時、著者は飢えてやせ細った中国人の母子の姿を目の当たりにして、「日本軍はアジア解放のため、中国民衆の愛護のために戦うのだと教えられてきたのに、貧しい農民たちは飢えに追いやられているではないか。それを討伐するというのが皇軍の姿なのか、という疑問をもった」という。同時に著者は、猪突猛進型の将校では決してなかった。本書を読めば、苛酷な行軍によって落伍することがないよう、兵士の体力をいかにして温存するか、また必要な食糧をどのように確保するか、中隊長としてそのことに常に配慮していたことがよくわかる。

なお、本書でも言及があるように、著者は一九四四年九月の戦闘で負傷している。「右側胸部穿透性盲管銃創《せんとうせいもうかんじゅうそう》」である。穿透とは銃弾が胸腔、腹腔などの体腔を貫通すること、盲管とは銃弾が体内に留まっていることをいう。ただし、私の大学院時代の指導教官だった著者が語っていたところによれば、受傷の時期ははっきりしないが、戦闘であと二箇所負傷している。一箇所は左右どちらかの足で踵を撃ち抜かれている。もう一箇所は顎で八路軍の手製手榴弾の爆発で顎と歯をやられている。また、肺の中には銃弾がそのまま残っていた。

次に戦場の記録としての本書の意義について簡単に触れたい。著者が配属された支那駐屯歩兵第三連隊は、支那駐屯歩兵第一連隊、同第二連隊とともに第二七師団に属していた。第二七師団は、一九三八年六月に創設された師団であり(外山操・森松俊夫編『帝国陸軍編制総覧』芙蓉書房出版、一九八七年)、三つの歩兵連隊を基幹としたいわゆる三単位師団である。その源流をさぐれば一九〇一(明治三四)年に創設された支那駐屯軍にたどり着く。また、中国以外の地域に派遣されたことは一度もなかった。「それほど歴史的にも地理的にも」中国と関係の深い師団は「他に例を見ない」と言われる(第二十七師団のあゆみ編纂委員会編『第二十七師団のあゆみ』非売品、一九六九年)。中国戦線の状況を知るには格好の師団だと言えよう。

なお、本書によれば、著者は中国戦線での従軍期間中、自分自身の行動についての「簡単なメモ」を記していた。部隊史編纂の際にそのメモを史料として提供したが、編纂作業の過程で所在不明となってしまった。その部隊史は、支駐歩三会編『支那駐屯歩兵第三聯隊戦誌』(非売品、一九七五年)だが、同書に掲載された「支那駐屯歩兵第三聯隊戦誌編纂委員並相談役名簿」に「相談役」として著者の名前が記載されている。また、編纂委員の岡野篤夫も「何回となく御意見を承」った人物の一人に著者の名前をあげており、著者が部隊史の編纂にかかわっていたことがわかる。なお、部隊史編纂作業の中で貴重な記録が失われたのは残念なことだが、本書中に「私のメモでは七日」という記述があり、「簡単なメモ」とは別に日々の行動の記録を所持していたようである。本書で戦闘のあった日付が細かく記されているのは、手元のメモと部隊史の叙述を参考にしているからだろう。

前置きが少し長くなったが、本書から浮かび上がってくる戦場の実相としては、次の三点が重要だろう。

第一は行軍の苛酷さである。機械化の遅れた日本軍、特に歩兵部隊の移動が徒歩による行軍に大きく依存していたことはよく知られている。兵士たちは、小銃・鉄帽(ヘルメット)・背嚢・弾薬盒《だんやくごう》(弾丸入れ)など、武器や装具の重さに耐えながら徒歩で行軍する。作戦上の要請が最優先されるため、行軍は兵士の体力を無視した強行軍となる場合が多い。さらに著者が参加したアジア・太平洋戦争末期の大陸打通作戦の時期ともなると、制空権は中国に展開している米軍の航空部隊が掌握しているため、行軍は夜間が中心となり、行軍による体力の消耗が深刻な問題となった。

そのことを象徴しているのは、本書で取り上げられている長台関の悲劇である。一九四四年五月、第二七師団の各部隊が淮河《わいが》を渡河しようとして、夜間、無統制のまま渡河点である長台関に一斉に向かった。その結果、行軍はひどく渋滞した。おりから降り始めた氷雨は豪雨となって兵士の体力を消耗させ、道はぬかるみと化して行軍をいっそう困難なものとした。そのため、日中は日射病患者が出るほどの暑さだったにもかかわらず、師団全体で一六六名もの凍死者を出すという悲劇が起こったのである。この時、第三中隊長だった著者は、兵士の体力温存のため手前の部落で一晩休養を取らせてから、翌朝長台関に向かったため犠牲者を出さずにすんでいる。中隊長の冷静で適切な判断が兵士たちを救うことになった。この長台関の悲劇について、支那駐屯歩兵第一連隊第三大隊の主計将校だった岡野篤夫は次のように回想している(岡野『大陸戦塵譜』非売品、一九六二年)。なお、岡野はのちに支那駐屯歩兵第三連隊第一大隊に転属している。第一大隊は著者の属していた大隊であり、岡野は部隊史編纂の時にも、前述のように編纂委員を務めている。

真暗の中で、雨はザアザア降るし、全く統制がとれない。せまい道路に、二つも三つも部隊が並行して進んで行く。その内に段々先がつかえて進まなくなって来た。

ギッと立止って居ると、寒さと疲労で、ゾクゾクとふるえて来る。〔中略〕道の両側は水田らしい。あたりは墨を流した様な真の闇だ。雨は相変らず衰えない。五月だというのに、腹の底まで冷えきって、皆ガタガタふるえている。時々睡魔がおそって来て、気が遠くなりそうだ。

「皆、足ぶみを止めるな、軍歌を歌え」と互いに励ます。〔中略〕あとからあとから軍歌が出るが、皆疲れきってしまって、時々足下の水たまりにしゃがみ込むものが出て来た。隣の兵隊が、激しくどやしつけて立たせるが、そういう自分も、ポーッとして、命も何もいらなくなってしまいそうだ。

この大隊の場合、大隊長が「田圃にはまらぬように、部落をさがして避難せよ、明るくなったら道路上に集合せよ」という命令を出したのは、それからだいぶたってからのことだった。

行軍による兵士の体力の消耗は、一人一人の兵士が担う武器・弾薬・装具などの総重量＝負担量と直接に関係している。大陸打通作戦に参加し戦争栄養失調症の調査にあたった軍医の長尾五一は、この点について、「作戦行動中将兵を過労に陥らしめたものは、直接の対敵行動よりもむしろ連続行軍であ」り、「過労において最も問題となるのは兵の負担量である」と指摘している(長尾『戦争と栄養』西田書店、一九九四年)。そして、陸軍軍医団の研究によれば、日中戦争前の段階では、負担量の「能率的限界」は体重の三五～四〇%とされていた(拙著『日本軍兵士』中公新書、二〇一七年)。第二七師団の場合を見てみよう。敗戦直後に陸軍軍医少佐の鈴木武徳が作成した第二七師団の「自昭和十九年四月十五日　至昭和二十年八月十四日　衛生業務要報」(防衛研究所戦史研究センター所蔵)は、大陸打通作戦開始直前の一九四四年四月一四日の状況について次のように指摘している。

兵員は著しき過重装備の状況にありて兵個人の負担量総計約四十五瓩《キロ》に及びあり。小官の記憶にして誤りなければ当時の兵員平均体重は五十二瓩余なりしなり。

つまり負担量は体重の約八七%ということになる。大陸打通作戦に参加した第六四師団の歩兵(小銃兵)の負担量が手榴弾一発携行の兵士の場合、平均で負担量三〇キロ、体重五四キロ、負担量は体重の約五六%だったことを考えると(前掲『戦争と栄養』)、四五キロは過大な数字のような気もする。しかし、インパール作戦の場合には負担量が五〇キロを超える兵士がいたという証言もあるので(前掲『日本軍兵士』)、過大だと簡単に言えないかもしれない。いずれにせよ第二七師団の兵士が「著しき過重装備の状況」に置かれていたことは間違いない。

第二には、米軍機の攻撃で補給路が寸断されたため、補給がほとんどない状況の下で兵士たちが戦闘を続けていた現実である。一九四四年七月、湖南省茶陵県城内に野戦病院を開設した軍医の平井莉は当時の補給の状況について次のように書いている(藤井成之編『傷痕』非売品、一九七六年)。平井は自分の部隊名を明記していないが、第二七師団第一野戦病院の庶務主任(副院長に相当)であり、当時の階級は陸軍軍医大尉だった(町田正司『中国縦貫戦記』図書出版社、一九八四年)。またこの野戦病院は、著者が負傷して入院した野戦病院である。

後方からの補給は辛うじて戦斗を支え得るにたる僅かな弾薬のみである。糧秣、被服、衛生材料等は全くない。総て現地で何とか調達の外はない。〔中略〕「よもぎ」を煎じては解熱剤、木片竹片を炭にし粉末に砕いては止痢剤とし、ザクロの幹や根を煎じて駆虫剤とし、岩塩を溶かし煮沸しては生理的食塩水に代え、色とりどりの布切れを綴り合せては包帯とする等、凡そ現代医学では想像もつかない欠乏の状態であった。〔中略〕食糧確保も並大抵の苦労ではなかった。戦斗力の薄弱な衛生部隊のことである。辛酸をなめつくしたのである。その上一地に駐留が長引けばそれだけ、この調達には一山も二山も越し、未踏の部落へ進出せねばならない。

本書でも繰りかえし述べられているように、補給が途絶した結果、兵士たちは生きるために略奪に走らざるを得なかった。しかし、それでも十分な食糧を確保できず、栄養失調が深刻な問題となったのである。

第三には、戦死、戦病死、負傷などによって生じた欠員を埋めるために、日本本土から送られてくる補充員の体格、体力、健康状態が著しく悪化し、年齢も上の兵士が増えていたことである。これは、相次ぐ激戦によって大きな損耗が生じる中で、軍備の大拡張を進めたことの直接の結果だった。つまり、従来の基準で考えれば、軍隊に徴集あるいは召集されることのない人々が兵士として軍隊に入ってきているということである。第一線の中隊長だった著者からすれば補充員の質の低下は中隊の戦力を維持する上で深刻な問題だった、それだけに補充員の問題については本書の中でかなり詳しく言及されている。

別の史料で少し補足しておこう。この補充員の質の低下という問題は大陸打通作戦開始前から顕在化していた。第二七師団の前掲「自昭和十九年四月十五日　至昭和二十年八月十四日　衛生業務要報」には、一九四三年一〇月のこととして、「補充兵(国民兵の再徴集者)約二千名到着、其の過半数が結核性疾患の既往あり。その年齢と共に体力の劣弱に吃驚す」と記されている。また、一九四四年一〇月の補充員(約二〇〇〇名)については、支那駐屯歩兵第三連隊第二大隊の軍医だった尾崎将が次のように回想している(前掲『支那駐屯歩兵第三聯隊戦誌』)。この人物は、著者が「戦争の将来について」話し合った将校の一人、「軍医の尾崎さん」だと思われる。

私達を驚かせたのは、誰も彼も皆年配者だったことである。将校も兵も我々に比べればいわゆる「老頭児」(ロートル)であった。将校の中の年長者は四十歳をとっくに越えて居た。整列した兵隊の中にはがっしりした体格の者も居たが、中には体力の無さそうな可成りの年配の者も多かった。内地には屈強な若者は、もう数少ないであろうということは誰にも直感で感じられた。

大陸打通作戦に従軍した後、一九四五年三月、著者は歩兵学校教導隊付に転補される。本土決戦のための大隊長要員である。そして四月には歩兵第五二四聯隊の大隊長となり、八月一五日の敗戦を迎えることになる。敗戦に関連して注目したいのは、最後の陸軍大臣となった下村定の帝国議会における演説に著者が感動していることである。著者はこの演説を九月四日開会の第八八臨時議会でのこととしているが、記憶違いがある。正確には、一一月二七日開会の第八九臨時議会における陸相の答弁である。具体的に見てみよう。一一月二八日の衆議院本会議で議員の斎藤隆夫は、軍部による政治介入の問題を追及しているが、これに対して下村陸相は次のように答えている(社会問題資料研究会編『帝国議会誌　第一期第四八巻』東洋文化社、一九七九年)。

殊に許すべからざることは、軍の不当なる政治干与であります(拍手)。斯様なことが重大な原因となりまして、今回の如き悲痛なる状態を国家に齎らしましたことは何とも申し訳がありませぬ(拍手)。私は陸軍の最後に当りまして、議会を通じて此の点に付き全国民諸君に衷心からお詫びを申し上げます(拍手)。

本書の中で著者は、補給の途絶など、現地の悲惨な状況を知ることなしに、また知る努力をすることもなしに、非現実的な作戦計画を立案、実行する軍幹部や参謀に対する怒りを繰り返し記している。また、著者は昭和天皇の責任についても、「敗戦の現実を聞かされたとき、私は天皇は自殺するのが当然だと考えた。敗戦の責任をとる形で、多くの軍人や政治家が自殺していた。最大の責任者であり、多数の国民を死地に駆り立てたのは天皇である。天皇の名のもとに私の友人も部下も死んでいった」と書いている。そこには、いわば第一線の中隊長の立ち位置から国家指導者や軍事指導者の責任を追及するというスタンスが現れている。だからこそ敗戦の責任に限定されているとはいえ、国民に対して謝罪した下村陸相の発言に感じるところがあったのだろう。著者のこうした原点を歴史研究として集大成したのが『餓死した英霊たち』(青木書店、二〇〇一年)である。アジア・太平洋戦争における戦病死(餓死)の実態を明らかにした先駆的な研究だが、同書の中で、著者は、次のように書いている。著者の歴史学の原点を最も簡潔な形で示した印象的な文章である。

戦死よりも戦病死の方が多い。それが一局面の特殊な状況でなく、戦場の全体にわたって発生したことが、この戦争の特徴であり、そこに何よりも日本軍の特質をみることができる。悲惨な死を強いられた若者たちの無念さを思い、大量餓死をもたらした日本軍の責任と特質を明らかにして、そのことを歴史に残したい。大量餓死は人為的なもので、その責任は明瞭である。そのことを死者に代わって告発したい。それが本書の目的である。

同書は現在、ちくま学芸文庫に収められている(二〇一八年刊)。復員後の著者は、東京大学に入学し日本近現代史研究者として歩み始めることになるが、その経緯については本書に収録した「ある現代史家の回想」に詳しい(回想では言及がないが、「人事記録」では一九四九年四月から一九五一年三月まで、東京大学文学部大学院に在籍している)。また、著者は戦後の研究者時代の回想として、「ある現代史家の回想」と多少内容が重なるが、「戦後五〇年と私の現代史研究」(『年報 日本現代史』創刊号、一九九五年)、「戦後五〇年と私の現代史研究(続)」(同誌第二号、一九九六年)という二つの文章を残している。

著者が亡くなられたのは、二〇〇三年二月二六日のことである。著者が卒業論文で分析した二・二六事件が起こったまさにその日である。毎年二月二六日がめぐってくると著者の温顔をなつかしく思い出す。

(よしだ・ゆたか　日本近現代史・軍事史)

『中国戦線従軍記』は二〇〇二年に大月書店より刊行された。本書付録「ある現代史家の回想」は、藤原彰著『天皇の軍隊と日中戦争』(大月書店、二〇〇六年)に掲載された同名論文を収録したものである。両者をあわせて一冊にまとめるに際し、書名を『中国戦線従軍記——歴史家の体験した戦場』とした。

中国戦線従軍記——歴史家の体験した戦場

2019年7月17日　第1刷発行

著　者　藤《ふじ》原《わら》　彰《あきら》

発行者　岡本　厚

発行所　株式会社　岩波書店
〒101-8002 東京都千代田区一ツ橋 2-5-5
案内 03-5210-4000　営業部 03-5210-4111
https://www.iwanami.co.jp/

印刷・精興社　製本・中永製本

ISBN 978-4-00-600407-1　　Printed in Japan

岩波現代文庫の発足に際して

　新しい世紀が目前に迫っている。しかし二〇世紀は、戦争、貧困、差別と抑圧、民族間の憎悪等に対して本質的な解決策を見いだすことができなかったばかりか、文明の名による自然破壊は人類の存続を脅かすまでに拡大した。一方、第二次大戦後より半世紀余の間、ひたすら追い求めてきた物質的豊かさが必ずしも真の幸福に直結せず、むしろ社会のありかたを歪め、人間精神の荒廃をもたらすという逆説を、われわれは人類史上はじめて痛切に体験した。

　それゆえ先人たちが第二次世界大戦後の諸問題といかに取り組み、思考し、解決を模索したかの軌跡を読みとくことは、今日の緊急の課題であるにとどまらず、将来にわたって必須の知的営為となるはずである。幸いわれわれの前には、この時代の様ざまな葛藤から生まれた、人文、社会、自然諸科学をはじめ、文学作品、ヒューマン・ドキュメントにいたる広範な分野のすぐれた成果の蓄積が存在する。

　岩波現代文庫は、これらの学問的、文芸的な達成を、日本人の思索に切実な影響を与えた諸外国の著作とともに、厳選して収録し、次代に手渡していこうという目的をもって発刊される。いまや、次々に生起する大小の悲喜劇に対してわれわれは傍観者であることは許されない。一人ひとりが生活と思想を再構築すべき時である。

　岩波現代文庫は、戦後日本人の知的自叙伝ともいうべき書物群であり、現状に甘んずることなく困難な事態に正対して、持続的に思考し、未来を拓こうとする同時代人の糧となるであろう。

（二〇〇〇年一月）

G367
アイヒマン調書
―ホロコーストを可能にした男―
ヨッヘン・フォン・ラング編
小俣和一郎訳

ナチスによるユダヤ人殺戮のキーマン、アイヒマン。八カ月、二七五時間にわたる尋問調書から浮かび上がるその人間像とは？
〈解説〉芝　健介

G368
新版 はじまりのレーニン
中沢新一

西欧形而上学の底を突き破るレーニンの唯物論はどのように形成されたのか。ロシア革命一〇〇年の今、誰も書かなかったレーニン論が蘇る。

G369
歴史のなかの新選組
宮地正人

信頼に足る史料を駆使して新選組のリアルな実像に迫り、幕末維新史のダイナミックな構造の中でとらえ直す、画期的〝新選組史論〟。「浪士組・新徴組隊士一覧表」を収録。

G370
新版 漱石論集成
柄谷行人

思想家柄谷行人にとって常に思考の原点であった漱石に関する評論、講演録等を精選し、集成。同時代の哲学・文学との比較など多面的な切り口からせまる漱石論の決定版。

G371
ファインマンの特別講義
―惑星運動を語る―
D.L.グッドスティーン
J.R.グッドスティーン
砂川重信訳

知られざるファインマンの名講義を再現。三角形の合同・相似だけで惑星の運動を説明。再現にいたる経緯やエピソードも印象深い。

岩波現代文庫［学術］

G372
ラテンアメリカ五〇〇年
―歴史のトルソー―
清水透

ヨーロッパによる「発見」から現代まで、約五〇〇年にわたるラテンアメリカの歴史を、独自の視点から鮮やかに描き出す講義録。

G373
〈仏典をよむ〉1 ブッダの生涯
中村元
前田專學監修

誕生から悪魔との闘い、最後の説法まで、ブッダの生涯に即して語り伝えられている原始仏典を、仏教学の泰斗がわかりやすくよみ解く。〈解説〉前田專學

G374
〈仏典をよむ〉2 真理のことば
中村元
前田專學監修

原始仏典で最も有名な「法句経」、仏弟子たちの「告白」、在家信者の心得など、人の生きる指針を説いた数々の経典をわかりやすく解説。〈解説〉前田專學

G375
〈仏典をよむ〉3 大乗の教え（上）
―般若心経・法華経ほか―
中村元
前田專學監修

『般若心経』『金剛般若経』『維摩経』『法華経』『観音経』など、日本仏教の骨格を形成した初期の重要な大乗仏典をわかりやすく解説。〈解説〉前田專學

G376
〈仏典をよむ〉4 大乗の教え（下）
―浄土三部経・華厳経ほか―
中村元
前田專學監修

浄土教の根本経典である浄土三部経、菩薩行を強調する『華厳経』、護国経典として名高い『金光明経』など日本仏教に重要な影響を与えた経典を解説。〈解説〉前田專學

2019. 7

岩波現代文庫［学術］

G377
済州島四・三事件
―「島《タムナ》のくに」の死と再生の物語―
文京洙

一九四八年、米軍政下の朝鮮半島南端・済州島で多くの島民が犠牲となった凄惨な事件。長年封印されてきたその実相に迫り、歴史と真実の恢復への道程を描く。

G378
平面論
―一八八〇年代西欧―
松浦寿輝

イメージの近代は一八八〇年代に始まる。さまざまな芸術を横断しつつ、二〇世紀の思考の風景を決定した表象空間をめぐる、チャレンジングな論考。〈解説〉島田雅彦

G379
新版 哲学の密かな闘い
永井均

人生において考えることは闘うこと――哲学者・永井均の、「常識」を突き崩し、真に考える力を養う思考過程がたどれる論文集。

G380
ラディカル・オーラル・ヒストリー
―オーストラリア先住民アボリジニの歴史実践―
保苅実

他者の〈歴史実践〉との共奏可能性を信じ抜く――それは、差異と断絶を前に立ち竦む世界に、歴史学がもたらすひとつの希望。〈解説〉本橋哲也

G381
臨床家 河合隼雄
谷川俊太郎
河合俊雄 編

多方面で活躍した河合隼雄の臨床家としての姿を、事例発表の記録、教育分析の体験談、インタビューなどを通して多角的に捉える。

2019.7

G382
思想家 河合隼雄
中沢新一
河合俊雄編

心理学の枠をこえ、神話・昔話研究から日本文化論まで広がりを見せた河合隼雄の著作。多彩な分野の識者たちがその思想を分析する。

G383
河合隼雄語録
カウンセリングの現場から
河合隼雄
河合俊雄編

京大の臨床心理学教室での河合隼雄のコメント集。臨床家はもちろん、教育者、保護者などにも役立つヒント満載の「こころの処方箋」。〈解説〉岩宮恵子

G384
新版 占領の記憶 記憶の占領
―戦後沖縄・日本とアメリカ―
マイク・モラスキー
鈴木直子訳

日本にとって、敗戦後のアメリカ占領は何だったのだろうか。日本本土と沖縄、男性と女性の視点の差異を手掛かりに、占領文学の時空間を読み解く。

G385
沖縄の戦後思想を考える
鹿野政直

苦難の歩みの中で培われてきた曲折に満ちた沖縄の思想像を、深い共感をもって描き出し、沖縄の「いま」と向き合う視座を提示する。

G386
沖縄の淵
―伊波普猷とその時代―
鹿野政直

「沖縄学」の父・伊波普猷。民族文化の自立と従属のはざまで苦闘し続けたその生涯と思索を軸に描き出す、沖縄近代の精神史。

2019.7

G393
不平等の再検討
—潜在能力と自由—
アマルティア・セン
池本幸生
野上裕生 訳
佐藤 仁

不平等はいかにして生じるか。所得格差の面からだけでは測れない不平等問題を、人間の多様性に着目した新たな視点から再考察。

G394-395
墓標なき草原(上・下)
—内モンゴルにおける文化大革命・虐殺の記録—
楊 海英

文革時期の内モンゴルで何があったのか。体験者の証言、同時代資料、国内外の研究から、隠蔽された過去を解き明かす。司馬遼太郎賞受賞作。〈解説〉藤原作弥

G396
過労死・過労自殺の現代史
—働きすぎに斃れる人たち—
熊 沢 誠

ふつうの労働者が死にいたるまで働くことによって支えられてきた日本社会。そのいびつな構造を凝視した、変革のための鎮魂の物語。

G397
小林秀雄のこと
二宮正之

自己の知の限界を見極めつつも、つねに新たな知を希求し続けた批評家の全体像を伝える本格的評論。芸術選奨文部科学大臣賞受賞作。

G398
反転する福祉国家
—オランダモデルの光と影—
水島治郎

「寛容」な国オランダにおける雇用・福祉改革と移民排除。この対極的に見えるような現実の背後にある論理を探る。

2019.7

G399
テレビ的教養
―一億総博知化への系譜―
佐藤卓己

「一億総白痴化」が危惧された時代から約半世紀。放送教育運動の軌跡を通して、〈教養のメディア〉としてのテレビ史を活写する。〈解説〉藤竹 暁

G400
ベンヤミン
―破壊・収集・記憶―
三島憲一

二〇世紀前半の激動の時代に生き、現代思想に大きな足跡を残したベンヤミン。その思想と生涯に、破壊と追憶という視点から迫る。

G401
新版 天使の記号学
―小さな中世哲学入門―
山内志朗

世界は〈存在〉という最普遍者から成る生地の上に性的欲望という図柄を織り込む。〈存在〉のエロティシズムに迫る中世哲学入門。〈解説〉北野圭介

G402
落語の種あかし
中込重明

博覧強記の著者は膨大な資料を読み解き、落語成立の過程を探り当てる。落語を愛した著者面目躍如の種あかし。〈解説〉延広真治

G403
はじめての政治哲学
デイヴィッド・ミラー
山岡龍一
森 達也訳

哲人の言葉でなく、普通の人々の意見・情報を手掛かりに政治哲学を論じる。最新のものまでカバーした充実の文献リストを付す。〈解説〉山岡龍一

岩波現代文庫［学術］

G404
象徴天皇という物語
赤坂憲雄

この曖昧な制度は、どう思想化されてきたのか。天皇制論の新たな地平を切り拓いた論考が、新稿を加えて、平成の終わりに蘇る。

G405
5分でたのしむ数学50話
エアハルト・ベーレンツ
鈴木直訳

5分間だけちょっと数学について考えてみませんか。新聞に連載された好評コラムの中から選りすぐりの50話を収録。〈解説〉円城塔

G406
デモクラシーか 資本主義か
―危機のなかのヨーロッパ―
J・ハーバーマス
三島憲一編訳

現代屈指の知識人であるハーバーマスが、最近十年のヨーロッパの危機的状況について発表した政治的エッセイやインタビューを集成。現代文庫オリジナル版。

G407
中国戦線従軍記
―歴史家の体験した戦場―
藤原彰

一九歳で少尉に任官し、敗戦までの四年間、最前線で指揮をとった経験をベースに戦後の戦争史研究を牽引した著者が生涯の最後に残した「従軍記」。〈解説〉吉田裕

G408
ボンヘッファー
―反ナチ抵抗者の生涯と思想―
宮田光雄

反ナチ抵抗運動の一員としてヒトラー暗殺計画に加わり、ドイツ敗戦直前に処刑された若きキリスト教神学者の生と思想を現代に問う。

2019.7